魅丽文化

恋爱生物钟

苏一姗 / 著

江苏凤凰文艺出版社
JIANGSU PHOENIX LITERATURE AND ART PUBLISHING

图书在版编目（CIP）数据

恋爱生物钟 / 苏一姗著 . — 南京 : 江苏凤凰文艺出版社，2021.10
ISBN 978-7-5594-6150-6

Ⅰ . ①恋… Ⅱ . ①苏… Ⅲ . ①长篇小说 - 中国 - 当代
Ⅳ . ① I247.5

中国版本图书馆 CIP 数据核字 (2021) 第 141606 号

恋爱生物钟

苏一姗 著

出版统筹 曾英姿
责任编辑 张 倩
特约编辑 喻 戎 苏 婷
装帧设计 ABOOK STUDIO 安柒然 Design QQ|2469318609
出版发行 江苏凤凰文艺出版社
南京市中央路 165 号，邮编：210009
网 址 http://www.jswenyi.com
印 刷 长沙金鹰印务有限公司
开 本 880mm × 1230mm 1/32
印 张 9.5
字 数 293 千字
版 次 2021 年 10 月第 1 版
印 次 2021 年 10 月第 1 次印刷
书 号 ISBN 978-7-5594-6150-6
定 价 42.80 元

目录

目 录

第一章
三百年一遇

下午一点左右，通往 A 市最大书城的几条必经之路全线堵塞。而图书城的门口从凌晨开始就有人排队，现在队伍已经从图书城排到了对面街道。安保人员紧急加派了人手，可见火爆程度非同一般。

今天是百万级畅销作家何时了的签售会。

何时了是禾真的笔名，她在这些年迅速蹿红，并收获一大批书粉。

她穿着一袭淡灰色薄纱礼服裙，轻盈灵动，明艳动人地同每一个来访的读者有力握手，拍照。

她笑了整整四个小时，嘴都快笑歪了，跟那些读者热情地问候："谢谢你们喜欢我的书，但你们没必要喜欢我这个人。我其实跟你们一样很普通，要说比较突出的应该就是写作了。我从小到大就希望能在这座城市最大的图书城——文博图书城开一场属于自己的签售会，没想到今天终于美梦成真了。而我的人生经验告诉大家，要为自己的梦想动起来啊……"

"喂，小姐，你倒是动起来啊……"

动……动什么啊？

阳光发白，禾真刚睁开眼，又眯了眯，刚刚竟然站着都睡着了。

真是大白天做白日梦，还幻想着成名开签售会！

禾真长叹一口气，什么时候她才有机会在最大的图书城开一场签售会呢？！

她揉了揉额头，对后面排队的人说了抱歉，往前移动了几步。

烈日炎炎，签售会队伍一眼望不到尽头。她啃了一块全麦饼干，找了一个人问，才发现签售会中断了，作者先去吃饭了。

可她今天的目的并不是找那位写本书镀金的明星作者签名，她要找的人是传说中史上最难搞的Coral Sea文化公司的幕后老板兼主编——陆昀之。

嗯，没有之一！

Coral Sea文化公司是一家全版权运营的文化公司，主要包括电子版权推广、出版发行、作家经纪等业务，算是A市全国知名的文化公司。这位明星作者的书便是全权由Coral Sea文化公司运营发行的。

而幕后老板兼主编黑top严谨苛刻容易黑脸，做事要做到top，故得名黑top。

他像是一个准时且精密的钟表，“嘀嗒嘀嗒”地转动……

五点起床，五点半晨跑，六点吃早餐，早餐永远是黑咖啡配全麦三明治。八点一刻准时出现在公司，中午十二点吃午餐，下班后不参加任何业余娱乐活动，晚上九点看书，十点睡觉。

他简直是一个按部就班又无趣的人啊！

写悬疑小说的她，夜晚是她灵感爆发的高峰期，生物钟几乎昼夜颠倒。本来这个点她还躺在床上睡觉呢，根本无法理解黑top的作息时间。

禾真揉了揉眼睛，困得不行，打开手机一看是闺密林恬伊发来的黑top真人照。

黑top其实一点也不黑，一双深咖色的桃花眼，内勾外翘有股漫不经心的清冷。

她看得入神，忍不住叹了一口气：“这么一看黑top还是有点帅的。”

热浪滚烫，签售会继续，好不容易才排到了她。她递过书，只见那位明星作者“唰唰”地在书的扉页签上自己的大名。

而她却一直在观察明星作者身旁的主编黑top。

他穿着墨黑色西装，里面是白色衬衣，长腿交叠，精致的银色袖扣闪闪发光，一双深咖色的眸子静默又倨傲。

踌躇了一会儿，她忽然捧着书，踱步到黑top身旁：“主编你好，不知你看过我的小说没有？我是作者何时了……”

黑top微微抬头看着她，勾了勾嘴角，暧昧地问道：“何时了？我看过你的小说……”

禾真眼睛一亮，惊喜万分：“那你觉得……”

黑 top 忽然起身，扶住她的后脑勺，眼尾上挑，满是春色荡漾：“你是不是想让我捧红你？”

这么近看着一个英俊的男人，她很难不心无旁骛，身子都在颤抖：“当然……最好……”

下一秒，黑 top 靠近她耳边，吹着热气。

明明这么近，她却什么也没听到：“那个主编，你说什么？麻烦大声一点！”

“汪汪——”

咦？他怎么在学狗叫？

若有似无的薄荷味钻进了禾真的鼻中，她猛地睁开眼，抬头一看，天快黑了。

天哪，她今天一定是起得太早，一连打了两次瞌睡，还做了两场莫名其妙的梦。

禾真揉了揉太阳穴，再一看，面前立着一只伸长舌头的白色萨摩耶。

禾真望了望地上的薯片，已经被那只大狗啃了好几块。好不容易回过神，她才发现这只萨摩耶的旁边还站着一个男人。

天色渐晚，她抬头一看，站在原处的男人穿着白衬衫、黑长裤，整个人又高又挺，不动声色地融入这片夕阳西下的壮丽之中。

他的一双深咖色眸子里有着深深的疑惑，开口道：“这位小姐，签售会结束了。”

“签售会结束了？”

她到底睡了多久？！

禾真这才从微凉的地板上起身，眼见面前的男人牵着狗就要走，她追了上去：“那个……可是我的书还没签啊！”

“签售会已经结束了。”他又重复了一遍。

“可……可你不是还在吗？”禾真反问道。

“你知道我是谁吗？”面前的男人忽然问道。

禾真当然知道他是主编，可现在她既然在演戏，那干脆演到底好了。

她装腔作势地咳了一声：“你不就是今天举办签售会的那个作家吗？”

他微微动了动喉结，冷笑了一声。

“您不是那位作家吗？我觉得你很像……”

“我不是作家。”男人迈开长腿走得很快。

“可我知道你啊……”禾真快步追了上去。

“那我是谁？”

“黑 top！”

话落的瞬间，禾真猛地扇了自己一个嘴巴。她的第一反应是黑 top。

黑 top、top、top 叫习惯了……

可黑 top 是个外号，主编的真名是陆昀之……

他转身，面无表情地接过禾真的书，借着路灯灯光，从西装内层口袋里掏出一支精致的黑色钢笔，迅速在书上签下了一行字。

递过书，陆昀之已经走远了，留下了郁结难舒的禾真。

她真的太懊恼了，懊恼自己怎么能在签售会上睡着，懊恼自己戏没做足，怎么会叫他黑 top。

她要哭了。

她一个人坐公交车回家，窗外高楼大厦鳞次栉比，灯光绚烂，流光溢彩。

公交车再次路过文博图书城，她看到了那个巨大的 LED 屏幕正在放着米思薇签售会的宣传照片。

屏幕里的她画着精致的妆容，一头长鬈发恰如其分地搭在双肩上。她笑得顾盼生辉，可禾真的眼睛有些潮湿。

下周四，百万畅销悬疑女作家米思薇的新书《夜幽行》签售会将在本市最大的图书城——文博图书城举行。

公交车渐行渐远，可她仍然目不转睛地盯着身后那个巨大的 LED 屏幕。那个本该属于她的位置，她一定可以夺回来。

五年，整整五年，她做了米思薇的枪手五年。

这五年她无名无姓，默默地在米思薇的身后，看着“米思薇”这个笔名从一个网站的作家，成为拥有百万粉丝级别的大神级作家。

而今年她终于不想再当那个影子，决定拿回《夜幽行》的大纲，以“何时了”

这个笔名发布自己的新作。不想米思薇先发布了《夜幽行》，而她深陷抄袭风波，人人喊打，成了落魄作者。

她的身份被曝光，即使换了笔名，也再不会有人签她。

从签售会回来，禾真很郁闷，就跟林恬伊打电话抱怨了一番。

“你是不是傻了，还是戏精上身，非得演那么一出？好好地给他投稿，求求他签下你不好吗？”林恬伊恨铁不成钢地道。

禾真倒在沙发上，狠狠地咬了一口苹果，叹了一口气：“你以为我不想吗？”

整整三个月，她每周都往陆昀之的邮箱投稿件，可得到的都是自动回复：来稿已收到，半个月内未接到任何采用通知即为退稿，可自行处理！

终于，她耐不住性子给陆昀之发了一封情真意切、洋洋洒洒差不多两千字的信件，运用了此生所会的修辞手法，自认为感情抒发得恰到好处。

总而言之，中心思想就是：请主编大人给我一个机会吧。即使没过稿，也请给点意见吧。

这回，她终于等到了主编的回复。

禾真激动万分，颤巍巍地点开邮件，映入眼帘的只有短短一行字：不收书信不收散文，谢谢。

史上最最最最难搞主编黑 top 果然名不虚传……

“你不是说他给你签了一行字吗？他到底写了啥？”林恬伊忽然好奇地道。

禾真这才想起陆昀之在她那本新书上签了一行字，她从沙发上挪了挪，捞起矮几上的书，翻开一看，念了起来：“何离心之可同兮，时人不识凌云木，了知初不由心念。”

这几句出自各大名家的诗句，一组合还是一首藏头诗。

“哎呀，你们主编是知道我的呀。这诗的每一句的首字，不就组成了何、时、了三个字嘛。”禾真恍然大悟。

林恬伊却一点也不兴奋，坦言道：“不只如此，他还骂了你。”

“哈？”

“时人不识凌云木，翻译过来不就是世人不认识这是将来可以高入云霄的树木，正是骂你不知道他是知名主编陆昀之！”林恬伊解释道。

“是吗？”禾真手托腮思考了两秒，认真地道，“我倒不这么认为……”

“我怎么觉得他是在夸我呢？”禾真响指一打，得意地勾唇。

就在签售会的三天前，禾真约林恬伊到了一家旧时老洋房改造的咖啡馆。白色砖瓦与木质窗框老旧，暖黄色的吊灯摇摇晃晃的。

整间咖啡馆最引人注目的大概是红色吧台上的一座古董钟，琉璃绿的表盘，铜鎏柱形外观。做工倒是精巧，只是好像表盘里的针从他们进咖啡馆后就没有动过。

“那钟不会走。”林恬伊不明白禾真为何会对那座钟感兴趣。

“谁说钟一定要会走的？故宫里百分之九十的钟都不会走，但价值是难以估算的。”禾真眼睛发光地道。

禾真的爷爷是一位钟表师傅，也是一位古董钟收藏家，她从小就对古旧的钟表有莫大的兴趣。直到爷爷生病后，家里的古董钟才悉数卖了出去。

林恬伊点了点头，依然无法理解禾真千里迢迢约她来这里，难道只是为了看一座古董钟？

“恬恬，你知道我这一年过得很差……”

“嗯……”

“我没有钱……”

“嗯。”

“你能不能带我认识一下你们的主编黑 top？”

“嗯？”

林恬伊受了惊吓，手里的咖啡杯都要握不稳了。

她瞪大眼睛盯着禾真，好不容易喘了口气道：“你说的是……你要认识史上最最最最难搞主编黑 top？”

“对，我想见识见识你们主编怎么难搞。”禾真微笑道。

“除此之外呢？”林恬伊狐疑地打量着禾真。

禾真咧了咧嘴，笑容显得意味深长：“我要追着你们主编……签下我的新书啊。”

“这恐怕有点难啊……”林恬伊了解禾真现在的处境，欲言又止，半晌，还是说道，“不过三天后的那场签售会他也会去，你可以试试。”

禾真又问：“我听说黑 top 喜欢古董钟？”

林恬伊没否认，点了点头。

禾真起身，拿了后座的大衣说："我们走吧。"

禾真披上紫红色的大衣，这种颜色常人很难驾驭，她穿着却很显气质。

说起来她皮肤白皙，五官秀气，就是长期熬夜有了黑眼圈。林恬伊竟然用同性吸引的眸光审视了禾真良久，直到禾真转过头，林恬伊才心虚地别过脸。

她道："恬恬，借我八百八十八元。"

"为什么？"林恬伊古怪地问道。

禾真指了指吧台上的那座古董钟，小声地凑到林恬伊的耳边道："我注意这座古董钟很久了，这座古董钟绝对物超所值，你们主编一定喜欢。"

"所以？"

"我刚跟这个老板讲了价，她愿意打个折，八百八十八元卖给我。"

林恬伊微微吸了一口气，开什么玩笑，花八百八十八元买一个不会走的旧钟？

林恬伊问她："你要干吗？"

禾真又补充道："送给你主编。"

林恬伊忍不住哆嗦了一下，她的闺密要给她的老板送"钟"！该不该阻止禾真呢？

回忆抽离，回到现实，禾真真是懊恼，白买了一座古董钟，好不容易在签售会守了一天，居然还没找到机会跟陆昀之好好谈谈！

"可是……你为什么一定要签我们公司呢？网站那么多，文化公司那么多……"林恬伊有些不解。

"因为除了你们主编，不会再有人签我了。"禾真又咬了一大口苹果，眼里有光。

顿了顿，林恬伊又问："那你现在要进行B计划了吗？"

"对。"禾真望了望趴在地上朝她摇头摆尾的狗狗微笑女王，心一狠，说："今早不睡了，小微笑明天就靠你了！"

微笑女王半眯着眼，看似在微笑答应，舔了舔禾真的脚丫子，又缩回沙发一边去。

到了清晨五点，本该是禾真入睡的时间。她硬是脑袋昏昏沉沉地强撑着出了门，来到河边的步道等候晨跑的陆昀之。

她穿了一身白色的运动套装，里头就穿了件保暖内衣，冻得瑟瑟发抖。

听说陆昀之一大早要跑六公里，用时差不多半个小时。她在河岸吹冷风吹了十分钟，终于迎来了跟河岸第一道朝霞同时出现的陆昀之。他身穿一身黑色的运动服，干练又清爽，一双大长腿十分吸睛。他的背后还跟着一只英姿飒爽的萨摩耶。

眼看陆昀之到了眼前，她也跟上去道：“陆主编，昨天的事情不好意思……”

陆昀之侧头看了禾真一眼，停下脚步问道：“你找我有事？”

禾真咳了几声道：“其实吧……我知道你家萨摩耶正在找女伴。”

陆昀之漂亮的桃花眼终于有了起伏：“你家也是萨摩耶？”

“对，我家的微笑女王是纯血统的雪白色，跟你家这只特别般配。”禾真微笑着介绍道。

陆昀之点了点头，问道：“那狗呢？”

禾真吸了一口气，眼里淬满了笑：“真是抱歉，这太阳才刚刚升起，它……还在家睡觉呢。”

“……”

今天一大早，禾真怎么摇也没摇醒微笑女王。唉，没想到啊没想到，关键时刻，狗也靠不住啊！

仔细想想，狗也是随主人的。要不是为了堵陆昀之，这么大好的早上，她可是刚刚才入睡呢。

她打了个哈欠：“陆主编，我叫禾真，禾是禾苗的禾，真是真诚的真。我是个悬疑作家，笔名是……”

陆昀之挥手打断了禾真的自我介绍，轻轻笑了一声道：“看来禾小姐平时没那么早醒呢？”

“是，我晚上都在写稿子，一般早上五点才去睡觉。今天是因为想带家里的微笑女王跟陆主编家的狗来相亲的……”

禾真紧跟陆昀之跑步的步伐，努力介绍自己：“我的笔名是何时了，主要是写悬疑小说，你可能还不了解我……”

“十八流悬疑写手何时了深陷金牌作家米思薇的抄袭新闻，闹得沸沸扬扬，业内很难有人不知道你的笔名吧。至于了解？我觉得我不必花时间了解你吧。”陆昀之平静地回复道。

陆昀之的步伐有力，节奏快速，气息却平稳，倒是禾真气喘吁吁。

不一会儿，陆昀之便停下了步伐。身后的萨摩耶钻进了一旁的草地，像是给了两个人单独说话的机会。

禾真好不容易缓了一口气，解释道：“陆主编，我真的没有抄袭，相反是她无耻地盗用了我的稿子……”

“不用解释，现在至少有人记得何时了了不是吗？”陆昀之反问道。

禾真张了张嘴，换了个话题道：“其实陆主编你给我留下的那行字让我受益匪浅。”

“怎么说？”陆昀之忽然来了兴趣。

“这三句组合起来看似一句藏头诗，可那句‘时人不识凌云木’，是出自《小松》中的‘时人不识凌云木，直待凌云始道高’。”

陆昀之点点头，停下了脚步。

禾真继续解释：“意思是世人不认识这是将来可以高入云霄的树木，一直要等到它已经高入云霄了，才承认它的伟岸。我觉得陆主编是在说我现在的处境，虽然过得很差，深陷抄袭丑闻，人人喊打。但那是因为世人不知道我是那棵可以高入云霄的树。”

陆昀之环抱双臂，勾起嘴角，忽然觉得很好笑，眼前这个女孩是哪里来的自信？

“禾小姐，你的理解能力果然同别人不太一样。”

没等禾真回复，陆昀之就去草地拉他的狗。等他从草地走出来，手上多了一包白纸包裹的东西。

禾真不死心，急忙追了上去，仍试图说服陆昀之：“陆主编，我一大早天还没亮就在这儿等你，可见我诚意十足，不想无功而返。”

“是吗？”

“陆主编，你恐怕不了解我这种类型的夜行动物，基本通宵都在写稿，一直到清晨五点才能睡……”

禾真认真地解释，但她想陆昀之应该不会理解她这种夜行动物的生活作息吧。

果不其然，陆昀之置若罔闻，环抱双臂，漫不经心道：“禾小姐，熬夜会令人变丑变笨，你还这么年轻，黑眼圈已经这么重，跑两步仿佛就要断气，还是早点睡吧。”

“我……”禾真还不想放弃。

“你到底想干吗？”陆昀之将眉毛挑起，眯了眯眼睛。

禾真犹豫片刻：“多多少少让我带点东西回去吧……”

“好！”

这么爽快？

其实她想说的是一个机会……

话落的瞬间，陆昀之已经把手中白纸包裹着的东西递给了禾真，眼底有笑意流转。

“麻烦你了，禾小姐。”

回神的瞬间，一人一狗已经跑远了，只剩下禾真捏了捏手心的东西。

还有些软软的，还有些温热。

而且好臭啊……

禾真百感交集，半天也说不出一个字。她想要的是一个机会，而不是一包狗屎……

她打了个电话给林恬伊，把今天的事情跟林恬伊抱怨了一遍。

林恬伊鬼鬼祟祟地压低声调道：“晚上我去找你，咱们再详谈。”

禾真回到出租屋，看了看对面书柜的古董钟，黑檀木月牙形外观，镀金雕刻的表盘好似一轮皎月。

这大概是整间出租屋里最贵的一样东西了吧。

她搬来这里差不多两个月，这间出租屋不过四十来个平方米，只有一个客厅和一个卧室，整个小区都很破旧，没有电梯，物业也不管事，楼道里堆得满满的都是杂物。

这是她住过的最破的出租屋，下雨天阳台会漏水，大风天会把后门吹得摇摇晃动，前段时间天有些热，她还见到几只大摇大摆的长腿蜘蛛，腿又长又细，身姿敏捷地爬墙落地。

禾真是写悬疑小说的，意外地来了灵感，在小说里加了个蜘蛛幽灵的设定。可微笑女王不干了，一连几天都闹情绪，直到禾真把蜘蛛赶走，它才消了气。

林恬伊敲门的时候，禾真正在厨房煎牛排。旧房子，抽油烟机形同摆设，禾真差点要被油烟呛得窒息。

微笑女王摇着长尾先去开门，林恬伊晃了晃手里的蛋糕，这才发现来迎接她的是一只毛茸茸的大白狗。

整个屋子烟雾弥漫，林恬伊移动了几步，大叫道："禾真，你要自杀可别拖上我啊。"

林恬伊走了几步，才看到举着两个白盘的禾真。

饭桌上铺着简约的红色格子桌布，刀叉摆放整齐，两个高脚杯擦得晶莹透亮，中间还有个烛台。

禾真放下两块牛排，松开围裙，说："我一般不下厨啊，但因为我最好的闺密大驾光临，怎么也得庆祝庆祝。"

林恬伊微微笑了笑，帮着点蜡烛，说："也只有你这么乐观了。要不是你爷爷，你也不至于……"

"抱歉，帮不上忙。"林恬伊有点惭愧，她只是一个小编辑，确实没法帮上忙。

"唉，看来我还是得把那座古董钟给退了！"禾真去里屋端出一个纸盒来，"八百八十八元呢，你家主编都不打算签我了，我还给他送什么钟啊？"

"人家肯退吗？"

"卖你钟的不是一家咖啡馆吗？怎么还得保证七天无理由退款？"

屋内忽然传来"当、当、当"的声音。

一共敲了八下，现在是晚上八点钟。

林恬伊忽然有点好奇，循着声音来到卧室门口，她看到了书柜里头藏着的一座古董钟。

月牙形表盘内圈为罗马数字刻度，金色的表盘上方另有三个小表盘。她环抱双臂盯了许久，那座钟此时就像是挂在书柜里的月亮。

"前段时间我回老屋收拾爷爷的遗物，他只留下了这座古董钟。"禾真凑过来解释了一番。

"总觉得这座古董钟在哪里看到过……"

林恬伊皱了皱眉，总觉得有些似曾相识。

“我想起来了……”林恬伊猛地回过神，“黑 top 办公室里有一座长得像太阳的钟，外观材质好像跟你这座一模一样，表盘的上面也是有三个小表盘。你看看你这座钟，就像是一个月亮……”

“日蚀月月光灭，朔月掩日日光缺……”禾真嘟嘟囔囔道，“难道真的还有一座望日钟？”

“说什么呢？”林恬伊觉得禾真自言自语，古古怪怪的。

禾真咬了咬手指，有了主意：“我看还是得给你家主编送钟。”

送钟，送终？这话怎么听都有歧义……

林恬伊咳了一声，又问：“那家咖啡馆买的钟不退了？”

“退，当然得退。”

“那你送什么啊？”

禾真指了指书柜里的古董钟，响指一打说：“终于有了对付陆昀之的 C 计划！”

一大早，林恬伊就坐在办公桌前发呆。她特地八点出现在了办公室。她来回摩挲着双手，一双高跟鞋轻轻跺着木纹砖，心里有点发虚。

她盯着电脑屏幕右下角的时间，总觉得忐忑不安。

禾真交给她的事情实在是太难办了！

她静候着时间一分一秒地过去。

八点一刻整，不提早一分钟，也不迟到一分钟，好像有一道光芒射了进来。

陆昀之准时出现在了公司门口。

他穿着一件低调的深黑色西装，但从柔软自然的肩部，到完美的收腰部恰如其分地凸显了他的气质斐然。

他的眸光沉静，步伐沉着，路过林恬伊的办公桌旁时，林恬伊慌忙低下头。陆昀之穿着一双仿古褐色的小牛皮皮鞋，踩在木纹砖上的瞬间仿佛都在发出金币落地的声音。

林恬伊知道那是意大利顶级手工定制的皮鞋品牌 Silvano Lattanzi（朗丹泽），折合人民币至少要两万元。

她的心狂跳，紧张不已，只见陆昀之忽然停下了脚步。

林恬伊微微抬头，想了半天才问好道："陆主编，早上好。"

陆昀之轻轻颔首，迈开长腿，迅速走进了主编室。

她手托腮，随手打开一个文档，却毫无心思。

就在刚刚，她递了一份文稿到主编办公室，一般只有过了二审的稿子才需要打印出来。可刚刚她递上去的正是她闺密的新作品。

如今她的组长请了长假，她成为代组长，却先替禾真走了个后门。她想想都有些后怕，万一陆昀之发起飙来……

时间不紧不慢地过去，她看了一眼手表，终于熬到快十二点了，可以吃中饭，午休了。

"丁零零——"

办公桌上的座机忽然响了，林恬伊一哆嗦，急急忙忙接起电话，然后回道："好的，主编，我这就过来。"

她用力深吸三口气，敲响了主编办公室的门。得到"请进"的回答后，她才进了门。

一张红木木桌前，陆昀之目不转睛地看着面前的笔记本电脑。背景墙上悬挂着一座古董钟，历史悠久，听说出自拿破仑三世时期的法国。黑檀木圆形外观，镀金雕刻的表盘，大表盘内圈为罗马数字刻度，上方另有三个小表盘分别为夜间静音调节、打簧速度调节和报时铃音选择，可谓精致无比。

洋洋洒洒的阳光照进来，乍一看悬挂在墙上的那座古董钟倒像是一个金色的圆日。

白色珐琅指针在"嘀嗒嘀嗒"地转动，她连呼吸几乎都不敢，但办公室里除了墙上那座古董钟的针划过钟表的声音，仿佛还有奇怪的沙沙声。

林恬伊正思索着这个声音从何而来，陆昀之已经移步到了茶几处。她紧随其后，忽然发现矮几旁边的矮柜上摆着一个长盒，里面蠕动的是黑黑的虫子，定睛一看竟然是蚕，密密麻麻大概有几十只，它们正在啃食着盒内的桑叶，发出沙沙的声音。

林恬伊有点惊奇，主编居然这么有童心，养蚕？

陆昀之捏了捏手中订成一本的 A4 纸，问道："这是你递上来的？"

林恬伊用力点头道："对，主编，这是最近过了二审的稿子。这个作者虽然写的是悬疑小说，不太符合我们最近的选题，但写得还不错。您看……”

还好终审是匿名审稿，林恬伊暗自吁了口气。

陆昀之背靠沙发，忽然道：“这个作者画得不错……”

林恬伊猛地抬头，满脸疑惑。

昨天她接过禾真打印好的稿子，只是还没细看内容，什么时候成了一幅画了？

“画得不错？”

“你大概也没看内容吧？”陆昀之轻描淡写地质问。

“主编，我……”她急于解释，可话到嘴边又停了下来。

“地址。”

短短的两个字，让林恬伊瞪大眼睛。

“你闺密家的地址？”陆昀之抬起好看的下巴，又问。

“我闺密？”

“这个稿件不就是何时了让你交给我的吗？”

这个陆昀之也太神了吧。

“你怎么知道……”林恬伊欲言又止。

“你已经浪费了我四分钟。”陆昀之提高了音量。

林恬伊被吓得不轻，快速背出一串地址，还没回过神，就见陆昀之穿上西装急急忙忙出了办公室的门。走到一半，他又转身叮嘱道：“记得帮我关门。”

眼见陆昀之火急火燎地出门，林恬伊才回过神，立马翻了翻禾真交给她的纸稿。

扉页是标题，翻开第二页，居然是空白的一页纸，上面只画了一座月牙形状的钟，同悬挂在禾真书柜里的古董钟长得一模一样。

没想到啊没想到，禾真还挺会对症下药的。

陆昀之开着车，行驶在平稳的大路上。从他在意大利寻到望日钟开始，他搜寻日月星辰钟中的朔月钟已经整整三年了。这对日月星辰钟，只有两座钟合二为一才有收藏的最大价值。

如今他终于找到朔月钟存在的一丝证据，他必须当面问问那个叫禾真的女孩，她怎么会知道朔月钟的模样？

同一时间，禾真确实有点狼狈，她还不到十二点就被房东按门铃给吵醒。她已经欠了三个月的房租，刚租房时她押了两个月的租金，现在已经完全不够抵扣房租了。忍了半个月的房东终于发怒了，让她十二点半之前搬走。

现在的她还在小区，坐在行李箱上，看着一台电脑和一只狗，心里莫名有些悲凉。

这个点还真有点饿了。

她叹了口气，给林恬伊发了微信："小恬恬，江湖救急啊，有空过来载我一程吧，我要搬家。"

对方没回复，她又刷了刷新闻：下周一中午十二点会有一场长达五至六分钟的日全食，而A市恰好可以观看到这场三百年一遇的日全食。

她嘟嘟囔囔："三百年一遇也改变不了我倒霉的现状。"

禾真郁闷地叹了一口气，瞥了一眼微笑女王，它正甩着白色的大尾巴，吐了吐舌头，好像还在笑。

"笑笑笑，就知道笑！"

她又叹了口气，小区门口正好驶入一辆白色豪车，和这个破旧的小区显得格格不入。

正在她走神的瞬间，手里的手机忽然响了。她接起："什么？搬家？黑top看到我画的钟现在正往我家赶来，这会儿应该要到了？"

禾真抬头一看，白色豪车在她不远处的一棵榕树下停下，首先落地的是一双仿古褐色皮鞋，紧接着就是陆昀之挺拔颀长的身子。

眼见陆昀之径直往她曾经租住的2号楼走去，她从行李箱上跳下来。阳光正好，树影斑驳，洋洋洒洒的光芒洒在陆昀之的身上，挺括的肩膀，线条流畅的身材好似都蕴在这完美的阳光下。

就在那一瞬间，禾真忽然改变了立刻叫住他的主意。她继续坐回行李箱上，静静地看着陆昀之爬上了楼。

一楼，二楼，三楼……

到了第八楼。

她看了看时间，他爬楼梯的速度很快，果然大长腿有优势。如果是她，得在中途休息一次才爬得上八楼。

她发了条微信给林恬伊："陆主编的电话号码是多少？"

林恬伊迅速回了一串数字。

电话很快接通了，她仰起头，影影绰绰地看到八楼的那个身影拿起了手机。

"喂？"真是一个富有磁性的声音。

"陆主编，我在楼下。"禾真忽然有种大仇得报的嘚瑟。

陆昀之移步到栏杆边，一眼就看到了电动车车棚旁边，有个女孩坐在红色的行李箱上，而身旁还有一只雪白的萨摩耶。

"你早就看到我了，为什么不叫住我？"陆昀之又好气又无奈。

禾真朝着陆昀之挥了挥手道："我只是想算算主编爬楼梯要耗费多长的时间。"

"多长时间？"

"一百六十六秒。"

"那你知道你耗费了我多长时间吗？"

禾真有些不解："不知道，还请主编明示。"

"上楼梯一百六十六秒，下楼梯减半也需要八十三秒，加上现在我们已经通话了快三十九秒。总共两百八十八秒，折算成分钟快五分钟。另外加上我开车、停车等耽误的时间差不多有三十三分钟，总共三十八分钟。"

看来陆主编不仅有文学造诣，数学好像还不错……

挂断电话，陆昀之也觉得自己有点反常，为什么要浪费时间跟这个女孩废那么多话。

他有点生气地从八楼走下来，而另一边禾真收到了林恬伊的微信："联系上主编了吗？"

禾真微笑着回道："联系上了，陆三八下楼找我算账了。"

"陆三八？！你……你骂他了？"林恬伊吓得嘴都合不拢了。

"哪能啊，是我耗费了陆主编三十八分钟，简称：陆三八事件。"

第二章
日月星辰钟

等陆昀之移步到禾真身旁时，禾真偷偷收起手机，抿着嘴对着他笑了笑：“陆主编，又见面了。”

陆昀之不喜欢把时间浪费在无用的事情和人的身上，要不是因为朔月钟，他大概不想和这位“何时了”有多余的交集。

“禾小姐是要去旅行吗？”陆昀之尽量客气地笑了笑，看了一眼行李箱后问道。

禾真深吸一口气，并不打算把自己付不起房租的事情解释一遍，而是道：“也可以这么说吧，因为每次搬家我都当成一次旅游。”

陆昀之淡淡地勾唇：“看来禾小姐经常搬家？”

“我是写悬疑小说的嘛，经常换住的地方可以有一些新的灵感。”禾真笑着解释。

陆昀之微微颔首，又道：“那禾小姐的新家在哪里？我可以送禾小姐一程。”

禾真哪里找好了什么新家，本来是想让林恬伊开车先把行李搬回她家借住一宿的，可现在……

恐怕是不行了！

“陆主编找我是有别的事吧？”禾真故意换了个话题。

陆昀之心想：这不是明知故问嘛，他就是为了那座朔月钟而来。

陆昀之保持微笑道：“难道禾小姐不知道我找你的原因吗？”

陆昀之抬了抬手，潜台词是你不要再浪费我宝贵的时间了！

禾真故意端着："陆主编是为了我画的那座古董钟而来啊……"

"你见过？在什么地方？"陆昀之着急地问道。

"我不只见过，还拥有它。"

禾真满脸得意，陆昀之却有了疑惑。钟呢？钟在哪里呢？

禾真指了指行李箱，说："在行李箱里。"

话音刚落，陆昀之的脸色忽然变得很难看，好像乌云密布，就要有一场骤雨。

禾真小心翼翼地吞了口口水，问道："陆主编是哪里难受？"

"全身难受。"

"是……是发生了什么事吗？"

"你知不知道你刚刚坐在了什么上面？"

"行李箱啊。"

"不，你坐在了一座来自拿破仑三世时期珍贵的古董钟身上。"

禾真眨了眨眼，这么说事情好像有点严重。

陆昀之实质上很想看到那座钟的庐山真面目，但这里好像又不是最佳的地方。

他看了看眼前的女孩，左手一直捂着肚子，双唇毫无血色。

他咳了一声，问道："需要帮忙吗？"

她抬头看着陆昀之，有些不明所以。

陆昀之解释道："我可以帮你叫个跑腿代购。"

"也行吧，"禾真迟疑了一会儿，点了点头道，"我想点个鸡腿饭。"

陆昀之持手机点击软件的手指忽然顿了顿，他刚刚还误会她是生理期……

"你还没吃饭？"陆昀之没好气地问道。

禾真摇了摇头，她真的很饿了。

"那行吧，我请你吃饭，然后再详谈吧。"

禾真开心地点了点头。

陆昀之打开了后车门，说："上车吧。"

禾真转身去叫微笑女王，顺道去拖行李箱："陆主编，麻烦开一下后备厢。"

陆昀之环抱双臂，目光深深地问道："谁坐后备厢，是你还是你的狗？"

禾真迟疑了有一秒，道："不是，行李箱不应该放……后备厢吗？"

陆昀之帮着禾真先把行李箱给抬到了后车座上，说：“你的职责是保护这座钟，如果不是这座钟，我们应该没有坐下来谈话的机会。”

话好像是不错，可是……

就这样，那个大红色的行李箱霸占了后车座的大部分位子，禾真只分到一小块位子，而微笑女王独占了副驾驶座。

禾真有点郁闷，她在陆昀之眼里还比不上一座钟和一只狗。

陆昀之心想：带着一只狗和一座古董钟能去哪里吃饭呢？

想来想去，他最后把车开到了自己的单身公寓。

直到进了地下停车场，陆昀之拖出行李箱，微笑女王紧随其后，禾真困惑地跟着陆昀之上了电梯，才问道：“陆主编，你不是说请我吃饭吗？怎么来这里……”

怎么看这里也不像是一个吃饭的地方啊！

“带着一座古董钟和一只狗去餐厅吃饭实在是不方便，所以你幸运了，能在我家吃到我……”

禾真有些激动：“陆主编亲自下厨？”

“想多了，”陆昀之波澜不惊地回答，“我点的外卖。”

“……”

“叮”的一声响起，电梯门徐徐打开。陆昀之迈开大长腿，径直走到一户门前，在密码锁上按了几个键，公寓门随即打开。

整个公寓的装修风格可以用三个字来形容，那就是“性冷淡”。一走进门便是贴近原木色的原木砖，环顾一周，是深灰色的沙发、白色的圆桌，以及黑白相间的大理石装修的电视背景墙。

简简单单，又非常整齐，整个公寓最让人眼前一亮的大概就是书房了。典型的中式风格，从墙上、书柜到桌上，放着形态各异，大大小小的古董钟。

禾真还是第一次见到这么多古董钟，有点震惊。她最为感慨的是在陆昀之的书桌上看到了一个铜器，有些古朴，类似沙漏，设计十分有特色，周期性滴入水，倾倒后再次立正，往返好几次。

“这是什么？”禾真好奇地问道。

“欹器，是古时候的一种计时器。水半满则器平衡，水全满则倾斜而水溢出。”陆昀之解释道。

“还真有意思，看来陆主编对古时候的计时器有莫大的兴趣啊。”禾真忍不住赞叹了几句。

陆昀之微微笑了，他是何时对这些老古董感兴趣的，应该是从五岁开始，他被罚站在外公的收藏室，那里面摆放的都是外公收藏的古董钟。

“嘀嗒——嘀嗒——”

他孤独地站在那个只有昏暗灯光的房间里，听着指针划过表盘的声音，却感受到奇怪的安全感。

也正是因为如此，他好似对时间特别敏感。

见陆昀之陷入深思，禾真轻轻唤了好几声“陆主编”。

身旁的男人才回过神，径直去了餐厅，淡淡地道：“下午两点我要准时回公司上班，所以点了最简便的比萨。”

禾真正盯着持着比萨的陆昀之，他两只手戴着透明的塑料手套，手指修长，迅速果决地分割已经切好的比萨，然后不紧不慢地往嘴里送，薄唇轻启，竟然有种意外的美感。

陆昀之一点也不废话，开门见山道：“禾小姐，那座钟你想出多少价格？”

她盯着他的薄唇看了很久，能把比萨这样的食物吃得优雅又不失形象的人大概只有陆昀之了吧。

“禾小姐，你在听吗？”陆昀之问道。

禾真这才回过神：“陆主编，我并不知道这座古董钟在市面上值多少钱，如果这座古董钟能换一个机会，我倒是愿意把它赠送给真正懂古董钟的人。”

陆昀之脱下手套，捏起一张纸巾轻轻揩了揩嘴角，笑了笑：“你知道这座钟值多少钱？”

“多少钱？”

“这座朔月钟单独售卖最多一万块，但真正的价值是同望日钟合二为一，组成完整的日月星辰钟。这对古董钟至少值十万块，但真正爱古董钟的人并不会拿出来售卖，而会收藏。”

禾真恍然大悟，又道：“那么我单独售卖这座钟并不能获得最大的价值了。”

“你可以这么认为，但是我会给你一个很公道的价格。如果你没有异议，可以让我先欣赏一下这座朔月钟吗？”陆昀之直奔主题。

禾真差点被陆昀之绕晕了，她要卖的不是钟，而是自己的小说啊。

“陆主编，不知道你看了我发到你邮箱的稿子了没？这是我最新构思的悬疑小说……”

陆昀之打断禾真的话，说：“禾小姐，哦不，何时了，你涉嫌抄袭米思薇的《夜幽行》，而这种事是完全可以跟作者商议私下解决的。可你居然不知死活地在网上和她的粉丝开撕，如今被她的粉丝曝光了身份。你的真名和笔名已经没有任何一家文化公司敢签约了，你觉得我还会签你吗？”

“陆主编，我真的没有抄袭，真相是……”禾真欲言又止，似乎酝酿了很久，才道，“我做了她的枪手差不多五年。”

“那你应该继续做她的枪手。禾小姐，你不就是为了钱才做她的枪手的吗？”

陆昀之神情淡漠，深咖色的眸子冷酷又无情。

“对，大学期间我是为了钱才做的枪手，那时我只不过是一个小透明的写手，根本等不到成为大神。那时我是需要很多钱，可现在我想重新开始，我想拿回《夜幽行》。我已经跟JM文化公司解约了，他们也答应了我解约的要求。”

禾真咬着唇，长叹一口气，那些是她不敢再去细想的往事：“我只是……没想到米思薇抢先发布了这个稿子。”

陆昀之起身为自己倒了杯开水，并微微抿了一口，看似轻描淡写道：“禾小姐，我有句忠告，要做个让人相信的人，而自己绝不相信任何人。你的问题在于太相信别人，既然做好了解约的准备，就应该保护好自己的作品。”

禾真也悔不当初，如果不是她忘了清除电脑回收站里的文档，也不至于造成今天这样的局面。

“所以，陆主编，现在只有你能帮我。”禾真抬头，眼里有着深深的期望。

可陆昀之轻飘飘地笑了一下，问道：“你为什么会这么认为？”

“因为我听说您和JM文化公司的老板简嘉伦是死对头。”禾真老实回答。

“还有呢？”陆昀之的呼吸明显有了起伏。

“还有，据我所知，有一个从JM文化公司解约的不知名写手，你把他捧红了。”

“你说的是韩时？”

“对，就是最近办签售会大热的作者韩时。”

陆昀之微微勾唇，不置可否，忽然俯下身，单手撑在白色的圆桌上。

他直直地盯着禾真，五官线条凌厉，有一双内勾外挑的桃花眼，似醉非醉，眼底那漫不经心的笑让禾真忽然有点口干舌燥。

她感受到一股无形的压力，不自觉地往后退，可面前的男人又向前靠了分毫。

禾真别过脸，心虚地清了清嗓子，心跳不自觉地加速。

陆昀之压低声音，接着道：“可是……”

“禾小姐，你怎么知道我一定会捧红你呢？”

“我……我相信你啊！”禾真好不容易才捋平了舌头。

陆昀之直起身子，又道：“禾小姐，我刚刚说过一句话，要做个让人相信的人，而自己绝不要相信任何人。就在刚刚那几秒你又犯了个错误，轻易便相信了我。”

陆昀之勾着唇，笑得意味深长。

禾真好不容易回过神道：“所以，陆主编的意思是……”

陆昀之整了整袖口，又看了看时间：“我还有十分钟就要出发去公司，你需要我送你到公交车站吗？”

禾真忽然有点生气，她站起来：“所以，陆主编是不会签我的。”

“禾小姐，你为什么一定要把问题问得那么明白呢？你完全可以从事另一个行业，成为作者对你来说真的那么重要吗？”陆昀之漫不经心地反问道。

“对，很重要，是需要用一生去维护的梦想。”

陆昀之忽然蹙眉看向禾真，眼前这个娇弱的女孩，一双深黑的大眼睛里似乎有灼灼光芒在闪烁。

她执拗地咬着唇，看来是真的生气了。

“我以为你和别人不一样，他们嘴里的陆昀之主编和别人不一样，他为了让作者好好写稿甚至请作者吃饭，替作者付房租，甚至帮作者养狗。可你跟我想象中的尊敬作者、爱护作者的陆主编完全不一样。”

禾真转身拖着行李箱，微笑女王自觉地跟在她身后。一人一狗正要出门，又被陆昀之叫住。

“你要去哪里？”陆昀之问道。

“我去哪里和陆主编有关系吗？”禾真迈着坚定的步伐往外走，没有回头。

“你去哪里的确和我无关……但你要带走的钟和我有关。”陆昀之毫不掩饰。

禾真还以为自己洋洋洒洒地夸了陆昀之一顿，他能改变主意呢，结果他想着的只是……她的钟！

她真是好气！

禾真猛地转身，发现陆昀之离她不过一寸的距离。她仰起头，做最后的挣扎：“陆主编，我可以把古董钟送你，你能不能给我一个机会，签下我的稿子，分成比例任你开。我相信你知道我是一个有潜力的作者……”

“你要送我钟？”

“对，送钟。”

“禾小姐，你知不知道你是在骂我？”陆昀之的声调又冷又平。

禾真咬着唇，情绪起伏了半天，仰头看着这个五官清隽生动的男人，酝酿了很久才问道：“所以，你绝对不可能签下我的稿子？”

“对。”陆昀之决绝回道。

“那……”

禾真的脸涨得通红，气得不行，忽然放下行李箱向前走了一步。她直直地盯着陆昀之，陆昀之则俯视着她。

两双生动的眸子里各有奇妙的情绪在流转。

不知静了几秒，陆昀之先开口道：“禾小姐，你盯着我已经有十二秒了，你到底想说什么？”

这个男人的脑子里是真的装了个计时器吗？

禾真真是气绝了！

“不送了！”

“……”

气还是没消，她用力踩了陆昀之一脚。陆昀之迅速收回右脚，震惊得喉结滚了滚，而面前的女孩继续道：“不给您送钟了，陆主编，你安心地、‘嘀嗒嘀嗒’地……”

陆昀之瞪大眼，忽然有点害怕眼前这个神情夸张的女孩接下来会有什么惊人的举动。

下一秒，她终于抛下了最后几个字：“像一个准点的计时器般活着吧！”

话落的瞬间，女孩竟然大摇大摆地一只手拖着行李箱，一只手牵着一只狗走出了他的家门。

过了三秒，陆昀之才缓过神来。他请人吃了一顿饭，还被人骂了一顿、踩了一脚，却没看到他梦寐以求的朔月钟。

陆昀之的脸色很难看，发现他面对禾真时简直处处被动！

禾真出了陆昀之的家，才对自己的冲动行为感到后悔。她刚刚应该多捧陆昀之几句的，指不定他就改变主意了。

她站在人头涌动的人行道上，吹着冷风，有些沮丧。

她需要好好冷静一下，最近遇到了太多事。几个月前，爷爷去世，她蹲在爷爷的病床旁边，那个已经瘦得只剩皮包骨的老人紧紧握着她的手，对她叮嘱的最后一句话便是："真真，一定要当个大作家。"

她的梦想，她从小到大的梦想便是当个大作家。

爷爷去世以后，她终于还清了欠下的医药费，也终于做了决定告别枪手，告别当米思薇的影子。

可她的稿子被盗用，她莫名其妙成了抄袭狗，她的个人信息被人曝光，在换电话以前她接到无数个骚扰电话，她付不起房租被赶出来，她一次又一次被退稿都没把她打倒，因为她还抱着重新站起来的希望。可是现在呢？

她最后的希望好像就要破灭了，她漫无目的地走在大街上。走着走着，她又走到了文博图书城的对面街。

她立在原处，望着对面的文博图书城，今天是米思薇的签售会。

LED 屏幕上滚动的红字是：热烈欢迎当红悬疑美女作家米思薇携新书《夜幽行》在文博图书城举行作者签售会。

队伍已经排了好长，属于她的作品，如今却成了别人的新作。

禾真终于哭了。这一刻，她没了爷爷，没了家，没了希望，唯一有的只是一座古董钟和一只狗。

微笑女王舔了舔禾真的脚，试图安慰她，可她夺眶而出的眼泪已经无法停住。

"别碰我，微笑女王！"

她哇哇大哭，打了个电话给林恬伊，却半天没人接。她实在无处诉说心中的郁闷，一连发了好几条微信语音给林恬伊。

她一连骂了陆昀之好几遍，又忍不住大哭起来。

直到背后忽然有人递过纸巾，她抽空接过，哽咽道："谢谢……"

"还需要吗？"是个好听的低音炮。

她徐徐转过身，泪眼蒙眬，只见前方站着一个穿着白衬衣的男人。

她向男生道谢："谢谢你……"

"擦擦眼泪吧，在这里哭的人可真多啊。"男人又递过纸巾。

她好不容易擦干眼泪，这才看清面前的男人，一身白衬衫、黑裤子，干净又简单。他棕色的发丝仿佛泛着琥珀色的光感，一双黑色的眼睛里不自觉地带着深深的忧郁。他仿佛是从漫画里走出来的高大帅气又多愁善感的学长。

禾真有点疑惑："为什么在这里哭的人很多？"

难道还有人跟她一样惨吗？

"因为这里是失恋博物馆啊。"眼前的男人安静地笑了，眸光却隐隐有些忧伤。

禾真抬起头看了看牌匾，蓝底白字写着：失恋博物馆。

她在文博图书城来来回回这么久，居然没有发现这家店，不免有点惊奇："居然还有这种店。"

男人笑了："我的博物馆开了很久了，只是你每次来的时候都望着对面的图书城，所以没有察觉到你背后还有这样一家小店。"

"每次？"

禾真显然有点惊奇，她确实经常出现在文博图书城附近，特别是周四的下午，因为几乎每周四，文博图书城都会有作家的签售会。

而她只敢在图书城的对面眺望那长长的读者队伍，她梦想着有一天自己也能够在那里开一场签售会。

禾真摸了摸后脑勺，尴尬地笑了笑。自己每次站在这个位置像望夫石般望着图书城的样子，在外人看来是不是很傻？

"你喜欢的人在文博图书城工作？"

面前的男人开口的瞬间，又觉得唐突了，礼貌地问道："我是不是问得有些多了？"

“不会不会……”禾真知道他误会了自己，却不打算解释。

他伸出手，介绍道：“我叫祁承，你要来参观一下我的博物馆吗？”

禾真回握了一下祁承的手，指尖微凉。她又看了看祁承，好似在笑，眼里却藏着微冷的情绪。

看不分明，却又让人忍不住想深究。

她跟着祁承进了博物馆，首先映入眼帘的是一张巨幅海报，上面堆砌了一大堆类似心灵鸡汤和感悟的句子。比如——

“最后是‘我爱你’换‘对不起’。”

“不好意思，再见吧。”

“你说我们最好的结局是：分开。”

而真正让禾真震撼的不只是这张巨幅海报，而是博物馆里的展品。有球鞋、手套、打火机、订婚戒指，甚至还有避孕套。

这些展品通通是分手恋人中的某一方留在博物馆的，作为展品展出，琳琅满目，却又隐隐带着一种刻骨铭心的痛。

禾真在一枚钻戒面前停住，注视了很久，祁承才解释道：“这枚戒指是一个女孩留下的，她说这枚戒指是男孩凑了大半年的工资买的。”

“那他们为什么会分开？”禾真问道。

“意外。”祁承若有所思。

“意外？男生变心了？”

“车祸，婚礼的前一天，男生出了车祸。”祁承的神情凝重，语气沉重，“所以女孩永远失恋了。”

禾真侧头看了看祁承，他幽深的双眸好似不自觉地带着忧伤，那样的忧伤深不见底，让人无法窥探。

也许他也有一段不为人知的过往吧。

禾真深思的瞬间，祁承忽然也侧头看向她：“你在想什么？”

禾真有点语塞，解释道：“我刚刚在想，是什么样的契机，祁先生会开这么一家失恋博物馆呢？”

祁承有瞬间的迟疑，旋即又解释：“可能，我只是想找一个地方摆放这些带有伤害意义的纪念品吧。”

“仅仅如此？”

“对，就这么简单，跟我的名字一样简单。”祁承淡淡一笑。

禾真看向祁承的蓝色胸牌：馆长祁承。

“你的名字一点也不简单，笔画挺多的。”禾真打趣道。

祁承忍俊不禁：“还没问面前漂亮的女孩贵姓？”

禾真有点害羞，红着脸道：“禾真，禾是禾苗的禾，真是真诚的真。我是个悬疑作家，笔名是……”

禾真欲言又止，又道：“不重要了，叫我禾真就好。”

祁承见禾真神情微变，安慰道：“其实你也可以留下一样纪念品，就当是对过去的告别，又或者是对未来的希冀。”

“纪念品？”禾真知道祁承误会了她哭的原因，顿了顿道，“我的失恋可能和你想象的不一样。”

“不重要，”祁承温柔地笑了笑，“你相不相信，留下物品的那些主人告诉我，他们后来都收获了另一种好运。”

“这么神奇？”

“嗯。”祁承笃定地点了点头。

“馆长，我真的可以留下一个纪念品吗？”禾真仰头问道。

“可以，但是……”

禾真愣了愣，祁承又淡淡地笑了笑：“你别叫我馆长了，叫我的名字吧。”

禾真留下了一张白纸，这样一件看似普通却特殊的展品连祁承也有点看不明白了：“白纸？”

“嗯。”

禾真点了点头，在白纸旁边的展品标签上留下一行字：从现在开始，我是一张空无一物的白纸，等到有一天白纸变得绚烂，我会再回来。署名：何时了。

林恬伊的确没空看禾真的微信，午休过后，两点整，陆昀之冷着脸，神色难测地准时出现在 Coral Sea 文化公司。

他迈开大步，目视前方，从林恬伊的身边走过。

林恬伊缩了缩肩膀，眼见陆昀之的身影消失在主编办公室，才微微松了口气。

林恬伊躲在电脑后面准备补妆，刚刚描好一边的眉毛，就看到一只手敲了敲她的办公桌。

她抬头看了一眼，是她的组长魏西宁。魏西宁才刚刚销假回来，就给林恬伊增加了工作量。

“组长，有事吗？”她收起眉笔，咧着嘴笑。

“昨天的录音准备好了吗？”魏西宁双手搭在林恬伊的桌前问道。

林恬伊迟疑了差不多有几十秒，眨了半天的眼睛，什么录音？

“忘了吗？昨天下午我和你秘密行动……”魏西宁推了推金丝边框眼镜，林恬伊这才从脑海里搜索到那部分她早就想抹去的记忆。

Amy 是业内知名画手，跟 Coral Sea 文化公司合作往来密切，大部分的书刊和图书封面都是由 Amy 执笔。黑 top 的难搞程度是业内公开的秘密，但是 Amy 的难搞程度跟他可谓是不分伯仲。

陆昀之对封面插画要求严苛，要求退改，Amy 觉得没问题坚决不改，改就必须加钱。

这样来回几次的游击战，组长魏西宁成了最里外不是人的中间人。

思来想去，该如何解决这样的难题？就是让黑 top 不再用 Amy。

就在昨天下午，魏西宁带着林恬伊约出了 Amy，准备录下她对主编的恶言，好在主编面前告上一状。林恬伊觉得此事不够光明磊落，还有些小人做派，便想着要退出。

不想魏西宁先扣下了她的手机，当起了录音机。

“昨天不是组长在录吗？”

魏西宁点点头，夺过林恬伊的手机说：“对对，我差点给忘了。我都发到我的微信上了，现在去找找记录。”

找记录为何非得用我的手机呢？林恬伊有点郁闷。但想到魏西宁是顶头上司不好得罪，只好把委屈往肚子里吞。她拿起眉笔正准备描另一边的眉毛，又被魏西宁给拖了起来：“走，你去主编办公室给我做个证。”

“不不……组长，这和我有什么关系啊？”

“这是你的手机，当然和你有关系啊！”

“……”

林恬伊就这样硬生生地被魏西宁拉到了主编办公室的门口，她摆了各种求饶的姿势，可魏西宁还是要敲主编室的门。

眼见门就要被敲响，里面的人徐徐说了句：“进来吧。”

今天主编明明心情不怎么好，林恬伊心里一阵懊恼，都是魏西宁的错，自己撞枪口就算了，凭什么还拉上她啊？

白色珐琅指针在“嘀嗒嘀嗒”地走动，大家沉默良久，陆昫之才终于抬起头来。

“没事？”陆昫之声音冷淡地问道。

“主编，其实……其实……”

林恬伊忐忑片刻，又道：“确实没什么事，就魏组长有些话要和您说。我就先去外头忙自己的事情了……”

说着说着，林恬伊就准备往后退。

“五分钟。”陆昫之抬起手，露出冷白漂亮的手腕，上面戴着一块珍珠母贝钟表盘的手表，看上去就昂贵无比。

下一秒，林恬伊就被魏西宁拉了回来，瞪大眼指责道：“别浪费主编的时间了，快！”

林恬伊郁闷了，她一点也不想浪费主编的时间……

她只想回去安安静静地描好另一边的眉毛……

魏西宁叹了口气，说：“事情是这样的，主编，让画手改稿本来就是很正常的事情，我也让恬恬跟Amy沟通了几次，可这人简直就是一个泼妇，太难交流了。就说昨天吧，我让恬恬跟她好好沟通最新一期《安宁》杂志的封面，她硬生生地骂了您一顿……恬恬受了委屈也不敢跟您说，我想着这样不行，必须为她伸张正义。”

魏西宁一副假扮好人的嘴脸，让林恬伊直接傻了眼。

魏西宁虽然是个男人，穿越到古代绝对是位手段辛辣的宫斗型选手。

她这下才明白，为什么要用她的手机录音……

这样，即使主编不相信，迁怒的人也只会是她。到了Amy那边，她也成了始作俑者。

这下完了，她真的要哭了！

“这不，恬恬被怼哭了，还好她机灵，把现场说的话录了下来，给我发了微信。现在，您听听这是一位画手该说的话吗？”

魏西宁打开微信，点开那个暴富的头像，往上翻，再点开语音消息……

第一条语音信息：“黑 top 是傻子吗？”

魏西宁义正词严地说：“您听听这是一个画手该对主编说的话吗？”

他继续点开第二条语音信息：“黑 top 简直是史上最难搞主编，没有之一！没有之一！”

魏西宁提高声调，声情并茂：“主编，您听听，Amy 一点也没有自知之明，她自己这么难搞，还好意思说您呢……”

他再点开第三条语音信息：“我可是一块金子啊，上次我让他给我一个机会，他居然给我一包狗屎！这就算了，这次我都给他送钟(终)了，他还不给我机会？”

林恬伊僵住了，魏西宁的喉咙也哽住了。

陆昀之双手交握，薄唇紧抿，深咖色的眸子里有种杀伐果断的气势。

林恬伊有点害怕，急忙后退了几步。倒是魏西宁不怕死地问了一句：“Amy 说过这句话吗？我怎么有……有点不记得了？”

这哪里是 Amy 的声音，明明是自家闺密禾真的声音啊！

要怪就怪禾真设置了跟魏西宁一样红色暴富的头像。

眼见陆昀之的脸色有了起伏，林恬伊用力地顶了顶魏西宁的手肘。

魏西宁闭了嘴，林恬伊也不作声，整个办公室只听到陆昀之背后那个圆日形状的古董钟钟盘上的秒钟徐徐地转过钟盘。

“嘀嗒，嘀嗒……”

静谧了许久，陆昀之靠在转椅上，眉头微微皱了皱，突然问道：“黑 top 是谁？”

两个几乎要把头埋在地上的人，齐齐抬起头来。魏西宁很尴尬，林恬伊也一脸愕然。

这……

黑 top 是谁？陆主编心里难道没点数吗？

既然陆主编要装死，他们也只能配合演出啊！

林恬伊首先回过神来，“哈哈哈”了几声道：“搞错了搞错了，我们搞错对象了，Amy 骂的是黑 top 不是主编……”

魏西宁大概也没想到事情竟然会往这个方向发展，但事已至此，他也只能装傻充愣了，迅速点头道歉：“对对对，林恬伊！你怎么做事的！还不向主编道歉。这都什么乱七八糟的录音啊……”

林恬伊心想自己有什么错，还不是魏西宁这个烂稀泥搞的坏事！

但人在屋檐下，不得不低头。林恬伊只好用力鞠躬道歉：“抱歉，主编。我以后再也不会搞错了……”

“那我和恬恬就先出去做事了……”

魏西宁拖着林恬伊就要开门落荒而逃，这一出乌龙也太难堪了。可两个人才刚转身就被陆昀之冷冷的声调给叫了回来：“等等——”

两个人收起就要跨出的步伐，转身对向面前单手托腮，勾着眼尾的陆昀之。

那双眉眼本似醉非醉，偏偏此时带着一丝不寒而栗的情绪。

“的确该道歉，但是……”

陆昀之故意顿了顿，然后眸光转向了魏西宁道：“是你，要道歉！”

陆昀之的眸光太吓人了，眸光中的寒光活脱脱把魏西宁吓得全身发抖。

“主编，我……”

“你请假期间，恬伊接手了你的工作，做了代组长做得也很好，现在就正式接替你的位子吧。”陆昀之雷厉风行，丝毫不留情面。

魏西宁这回彻底傻了，这等于是降他的职啊！

“主编，我错了！”

魏西宁差点昏过去，林恬伊慌忙伸手撑住他。

“你知道你错在哪里吗？”陆昀之冷冷地问道。

魏西宁摇摇头，又点点头道：“我错在没分清楚黑 top 和主编。”

“不，你错在浪费了我五分钟，听你说一些中伤他人却一点也不有趣的事情。”陆昀之微微扬起下巴，又道，“我不认为你这样的品质可以成为一个好编辑。”

魏西宁一个趔趄，真的要哭了。

“如果你还想继续待在 Coral Sea，现在，立即，消失在我的视线里。”

陆昀之冷淡的声音刚落下，魏西宁就仓皇地逃离了办公室。

随着门合上的声音，林恬伊也往后退，弱弱地道：“主编，耽误你的时间了，我也出去忙了。”

“做鸵鸟也要有点底线。”陆昀之微微抬头看着林恬伊。

林恬伊用力点头：“我……知道了，谢谢主编。”

“以后你们组由你来掌舵，不要让我失望。”

林恬伊有几分喜色又有几分紧张：“是，主编，我会努力的。”

陆昀之似乎犹豫了几秒，又道：“让你闺密带着她的古董钟来我办公室一趟。”

“那……主编你是……”

“半个小时之内，我看到朔月钟，或许能改变主意。”陆昀之忽然道。

林恬伊暗自吁了口气，什么情况？刚刚禾真不是骂了陆昀之，陆昀之怎么突然还要见禾真？

林恬伊匆匆跑回位子上，又给禾真打了个电话，默念着对方赶紧接电话。

禾真从失恋博物馆出来，终于发现了手机在振动，接起手机一听，震惊远远大于惊喜。

就在几个小时之前，她踩了陆昀之一脚，骂了他一顿，还向闺密抱怨了一通。

这才过去多久，他就改变主意了？

算了！就算是鸿门宴她也得去啊！

重燃希望，禾真看了看隔壁还有一家网红奶茶店，终于想到给陆昀之带什么见面礼了。

陆昀之在办公室望着墙上那座望日钟，心里涌起别样的情绪。他今天终于可以得偿所愿，看到这对日月星辰钟合二为一了。

可他等了整整四十分钟，才等到了拖着一个行李箱和一只狗的禾真。

禾真嘴边噙着笑，殷勤地递过一杯奶茶到陆昀之的办公桌上：“陆主编，早上的事情真是不好意思……”

“那时已经是下午了。”陆昀之可是很有时间观念的。

“不管怎样，下午三点钟最适合来一杯蛋糕珍珠奶茶了，去冰，半糖还加了芋圆。你尝尝，这大概是下午最美好的饮料了。”禾真眯着月牙弯的眼睛道。

陆昀之冷冷地瞥了一眼奶茶，说：“抱歉，我不喝奶茶。”

禾真有点失望，这杯奶茶二十二块钱呢！要是自己喝，她都舍不得加芋圆呢！

“真的？陆主编你真的不尝尝这美好的饮料？”

“禾小姐，你还是少喝一点这种号称美好的饮料……”陆昀之微微勾起嘴角，笑意令人炫目。

“为什么呀？”禾真问道。

陆昀之迟疑了几秒，回道：“容易让人变笨。”

禾真看着对面这位扬着桃花瓣双眼的男人，明明长得那么好看，说起话来却毒死人。

算了，在未来老板的面前，必须忍住了！

禾真暗自打气，自己百毒不侵，这次可不能搞砸了，就让他骂几句又不会死！

她忙又咧着嘴道：“要不……陆主编，我们先欣赏一下朔月钟？”

陆昀之眼睛一亮，他都有些迫不及待了。

禾真把行李箱平摊好，打开行李箱，在一堆贴身衣物中端出了那座出自拿破仑三世时期的法国的朔月钟。

陆昀之皱了皱眉，禾真也有点尴尬，解释道：“不好意思，因为有点着急，所以行李箱没好好整理。”

陆昀之嫌弃地瞥了禾真一眼，走近一看，终于见到了他翘首期盼的朔月钟。

黑檀木月牙形外观，镀金雕刻的表盘，其他的结构跟墙上那座望日钟一模一样。

陆昀之小心翼翼地端起那座钟，真是激动不已。但碍于禾真在场，他徐徐地把古董钟放在了办公桌上。

“刚刚我听了你骂我的语音。”陆昀之双手交握，一双眼睛定定地注视着禾真。

禾真有点心虚，刚刚她接到林恬伊的电话才知道事情的始末。都是手欠，设置什么“暴富”的头像。

可同一个世界，同一个梦想啊！

“抱歉，陆主编，我不应该在背后骂你……”禾真弯着腰，用力鞠躬。

“禾小姐，你送我钟，又朝着我鞠了这么大的躬……”

禾真忙不迭用力地挥了挥手：“这回我真的没有别的意思，真的没有！”

陆昀之淡淡地勾了勾唇，又道：“我想了想，上回你让我给你机会的时候，我给了你一包狗屎，这次你又给我送……”

“古董钟！”禾真忙不迭地接了下来。

“对，古董钟，”陆昀之淡淡地回道，“我也不是个没有人情味的人，我可以给你一个机会。”

“真的？”禾真暗自想，难道误打误撞，骂人还骂对了？

“我看了一下，大纲写得不错，但样章我还需细细看看。下周一我们会开个选题会，在场的编辑会以投票的方式决定会不会签下你的稿子。”陆昀之微微抬头，慢条斯理道。

“这是真的吗？陆主编？”禾真大喜过望。

“前提是……这座朔月钟不是仿制的。我会去找专业的古董钟表修复师鉴别。”陆昀之清冷地回道。

“陆主编，你真的不用担心，这座钟绝对是真的，这可是我爷爷留下的传家宝啊。”禾真解释道。

陆昀之微微点头，又道：“下周一九点之前，希望你能准时参加会议。”

“九点啊……”

这么早，大早上……她可是都在睡觉。

“很为难吗？”

“可以改成下午吗？”

陆昀之深咖色的眸子中有狡黠的情绪在流转：“哦，对了，禾小姐晚上都在写稿子，一般早上五点才去睡觉对吗？”

“对对对。”禾真点头如捣蒜。

陆昀之微微耸肩：“可禾小姐都能早起等跑步的我，应该早起开个会也不是问题。”

禾真欲言又止，那天她是没睡直接去河岸边等他的好吧。

她觉得有点头疼，陆昀之接着道：“你还有什么请求吗？”

禾真其实心里还有点困惑：“陆主编，为什么……你会突然改变了主意？”

陆昀之脸色清冷地盯着禾真，眸子里似有暗流涌动。他也说不清道不明，或许心里有个声音也在说给眼前这个执着的女孩一个机会吧。

或许是因为这座古董钟，又或者是……从前自己也当过别人的影子，影子大概特别能体会影子的感受吧。

又或者……

“因为你的古董钟。”陆昀之随便找了个借口。

“陆主编，我能提一个请求吗？”禾真微微抬起食指，对着陆昀之道。

陆昀之靠在转椅上，双手交叉，露出冷白的手腕：“你说吧！”

“你……能帮我照顾微笑女王吗？”

“嗯？”

陆昀之忽然抬起头看了看禾真脚边的那只全身雪白的萨摩耶，听到主人呼唤自己的名字后正在用力地摇着尾巴。

禾真抿着唇使劲在笑，现在的她交不起房租，只好搬到老屋和爸爸一起住。爸爸对狗毛过敏，闺密林恬伊又没有照顾狗狗的经验，她现在能托付的好像就只有面前的陆昀之……

“陆主编，之前你家的狗不就是在找女伴吗？我让微笑女王去你家住上几天也是为了成全你家的狗呀！”禾真说得好像也很有道理。

陆昀之眸光淡薄，语调淡淡：“所以，我不只要签下你……还得签下你的狗？”

禾真的眼珠子转了转，这么说好像也没错……

她抬头殷切地盯着陆昀之看，陆昀之微微颔首，勉强答应了下来。

“陆主编，你真是个好人啊……”

禾真猛拍了几下马屁，陆昀之嘴角僵了僵，才道：“你真的不打算和我谈谈这座钟的价格吗？占人便宜不是我陆昀之会做的事。”

“所以，陆主编不只会签下我的稿子，还要付钱买下这座古董钟？”禾真问道。

陆昀之冷眼瞪了禾真一眼，道：“我可没说一定会签下你的稿子，你不是说要个机会吗？我就给你一个推销自己的机会。”

“对，一个机会就够了。”禾真相信自己一定是那个有实力的作者。

“除此之外，一码归一码。这座古董钟，我还是会付款的。”陆昀之公事公办。

禾真思忖片刻，伸出五根手指道："我只要这个价。"

"五万？"陆昀之问道。

"不，只要五千就够了。"禾真弯着眉眼道。

陆昀之有些意外："五千？"

之前，他已经坦白告知禾真两座钟合二为一的价值了，虽说单独售出一座朔月钟价值并不高，却也是远远超过一万块。当时他只是怕眼前的女孩会胡乱开价，故意把价格报低的。可眼下女孩却只要五千块，倒是让人费解了。

"五千……加上一个小小的请求！"禾真半眯着眼，捏着手指，笑得别有用心。

"你到底有几个请求啊？"陆昀之有些不耐烦，语气沉沉地问道。

"最后一个！"禾真小心翼翼地竖起了右手食指。

"说吧。"陆昀之冷冷地道。

"我听说 Coral Sea 有一个福利，就是为员工免费提供宿舍，要是陆主编签下我的稿子，能不能给我这个特权呀？"禾真小心翼翼地开口。

陆昀之看向禾真，眼前的女孩如意算盘打得还真是挺响的，免费住宿，日积月累也超过古董钟的价格了。

禾真见陆昀之深咖色的眸子里有情绪骤变，连忙道："这样，我也能早点接回微笑女王。"

陆昀之半眯睫眸："是不是最好是单人间，比较方便你创作？"

"最好是这样……"禾真微微一笑，此时的黑 top 还真是善解人意了。

陆昀之深吸一口气，眼前这个女孩真是在挑战他的底线，竟然跟他开了这么多条件，她是不是还没搞清楚自己的身份？

不过是一个人见人打深陷抄袭新闻的落魄写手……

陆昀之迈着长腿，冷着眸光，走到禾真的跟前。刹那间，一股无形的压力从禾真的头顶压了下来。

禾真动了动喉咙，说："要是不行……就……就算了……"

"可以。"

可以？这么干脆就答应了？禾真怀疑自己听错了。

禾真微微抬头看着陆昀之，他一双清凉的眸子正盯着自己，缓缓勾起的嘴角似乎带着一种杀气隐隐的笑意。

禾真有种下一秒就要被陆昀之生吞活剥了的感觉。

“前提是何时了小姐的稿子有商业价值，能顺利被我们签下。”

陆昀之的声音幽幽地飘在禾真上方，她微微吁了口气，低头鞠了个躬：“谢谢你了，陆主编。”

陆昀之轻飘飘地笑出声：“那如果没什么事，禾小姐可以回了。我手上还有公事要办。”

“哦哦……”

禾真很识趣，同乖乖坐在沙发上的微笑女王挥手告别：“宝宝，你要努力为陆主编家的宝宝生崽哦。”

第三章
生物钟互换

陆昀之回到位子上，靠着转椅，勉为其难地勾了勾嘴角。难缠的禾真就要走了，他正要松口气，谁想她又旋身，一步一步地往他的位子走来。

陆昀之蹙眉，正欲发作，谁想来人的目标直直地盯着他的办公桌上的那杯奶茶。

“既然……陆主编不喝奶茶，那就别浪费了。”

话落的瞬间，奶茶已经被女孩带走了。

难缠的家伙终于走了，陆昀之获得片刻安静。可倏然间，他又觉得哪里不对头……

就在今天，他就把请作者吃饭，帮作者租房，还有替作者养狗的事情都做了啊！

而此时坐在沙发上的微笑女王，一双黑色机灵的小眼睛正盯着自己看。真是狗随主人了，都那么狡猾！陆昀之暗暗无奈地揉了揉太阳穴。

禾真开心地出了主编办公室，虽然她不知道为何陆昀之突然改变了主意，但下周一的那个机会对她太重要了。

她经过林恬伊身边时，放下了那杯奶茶，并快乐地比了个“OK”的手势。

一切都会好起来吧！

禾真拖着行李箱走出了Coral Sea文化公司，下午四点多的天空，还没有日落的迹象，蔚蓝一片，白云缀在上面，好似白色的棉花糖，甜滋滋的。

她深深地吸了一口气，之前的倒霉运都要走了吧。

她忽然想起了祁承的失恋博物馆，难道是她留下的那张白纸发生了作用？她真的收获了另一份好运？

刚刚在失恋博物馆，她同祁承互换了微信，此时忽然想起他，给他发了条微信道："谢谢你，你说的没错，我留下的东西真的收获了另一份好运。"

此时的祁承正准备闭馆，他看到微信的留言，莞尔一笑。他不过是看到女孩低落的心情，随口编了个故事。

如果在失恋博物馆留下的东西真的能收获好运，那么他的好运什么时候会来呢？

他轻轻地笑了笑，回复道："是吧，馆长说的可是真的。"

禾真笑了，手机里又进了一条短信。她才刚出了 Coral Sea 文化公司，陆昀之就把那五千块打给了她。

她看了看卡的余额："五千零六元。"

她终于不是穷人了，她忽然想起一部偶像剧里一个女主角说的话——相信让人比较幸福。

她相信自己会有好运，会成为有钱人，会成为大作家的！

她今天心情太好了，给祁承发了条微信："心情好，我请你吃饭吧，你哪天有空呀？"

另一头的祁承看了看蔚蓝的天空，忽然想到了什么，回复道："下周一吧，你请我吃午饭，我请你去科技馆看日全食。"

对哦，下周一在 A 市可以看到三百年一遇的日全食。

可是下周一早上她得赶着去 Coral Sea 开会，也不知道来不来得及。她动了动手指回复道："好，但是我早上有事，不知来不来得及。"

陆昀之当天就请了一位古董钟表修复师鉴定了一下这座朔月钟。三天后，古董钟表修复师通过机芯资料和声音判断，这座古董钟的机芯是欧洲制造，和望日钟同出自拿破仑三世时期的法国。

这样的结果让陆昀之很兴奋，他当下就把朔月钟同望日钟悬挂在了一块儿。

自从主编办公室挂了一对日月星辰钟，陆主编就变得更奇怪了，编辑室内部群倒是变得更加热闹起来。

“你们不觉得主编最近越来越奇怪了吗？”

“可不是嘛，下班不盯上那对古董钟五分钟绝对不下班。”

“不不不，最奇怪的是，他要开选题会……投票要不要签下何时了啊！”

“抄袭狗到底有什么值得签下的？”

林恬伊一看到这样的聊天记录，就不开心了，忍不住大声哼哼了几句：“狗眼看人低！”

禾真递过一个苹果，问道：“怎么了，让你这么生气？”

“编辑群里正在讨论你……”林恬伊欲言又止，生怕群里的言辞太犀利伤害了好友。

禾真笑了笑，不以为意道：“别小看了我，我现在可是百毒不侵！”

“最可恨的是烂稀泥说你是抄袭狗，有什么理由开个会讨论是否签下你……”林恬伊叹了口气道，“禾真，你有把握吗？”

禾真抬头看向林恬伊问道：“什么把握？”

“你有把握一定会通过投票吗？我肯定会把我这一票投给你，可其他编辑就不一定了。”林恬伊忧心忡忡。

禾真哪有什么把握，但这大概是最后一个机会了。

就在前几天，她接到了 JM 文化公司老板简嘉伦的电话。她当然没有料到时隔这么久，还会接到这个人的电话。

她当然也没想到，他竟然让她回去继续当米思薇的枪手。她当即拒绝了他的请求，并大骂了他一顿。

“无论如何，我都不会重新走老路的！”禾真笃定地对林恬伊道。

夜色深深，今天陆昀之是最迟走出 Coral Sea 文化公司的。他同地下室的保安打了个招呼，刚上车，就见前方开着刺眼的车灯的车向他的方向快速驶来。

他回避不及，只好不启动车子，在原地等候。

直到那辆黑色轿车停在陆昀之的面前，他才从自家的车子里出来。而对面的轿车里也下来一位三十岁上下的男人，他穿着藏蓝色格子西装，嘴边笑意幽沉：“昀之，好久不见。”

陆昀之眼风凛冽，他没想到简嘉伦会来这里堵他。

简嘉伦已经找了他一周，而他回避了一周，不想简嘉伦不依不饶，就是不放过他。

“找我什么事？”陆昀之淡淡地问道。

“前几天我给你发了微信，你早就知道我的来意。”简嘉伦笑意诡秘。

陆昀之冷笑出声，他当然记得那条微信。

那天他拒绝了禾真，开车回公司上班的途中收到了简嘉伦的微信，言简意赅只有一行字：不要签下何时了，她是我们家的写手。

那一刻，他忽然改变了主意，愿意给禾真一个机会。

“抱歉，何时了给我们公司投了稿，我们正在评估她的稿子。”陆昀之冷冷地回复道。

简嘉伦哼笑了一声，道：“昀之，你不会忘了闹得沸沸扬扬的何时了抄袭米思薇的事情吧？我们完全可以告她。她并不能给你公司带来什么效益，我劝你不要蹚这趟浑水。”

“哦？”陆昀之微微扬眉，抬起白色的表盘看了看时间，“既然如此，你为什么要浪费时间来找我当面说这件事呢？你应该去告她才对。”

简嘉伦暗吸一口气，只能坦白道：“米思薇找不到合适的枪手，没有人能写出和何时了一样的风格，她对 JM 更加重要。”

“这和我有何关系？你浪费了我三分钟时间说这些无用的事情。”

陆昀之不耐烦地转身要走，简嘉伦又抬高了音量道：“你真的要和我作对吗？”

“简先生，这里是私人的停车位，麻烦你移动一下你的轿车，谢谢！”陆昀之眼底凝着寒冰，让人望而生畏。

“陆昀之，你不会以为……你可以捧红那个枪手？”简嘉伦又问。

陆昀之倾斜着嘴角，语带挑衅道：“拭目以待啊。”

三百年一遇的日全食成为 A 市各大媒体报道的新闻，而 Coral Sea 文化公司编辑群里讨论的话题却是何时了的新作品。

大家都在揣测陆昀之因为一个不知名的作者开一个选题会的原因。

要不要投她一票，大家在群里讨论了一圈，都没有定论。

周一很快到来，林恬伊特别在周日来来回回嘱咐了禾真一遍：一定要早起，千万不能迟到，黑 top 可是最讨厌迟到的人。

她也不知道禾真有没有放在心上。

八点一刻，陆昀之穿着一身墨黑西装，笔挺倨傲，走路带风地出现在公司。意外的是他在回主编室的途中跟大家道了一句：“早安。”

不一会儿，陆昀之又在编辑工作群上发了一个提醒：九点准时开会。

看来陆主编对今天的会议极其重视，不然他从不会在工作群提醒此类事情。

林恬伊忙不迭地同禾真发了条信息：“我的真真起床了没啊？记得今天的会议，切记！”

时间不紧不慢地走着，等到了八点半，禾真还没有消息。

林恬伊着急得不行，匆匆去办公室外给禾真打电话。

“嘟——”

“嘟——”

“……”

一阵忙音后，没有人接。这下她更着急了，又只能祈祷禾真正在途中没有听到手机铃声。

林恬伊回到位子上，如坐针毡，只剩下十分钟就到九点了。她又出去翻到禾真爸爸禾江河的电话。

现在禾真正在爸爸的老屋住，唯一能联系的也只有禾江河了。

九点整，会议准时开始，可主角何时了没有出现。

在场的十五位编辑正是负责小说类的，他们的投票会直接决定作者何时了新作的签约与否。

陆昀之安坐在会议室的主席位上，神情冷峻，指尖一下又一下敲在会议桌上，不轻不重却仿佛砸在了林恬伊的心上。

完了完了，这回彻底完了。

林恬伊只能祈求禾真赶紧出现！

“何时了，在哪里？”陆昀之忽然抬头问道。

会议室内一阵死寂，没人敢作声。

陆昀之的眸光尖锐，直直地盯着林恬伊。

林恬伊咳了一声："陆主编，我刚刚联系上何时了的父亲，听说她昨晚生了病，吃了感冒药……"

"我不想听到任何借口，最后十分钟！"陆昀之的眸光森冷。

禾真醒来时，已经是中午十一点半了。完了完了！彻底完了！

她匆匆出了老屋，正碰上回家的父亲禾江河。她好不容易穿好跑鞋，气愤地嚷嚷道："爸，你怎么不叫我起床啊？"

"你不是让我不到十二点都不要叫你吗？"禾江河纳闷了。

"今天不一样！今天是我人生中最重要的日子啦！"

她来不及解释，在禾江河入门的瞬间，拽下了他电动车的钥匙，匆匆就往Coral Sea文化公司的方向驶去。

都怪该死的感冒药，让她连闹钟都听不见了！

今天的天气很奇怪，明明是正午时分，可天气阴沉沉的，阳光似乎在缓缓地消失，而迎面的冷风吹得她瑟瑟发抖，昨天还有初春的迹象，今天却猛地降温。

街上的行人少得可怜，灰黑色的天空下，还看到几只乱窜的小鸟从她身边飞过。

今天到底是怎么了？禾真忽然有种世界末日来临的感觉。

哦，不对，是她的世界末日来临的感觉。

她打了个电话给林恬伊，等了很久，林恬伊才接起电话，用一种视死如归的声音道："禾真，你还是别来了。我怕你会被黑top杀了……"

就算被杀了也得去啊！

她骑着小电驴一路狂奔，终于到了Coral Sea文化公司的门口。她好不容易喘了口气，看了看时间是十一点五十分。

她上了楼梯，在编辑室内一众人震惊的眸光下，敲响了主编室的门。

安静了几秒，主编室终于传来冷冷的两字："进来。"

禾真用力深吸了两口气，推门而入，看到的是陆昀之眉宇隐隐湛动，深咖色的眸里的冰冷让她忍不住颤抖了几秒。

陆昀之徐徐起身，缓缓移步到沙发的地方。他长腿双叠，漫不经心地啜了一口咖啡。

"对不起，陆主编，我该死！"她坐在沙发边，徐徐移动到了离陆昀之更近的位置。

“禾小姐，我们约的是九点钟，可此时已经快要中午十二点，你该不会是想告诉我，是你的生物钟让你迟到了？”陆昀之冷冷问道。

“对不起，陆主编，我知道我现在说什么都没用了。我昨天晚上努力让自己早睡，可我的生物钟已经固定了，晚上清醒得像只猫头鹰，等到快五点我才睡去。我定了闹钟的，可是睡前吃了包感冒药，然后……”

“禾小姐，你还是在浪费我宝贵的时间。”

眼见陆昀之就要起身下逐客令，禾真想起身抓住他做最后的争辩，谁想撞到了身旁的矮柜。

纸盒忽然倒下，密密麻麻挪动的白色虫子往她身上爬去……

“啊！”禾真尖声大叫。

她眼明手快，拍掉身上可怕虫子的瞬间一跃而上，双腿摊开，以一种侵略的姿势直接坐在了陆昀之的腿上。

她屏住呼吸，瞪大了眼，陆昀之的眼睫毛近在咫尺，浓密轻颤。

他微微启唇，温润的薄唇似有话在嘴边，但被禾真突然的举动震惊了，竟然半天没有了言语。

“当、当、当……”

日月星辰钟默契地同时敲了十二下。

中午十二点钟。

苍穹如墨，白日如夜，三百年一遇的日全食在 A 市发生了。

禾真保持着坐姿不动弹，陆昀之双脚紧实温暖，确实是不错的人体沙发。

可她直直盯着他的瞬间，却发现有什么东西在他们之间慢慢发生改变。

长久而沉默，办公室里只有一盏微弱的台灯，窗外的天空如黑夜。整整六分钟，黑漆漆的办公室里似乎只有两种呼吸声在悠悠地喘着。

她很紧张，可对面男人的呼吸好像也并不比她轻松。

她不自觉地把双手搭在了陆昀之的肩膀上，眼前男人的双肩在此刻给了她莫名的安全感。

只见时间潺潺而去，等到天边忽然亮起，陆昀之才动了动双肩，别过脸，冷声道：“禾小姐，你可以下来了吗？”

禾真已经面红耳赤，她迅速地从陆昀之的身上下来，慌乱地解释道：“刚刚有一群白色的虫子爬到了我身上。”

“那是我的宠物。”陆昀之理了理领带，简短地回道。

“宠物？”

“那是蚕。”

“蚕？”禾真有点意外陆昀之会养蚕，“蚕是宠物，那陆主编家的狗是什么……”

“亚历山大是孩子。”陆昀之冷着脸回道。

禾真默默地打了个哆嗦，还是以退为进吧。

“陆主编，那……那我先走，我们改天再聊……”

“没有改天，”陆昀之打断了禾真的话，“我不认为我们之间还有什么好谈的……”

禾真欲言又止，她很想求眼前的男人给她一个机会。可她知道这都是自己的错，是自己错失了这个机会。

“陆主编，你是不是从头到尾都没有相信过我没有抄袭？”禾真抬头看着眼前的男人。

陆昀之的脸上依然无波无澜：“还是那句话，要做个让人相信的人……”

顿了顿，陆昀之朝着禾真迈进一步：“而自己不要相信任何人。”

禾真不再说话，她转身默默地退出了主编室。

主编室的门再次被关上，陆昀之忍不住扯下领带。他望了望落地窗外，天色终于亮起，太阳又露出金色的光芒。

可他显得躁郁不安，刚刚到底怎么了？

就在刚刚——

他对着那个女孩，竟然有些不正常的紧张？

禾真察觉到了身上有什么奇怪的东西正在发生变化，她全身无力，心情消沉。

她漫无目的地骑着小电驴，或许刚刚就是她的世界末日吧……

不知手机响了多久，她才接起来，有声无力地“喂”了一声。

她以为打电话的是林恬伊，没想到是个男性的低音炮。

“禾真，你在哪儿？”祁承问道。

她在哪里？她也不知道啊！

骑了一路，她才发现莫名其妙骑到了不知名的小路上。

“你把定位发给我，我来接你。”祁承的口气里有些焦急。

“不用了……我骑电动车呢……”

“没关系，我马上就到。”

禾真发了定位，果然在原地等候了一会儿，就看到打车而来的祁承。

“走吧……”祁承催促道。

“去哪里啊？”禾真的心情有点低落，问道。

“你忘了？说好要请我吃饭的？虽然刚刚我们错过了那场日全食。”祁承回道。

她定了定，忽然想起之前答应请祁承吃饭，祁承请她看日全食的事。

如今的她哪有什么好运，顿时有些沮丧：“那张白纸没有带给我好运，是不是我留在失恋博物馆的东西太廉价了？”

祁承笑了：“有些好运暂时看不见，得等时间发酵。”

禾真听不懂这么有内涵的话，摇摇头。

“那我请你吃饭吧，这算不算今天的小小幸运呢！”祁承捏了捏食指，一小寸的幸运也是幸运呀！

禾真笑了，她知道面前的男人是在安慰她。可是他们之间好像没那么熟呀！

可她觉得他仿佛早就认识自己。

禾真迟疑片刻，道：“那我把电动车骑回家吧……”

“我载你。”

话落的瞬间，祁承已经坐到电动车的驾驶位上，禾真犹豫片刻后坐在后车座上。

电动车呼啸而走，而十八楼落地窗旁边却站着一位西装笔挺的男人，他没忍住按了按额头。

他在办公室来回踱步了半个小时，总觉得哪里不对头……

刚刚那场日全食好似改变了他身体里的什么东西，让他一个下午浑身都不自在。

下午三点钟，编辑室突然送来几十杯奶茶外卖，众人感到讶然。谁敢在这时候点奶茶，主编本来今天心情就不好，竟然还有人顶风作案在上班时间点他深恶痛绝的奶茶！

半天也没人敢承认奶茶是谁点的。

外卖小哥只好拨打电话，不一会儿，主编室的门被推开，陆昀之迈着长腿出了门，眸光徐徐扫过那几十杯奶茶。

似乎犹豫了几秒，他勾了勾嘴角："奶茶是请你们喝的。"

"……"

众人沉默地瞪大眼盯着陆昀之。

陆昀之轻轻咳了一声，面无波澜地道："还有你们选完奶茶，请把我点的奶茶送进来。"

魏西宁不知死活地问了一句："主编，您喝的是……确定是奶茶？"

陆昀之冷着脸，笃定地道："对，去冰，半糖，加上芋圆的蛋糕珍珠奶茶是我的。"

"……"

魏西宁语塞了。

眼见陆昀之若无其事地走进主编办公室，在场的众人受到了很大的惊吓。

"刚刚我是不是听错了什么？"

"主编不仅请我们喝奶茶，他还给自己点了一杯？"

"他……他不是说过奶茶容易让人变笨吗？"

林恬伊比众人受到的惊吓更严重，因为陆昀之点的那杯奶茶简直和禾真的喜好一模一样。

禾真同祁承吃完饭，独自一个人回了家。还好今天是祁承请的客，要不然那样高档的餐厅她连进都不敢进。

她的积蓄不多，再不工作恐怕就会饿死了。

可她毕业后就投入文学创作当中，如果当年她不是为了钱当枪手，她的命运会不会截然不同……

可是她当时如若没有钱又如何分担爷爷的医药费呢？

她打开电脑看着自己的新作品，因为《夜幽行》的原稿被米思薇盗用后，她就在筹备新作品。

她看着那本被她命名为《雨后微光》新作品的人设和大纲，忽然悲从中来。

她连最后的希望都没有了，还需要继续写这篇稿子吗？

可她不甘心，微微吸了一口气，指尖又在键盘上飞驰。

可是不知怎么回事，本来精力充沛的夜晚，但到了十点钟，她突然困意满满，不一会儿电脑屏幕上的字就变得不够清晰，然后她进入了梦乡。

模模糊糊，她好似站在了一间公寓门口。门没有上锁，她有些好奇地探头进去。不是她的家，可这里的装修好像什么时候见过一般。

她没忍住好奇，推门一看。贴近原木色的原木砖，环顾一周，是深灰色的沙发，白色的圆桌，以及黑白相间的大理石装修的电视背景墙。

她恍然大悟，自己居然来到了陆昀之的家。

真是阴魂不散的黑 top，连梦都要跑进来！

她正欲离开，忽然听到屋内传来陆昀之欢快的哼歌声。她有些兴致，倒是很想看看平常黑脸的陆昀之这么欢快地哼歌是怎样一副模样。

她慢慢靠近声音的来源，从玄关处拐个弯便是洗手间。

一个裸着上半身的男人正背对着她站着，肩膀挺括，腰围匀称窄实，再往下看是两条修长的大长腿。

这个男人的身材流畅，腰身结实，很是吸睛。

禾真没忍住动了动喉咙，空气里好像飘散着男性荷尔蒙的味道。

他的嘴边都是雪白的泡沫，手指修长灵巧地握着剃须刀，一下又一下，对着镜子慢慢刮着胡子。

她目不转睛地驻足在原地盯了他一会儿，只见他刮完胡子，洗完脸，就打开了盥洗台上的浴室柜。

不看不知道，一看吓一跳，齐齐整整摆的都是大大小小的护肤品。

这些护肤品比她的还多上两倍，禾真有些怀疑自己作为女孩的尊严了。

等他护完肤转过身，禾真又从下往上打量了一阵陆昀之，腹部是线条分明的肌肉，腰腹处蔓延而下的人鱼线硬生生被黑色的长裤打断了。

原来之前的衬衫和西装遮掩了陆昀之的好身材啊！

她忍不住“啧啧”了几声，就见眼前的男人已经踱步到她跟前，陡然欺近的精致脸庞让她猛地往后退了几步，一个趔趄，正要摔倒的瞬间偏偏被陆昀之扶住了腰部。

深咖色的桃花眼灼灼有光，让人心醉。

禾真倒在了他的怀中，目不转睛地盯着陆昀之，已经心猿意马了。

两个人呼吸交缠，只见他的唇徐徐靠近禾真的耳畔，柔软的唇瓣就要贴近耳垂。

他低声说："禾小姐，你可以起身了吗？我的手好酸！"

噩梦，噩梦！

禾真猛地惊醒，一看手机的时间，居然是清晨五点。

她居然坐在桌前睡了一晚上。

天哪，她昨晚十点就睡着了，是吃了安眠药吗？

重点是她居然梦见了陆昀之！

禾真关了电脑，准备去床上睡觉，谁想来回辗转反侧还是无法入睡。她看着天花板发呆了半晌，长叹一口气："现在这个点要做什么啊！"

合上眼，苦思冥想了半天，还是没法入睡。就这样到了十点钟，禾真恼得不行和林恬伊发了条微信："中午有空吗？一起吃饭吧。"

不一会儿，林恬伊回道："正好，我也有事情要问你。今天中午在我公司对面的日料店见。"

禾真洗了个脸，随便化了个妆，提早去日料店等林恬伊。

她坐在窗边，落地窗外是Coral Sea文化公司所处的大厦，据说是陆昀之父亲的产业。陆氏集团本身是房地产发家的，业内都以为陆昀之今后将继承家业，不想他却对文化行业情有独钟。这些年Coral Sea文化公司做得风生水起，与行内知名文化公司JM文化有正面对抗之势。

JM文化捧红了谁，Coral Sea文化就有与之对抗的同质性的作者。在JM文化不温不火的作者，只要解约后来到Coral Sea文化公司，总是能得到更好的待遇，更好的发展。

这让禾真觉得陆昀之是不是跟简嘉伦有仇啊。

想到这儿，禾真哀叹一口气，要不是自己那天开会迟到，陆昀之很有可能已经签下了自己。

“一个人坐在这里叹什么气啊？”

禾真抬头一看，来人正是闺密林恬伊。她脱下棕色小西装放在座椅上后，就找来服务员点餐。

点好餐，禾真先问道：“你……你不是说有事跟我说吗？”

林恬伊望了望四周，确定没有熟人后，忽然低声道：“我觉得陆主编从昨天见了你一面后就很奇怪。”

禾真来了兴致，问道：“怎么个奇怪法？”

林恬伊没有正面回答禾真的问题，而是道：“你老实告诉我，昨天你单独在黑 top 的办公室，你们……你们之间到底发生了什么事？”

昨天——

禾真目光闪烁，总不能告诉林恬伊，她抱住了陆昀之，把他的大腿当成了人体沙发吧？

这虽然是个意外，但太容易让人引起误会了。

“没有发生什么，”禾真微微吐气，故作淡定地回道，“要说有什么不正常的，就是昨天忽然发生的日全食吧。世界突然暗成一片，有那么点吓人。”

林恬伊怀疑地打量了禾真半天，禾真换了个话题，催促道：“你倒是说说黑 top 哪里不正常了？”

林恬伊吸了一口气，小声道：“今天黑 top 居然迟到了。”

点的金枪鱼寿司和三文鱼端了上来，禾真夹了一块三文鱼沾了沾芥末，不以为意道：“迟到很奇怪吗？”

“很奇怪，”林恬伊顿了顿，继续解释道，“他像是一个准时且精密的钟表，每一分钟在他眼里都是珍宝。反正我在公司这几年，他永远是八点一刻出现在公司。”

禾真不说话，又吞了个金枪鱼寿司，问道：“除此之外呢……”

“除此之外，他昨天还点了奶茶请大家喝。最最奇怪的是他也点了一杯，和你的要求一模一样，加了芋圆的蛋糕珍珠奶茶，去冰，半糖。”

“咯咯——”禾真被芥末呛得咳了好几声。

林恬伊抽了张纸巾递给禾真，禾真抬头望向落地窗。直到看见一位穿着单薄却剪裁流畅白衬衫的男人朝着她们的方向走来，她这下更是咳得停不下来了。

“看来……你受到的惊吓比我大？”林恬伊问道。

禾真好不容易缓过劲，托腮惆怅地对着林恬伊道：“你说……我该不会喜欢上你们主编了吧？”

林恬伊震惊地瞪大眼，禾真叹了口气：“要不然，为什么我现在看到他，想到的就是他的人鱼线……”

“你在说什么呀？”林恬伊震惊得直接站起身来。

禾真连忙挥了挥手，让她坐下，低声道：“快坐下，我看到你们主编进门了。”

林恬伊吓得不轻，“啊”了一声，僵了僵嘴角：“你怎么不早说。”

陆昀之目不斜视地踱步到了她们这桌，禾真这才抬头看了看他。

面无波澜的他今天好似有些憔悴，简短地对着禾真道：“禾小姐，抽空把你的狗带走。”

眼见陆昀之走远，到了另一桌就餐，禾真才微微吸了一口气：“怎么办呢？我爸对狗毛过敏呢。”

林恬伊看着禾真意味深长的眼神，已经猜到她下一句要说什么，坚决拒绝道：“别看我，我没有养狗的经验。”

禾真有些沮丧，看来只能把微笑女王接回来暂时放在宠物店了。

林恬伊忽然想到什么，又道：“其实我觉得你今天也有点奇怪……”

禾真托腮做出洗耳恭听的模样。

林恬伊继续道：“早上那么早起，约我吃饭还说了那么奇怪的话……”

顿了顿，林恬伊又小声问道：“陆昀之真的有人鱼线？”

禾真点点头：“梦里的他有人鱼线。”

“你居然梦到了他！禾真，你居然……”林恬伊难以置信。

碍于陆昀之在同一家餐厅，林恬伊就算心里有很多情绪，也只好故作平静，小声道：“你们昨天在办公室一定发生了什么？！”

禾真望向坐在不远处的陆昀之，而他也正巧望向她。她忍不住吸了一口气，抓起包包就准备逃命。

“我先回家了，再见。”

见禾真灰溜溜地逃走，林恬伊还是百思不得其解，这二者之间肯定有些奇妙的联系。

今天一大早醒来就十一点多了，陆昀之很郁闷。

换好衬衫和西装，看了看手机信息，一排都是公司的信息和邮件。他微微揉了揉额头，昨晚他居然失眠了！

他怎么可能会失眠！

他毫无心事啊！

这么翻转了两个小时，他摘下眼罩，看了看床头柜上的钟，居然深夜十二点了。

下了床，听到客厅似乎有些动静。他打开卧室的灯，踱步到客厅，黑漆漆的客厅沙发上似乎……

他有些惊讶，打开客厅的射灯一看，吓了一跳。

亚历山大前腿爬上了微笑女王，微笑女王站在灰色沙发上不动弹。

两只狗竟然温暖地缠绕在一起……交配！

突然亮起的灯并没有打扰到两只毛茸茸的动物，情到浓时还发出了狺狺狂吠。

陆昀之微微吸了一口气，又关了客厅的灯，扶着额头回到卧室，继续戴起了眼罩，默默数起了绵羊。

可他刚刚看了一场动物情深的场面，自己的脑海里来回循环的居然是那场日全食发生之时，那个女孩一跃而上，双腿摊开，以一种侵略的姿势直接坐在了他的腿上。

近在咫尺，女孩就要触及他脸上茂密的长睫毛，红如樱桃的嘴唇……

最后他连什么时候睡着的都不记得了。

亚历山大自从有了微笑女王的陪伴，早上也不来叫他起床了。

最后他居然迟到了！

他是陆昀之啊，准时得像是一个精密的计时器，每一分钟每一秒钟，他都安排得妥妥当当，他从读书到现在从来没迟到过啊！

一想到昨天到现在自己的异常，陆昀之吃什么都索然无味了。他匆匆吃了几个寿司，便回到了主编室。他揉了揉眉心，连喝咖啡也提不起劲。他现在万分想喝的……居然是他从前最讨厌的能让人变笨的饮料——奶茶？

他坐在电脑前，思忖片刻，在搜索引擎上写下一行字：为什么生物钟忽然发生变化？

他一连搜索了几个问题：

日全食除了影响动物的生活习惯，还会影响人的生活习惯吗？

为什么突然失眠？

为何除了失眠，生活习惯也发生变化？

他搜了半天，最后在搜索引擎写了一行：何时了为什么影响了我的生活？

看到屏幕上“何时了”三个字，他慌张地按着Delete键。

他故作镇定地吸了一口气：什么何时了，何时了什么鬼，关我什么事啊！

他打开邮箱，开始处理工作邮件。可是翻动邮箱记录时，他还是看到了何时了投的那篇文档。

那篇命名为“雨后微光 何时了”的文档，他已经下载了。

可他只看了她的大纲和人设，正文的内容，他还没好好地细读一遍。

他忽然改变了主意，点开了放在桌面的那个文档。

禾真沮丧地回到家，她想来想去，谁还能帮她养狗啊？

这么一看，好似真得送去宠物店了。

她打开手机银行准备查一查余额，随即大吃一惊，她什么时候变成有钱人了？

她揉揉眼睛又看了一遍，余额确实是十万五千零六元。

除了陆昀之给她打的五千块，居然有一笔十万的额外收入。

禾真难以置信，连忙查了查明细的汇款方，一看汇款方显示的是JM文化传媒有限公司。

他们想干什么？

禾真当机立断打了个电话给简嘉伦，对方很快就接了电话。

简嘉伦似乎早有预料会接到这个电话：“禾真，你终于给我打电话了。”

禾真用力吸了一口气，尽力让自己平和下来：“那十万块是什么意思？”

第四章 多巴胺起了作用

电话那头的简嘉伦笑了笑："这十万块是你应得的。"

"什么意思？"禾真提高音量。

"我想和你当面谈，不知你有没有空？"

禾真当即拒绝："我不想和你谈，钱我会退给你。我和你，还有 JM 文化永远也不可能合作。"

简嘉伦倒是很冷静："禾真，我跟你合作了这么多年，之前你爷爷病了，我私下为你预付医药费，这份情谊你不会忘了吧？"

禾真咬着牙，嘴角微微颤抖："你想说什么？"

"你不过是想做个作者，我答应你。"简嘉伦笃定地回道。

"真的？"禾真有点意外，但仍不相信。

"明晚我们出来喝杯东西好好谈谈，地址发到你的手机里。"

话落的瞬间，简嘉伦不等禾真回应，先行说了句"再见"，就挂断电话。

时隔这么久，禾真的心仍久久不能平静。如果当时简嘉伦为她说一句话，她就不会成为人人喊打的抄袭作者，也不会被封杀。

可她还是准备赴约听听简嘉伦要和她说什么。

第二天，禾真特地把自己收拾了一番，化了个淡妆，穿着一袭小黑裙，搭棕色毛绒外套。她很准时到达简嘉伦发给她的地址，是一家僻静的咖啡馆。

她到达之时，简嘉伦也到了，他为她点了一杯咖啡。

不一会儿咖啡已然上了桌，禾真开门见山问道："简老板，你汇款的十万块是什么意思？”

简嘉伦抬头看了看她，眸光深沉。她做了米思薇枪手五年，也跟 JM 文化传媒公司合作了五年。

刚开始她并不认识这家公司的老板简嘉伦，而是在第二年，简嘉伦突然想让她做米思薇长期的枪手，于是她见到了简嘉伦。

他看起来文质彬彬，很好相处。但禾真明白这个人并不简单，他的城府深得让人看不透彻，似乎说的每一句话，做的每一件事都是有目的的。可她那时候还像只单纯的小白兔，哪里知道有一天她会深陷这样的危机。而始作俑者很可能就是眼前这位 JM 文化公司的主事人。

“《夜幽行》的实体书卖得很好，全国签售会还在进行，已经有人来接洽影视版权了。”

面前的男人语调平平，好似在说一件稀疏平常的事情。而禾真却攥紧了手掌，隐隐咬着牙。

这些本该都是属于她的东西呀！

“我知道你很生气，可你想这本书如果不是以米思薇的名义和大家见面，还有谁会记得呢？”简嘉伦又反问道。

虽然他说的是事实，她有那么一瞬间觉得自己是破坏了这本该有的平衡的人。

她隐忍着情绪，咬着牙，打着寒战说：“《夜幽行》的每一个字都是我写的。你知不知道，它就是我的孩子。”

简嘉伦没有吭声，勾着唇，笑得不动声色：“禾真，我承认这件事公司做得欠妥，可是你忽然反悔不做枪手了，米思薇的新作品怎么办？”

禾真忽然抬头，眸光尖锐：“所以她就可以恢复回收站的文稿？就可以不经过我的同意发布了？”

简嘉伦轻轻端起咖啡，漫不经心地抿了一口：“这些都已经是过去的事情了。何况禾真你做了米思薇的影子那么多年，也不差这一本嘛。”

“你在说什么？！”禾真气恼地站起身，“从我和 JM 公司解约开始，我就想重新做回自己。我是何时了，作者何时了。”

简嘉伦抬头看着禾真，点点头说：“你别急，我不是给你想解决方案来了吗？”

禾真又坐回了位子上，简嘉伦继续道来：“我知道你想光明正大地成为一名悬疑作者，这根本不是问题。你可以注册一个新号，同样也写悬疑小说。我可以像捧米思薇一样捧你，前提是你在创作自己的作品的时候，同时以枪手的身份为米思薇创作。”

禾真一阵无语，正欲开口大骂的瞬间，简嘉伦又挥了挥手，意指让他继续说几句。

“如果你还想用何时了这个笔名，也没有问题。我也可以设计让米思薇解释之前的事情是同何时了的误会……”

“怎样的误会？”禾真忽然打断了简嘉伦的话。

简嘉伦抬头看着禾真，把话头交给她：“那你觉得应该是怎样的误会呢？”

禾真冷笑出声，不带任何情绪：“除非她向我道歉，承认她挪用了我的稿子，不然我是不会原谅她的。”

“禾真你这又是何必呢？”简嘉伦无奈地叹了口气。

“之前我做米思薇枪手的那些年的事我会守口如瓶，但在我解约之后，她挪用了我的《夜幽行》是不争的事实。”

禾真提起包包，又对简嘉伦道：“十万块我已经汇回公司的账户，今天简老板的这杯咖啡，我请了。”

“另外，我不会再做任何人的枪手了！”

话落的瞬间，禾真已经迈开了脚步。她结完账正要出门，不想下一秒却被简嘉伦抓住了手臂。

他的手劲很大，捏得禾真的手臂很疼。

他眸光阴郁，森冷暴戾，就这样定定地盯着她许久，让禾真忽然有些害怕。

“简老板，这是在干吗？”身后忽然响起一个好听的男性声音。

禾真回身一看，来人竟然是陆昀之。此时他皱着眉头，眸光凌厉地盯着简嘉伦。

简嘉伦松开了禾真，淡淡地勾唇对陆昀之道：“陆主编，又见面了。我跟禾小姐说几句话，是打扰到你了吗？”

禾真没好气地说：“我该说的都已经说完了。”

“那现在去我家吧。”陆昀之面无表情道。

禾真有些傻眼，简嘉伦半眯着眼打量二人。

“去……去你家？”禾真也有点吞吞吐吐了。

“对，我找你有事。”

话落的瞬间，陆昀之就抓着禾真的手往外走去。

上了陆昀之的车，禾真系好了安全带，才客气地道谢：“刚才谢谢陆主编解围。”

“嗯。”

身旁的男人鼻梁高挺，喉结突出，在夜色灯光的映照下，竟然有一种不一般的魅力。

她视线徐徐往下看，衬衫下的身体，让她的脑海里又回放了一遍梦境。

她转过头，忍不住吞了口口水，又看了看前面的路况。不对啊，这是去哪里啊？

她急忙说：“不对啊，陆主编这不是往我家的方向，我家是在黑林道那边……”

“谁说我要送你回家了？”陆昀之面无表情地反问道。

“那……你要带我去哪里？”禾真问道。

陆昀之侧头看她，深咖色眸光暧昧流转：“刚才不是说了嘛，去我家。”

“这么晚……我去陆主编家……干吗啊？”

陆昀之微微勾唇，理直气壮：“带走你的狗啊。”

“陆主编，就不能让我的狗在你家多待几天吗？我还没找到安排它的住处。”禾真着急了，这大晚上的，她上哪儿去找个宠物店呢。

“不行。”陆昀之直接拒绝。

禾真有些郁闷，忍不住小声嘀咕：“也许你家亚历山大根本舍不得我家微笑女王，薄情寡义的人拆散一对情投意合的狗……”

谁想禾真的嘀咕声早就被陆昀之捕捉到了：“谁薄情寡义啊？”

禾真翻了个白眼，不吭声。

陆昀之继续道：“你家的狗严重影响了我家亚历山大的休息，亚历山大根本就不喜欢它。”

“是吗？”禾真不相信。

“对，没错。请带走你的狗，禾小姐。”陆昀之义正词严道。

这几天，每天晚上，这两只狗狺狺狂吠，动静十分之大，简直让陆昀之更难入眠了。他每天早上顶着大大的黑眼圈上演“BOSS 今天又迟到了”的剧情。

这让他太崩溃了，必须找到让他失眠的原因。除了这两只狗，他也找不到其他原因了。

可禾真刚进门拖走微笑女王，这两只狗居然上演了生死别离的剧情，相依相偎，怎么也不肯分开。禾真故作无奈地耸肩：“我看这种情况，好像不像陆主编所说的那样。”

连自家的狗都在打他的脸，陆昀之显然挂不住面子，却也只能淡定地道：“狗是重情感的动物……相处久了，自然会有点舍不得……很正常。”

禾真努努嘴，只好道：“那你帮忙拖拽住你的狗，别让它缠着我家微笑女王。”

“想多了，你家的狗别缠着我家亚历山大才对。”

两个人使劲拽着狗绳，才把两只狗硬生生地拽开。禾真牵着微笑女王出了陆昀之的家，她很忧愁，微笑女王也很忧愁。

还没走几步，陆昀之忽然叫住她们：“等等——”

禾真深吸一口气，以为事情有了转机。

陆昀之转身去书房，不一会儿，他踱步到禾真的跟前，递上一张支票道：“既然我没有签你的稿子，也不会占你的便宜，这里是两万块，当我购买朔月钟的钱了。”

禾真没有接，陆昀之又朝她递了递：“接吧，我们两清了。”

“你不是说那座钟单独卖的话，最多值一万块吗？何况你之前已经付了我五千了，不需要……不需要这么多。”

禾真确实缺钱，可在钱和机会上，她更需要一个能够重新站起来的机会。

“你接下来是不是要说，你本来就想用一座古董钟换一个机会？”陆昀之微微昂头问道。

禾真微微吸了一口气，话都被陆昀之说了，她还能说什么？

“禾小姐，我给过你机会，可你让整个编辑室的人花了一个上午的时间等你。”陆昀之说得义正词严。

禾真不再辩驳，这是她的错。可她是真的难过，她连这样的机会都错过了。

她默默接过了支票，低头对陆昀之说了声“谢谢”。

这声“谢谢”却意外地让陆昀之的内心起了涟漪。

他是在可怜她吗？开什么玩笑，她有什么好可怜的，他的失眠症还没人可怜呢！

直到一人一狗忧愁地消失在视线范围内，屋里的陆昀之才满意地拉上了窗帘。

既然赶走了那只狗，今晚他应该可以好好睡个觉了吧。陆昀之忽然有点不自觉地得意，转身去酒柜找了一瓶香槟，又去厨房找一个高脚杯。

谁想厨房里忽然传出乒乒乓乓的动静。

他忽然意识到不对劲，急忙赶到厨房，可已经来不及了。

亚历山大打了他的碗、他的盘子、他的高脚杯……

看着一地的狼藉，陆昀之真的要发飙了。

不过是一只母狗，至于这么生气吗？

收拾完厨房，陆昀之同亚历山大枯坐在沙发上。朦胧的灯光下，一人一狗很是寂寥。

陆昀之要疯了，他又要失眠了！

第二天，陆昀之虽然没有迟到，但他走进Coral Sea时还是让众人吓了一跳。他戴着一个淡蓝色的医用口罩，遮住了半边脸，却难掩黑黑的黑眼圈和憔悴又疲惫的眼神。

眼见陆昀之走进主编室，主编室的门重重地合上。

编辑的内部群又热闹了起来——

“有没有看到陆主编的黑眼圈，也太吓人了吧。”

“传闻中陆主编作息十分讲究，更是爱脸如命，这是发生了什么重大的变故？”

“是什么让黑 top 变了？”

“唉，大概只有女人了！”末尾还配上了一个尴尬又不失礼貌的微笑 . jpg。

林恬伊看到那个“尴尬又不失礼貌的微笑 . jpg”，差点把刚喝的咖啡喷出来。

她点开微信给禾真发消息：“昨晚你把狗从黑 top 家里带出来了？”

手机振动了一下，禾真回复道：“可不是嘛，半夜找了个宠物店，死贵死贵的！”

林恬伊咳嗽了一下，小心翼翼地试探道：“你们昨晚没有发生什么事吧？”

禾真回复：“能发生什么事啊，我又不能打他！”

顿了顿，禾真又发了条消息：“要说发生了什么事，就是又梦见陆昀之了……他涂个脸护个肤都要大半个小时，我站在那儿一动不动地看，觉得梦里的自己都要困死了！”

林恬伊轻轻咳了一声，又问：“你怎么又梦到陆昀之了？”

禾真也很无辜：“你以为我愿意梦到他啊！谁让他老是来我的梦里展现他的人鱼线和腹肌。”

林恬伊发了个“大吃一鲸.GIF”！

禾真秒回：“我看着他走进浴室，解衬衫的纽扣，一颗又一颗……”

林恬伊瞥了一眼主编办公室，忍不住动了动喉咙。

这也太有画面感了啊！

林恬伊：“然后呢？”

禾真：“没了。”

没了？林恬伊意犹未尽。

禾真也很郁闷：“就在那关键的一瞬间，梦醒了！”

陆昀之反锁了主编室的门，然后才转身坐在转椅上。他摘下口罩，对着折叠镜照了照左脸颊，又照了照右脸颊。在距离鼻梁一厘米的下方竟然有一颗偌大的痘，又红又肿，就像是蚊子咬了一口。

陆昀之瘫在转椅上，整整一个星期了，他夜夜都不能入眠。昨晚，他为了今天不迟到，硬生生地熬到了天亮，也没眯一会儿。

不能这样下去了，陆昀之从手机里找到一个手机号码拨了出去。

禾真按照林恬伊给的地址找到了那家深处郊区的心理咨询中心，周遭的风景很好，依江而建，红瓦绿树。从外头看还以为是一家度假酒店，走近一看才知这五层建筑都属于一家心理咨询中心。

这家心理咨询中心的服务也很周到，禾真一进门，就有护士迎了上来，体贴地把她迎到候诊室，说：“禾小姐，不好意思，诊室的客人超时了。您要不要先美个甲，或者吃点点心？这都是候诊的免费服务。”

禾真同意了先美个甲，又抬头看了看墙上心理诊所的收费情况。

这个诊所真的是除了贵，没有其他缺点。

要不是里头的心理医生是林恬伊的大姨，说是可以给她提供免费的心理咨询，她才不会吃饱了没事干来看心理医生。

可是最近晚上她动不动就爱睡觉，确实耽误了她的码字事业。

禾真美完甲又等了半个小时也不见诊室内的病人出来，护士小姐见禾真有点不耐烦，解释道：“禾小姐，我们这边超时要收三倍的咨询费，那位先生应该很快就结束了。您……”

刚解释完，诊室的门就被推开了。禾真回过头看向走出来的男人，半明半暗的光线落在他的身上。他身着剪裁讲究的黑色西装，迈着长腿朝着她走来。唯独格格不入的大概就是男人脸上的口罩了。

禾真觉得此人十分面熟，顿了几秒，她就认出了来人，这不就是陆昀之嘛。

虽然遮住了半边脸庞，但那双灼灼动人的深咖色的桃花眼不会骗人。

见他故作不认识她，径直去了收费处支付诊疗费，禾真也跟了上去。

“陆主编，您来这里也是做心理咨询吗？”禾真问道。

身旁的男人默不作声地递了银行卡给收费处的工作人员。

禾真不甘心地又问：“陆主编，你为什么要戴个口罩呢？”

“陆主编，你为什么当不认识我呀？”禾真感到奇怪。

“陆主编——”

陆昀之付完款，头也不回就往出口处走去。

禾真不甘心地跟上去，急忙追了几步，手搭上了男人的肩膀。谁想陆昀之忽然转身，禾真一个闪腰就要摔倒。

陆昀之扶住了她的窄腰，他深咖色的瞳仁映出她惊慌的神情。

他幽幽的睫毛轻颤，让禾真一眨不眨地盯着看。

时间静止了几秒，仿佛有神奇的暗涌在两个人之间静静流淌。

禾真实在是太好奇了，没忍住就一把扯掉了陆昀之的口罩。

这下好了，随着口罩被揭开，陆昀之的手也松了，禾真一屁股重重地坐在了地上。

真的好疼啊！

疼的同时，禾真不忘抬头看了看陆昀之的脸，大吃一惊道："陆主编，你……你怎么长了那么大一颗痘啊！"

这一喊，整个诊所的护士都往这个方向看过来。

陆昀之脸色难看得要命，一把扯过禾真手上的口罩，边戴边道："禾小姐，你到底想干吗？"

她来心理咨询中心还能干吗啊？

禾真理所当然地回道："和你一样来看病啊。"

陆昀之蹙着眉，十分不想和禾真沟通，转身想走。背后的女孩又在嚷嚷着求教道："陆主编，帮……帮个忙啊！"

陆昀之回头看她，只见她手抚着脖颈，皱着眉头，样子十分痛苦。

"怎么了？"陆昀之淡淡地问道。

"脖子崴……崴了……"

禾真歪着头，四十五度仰望陆昀之，让他感觉浑身不自在。

陆昀之清了清嗓子，俯身扶着禾真坐到旁边的长椅上。禾真好不容易坐好，一旁的护士就来催促她，说医生在诊室等她。

她现在哪还有什么心情看病啊，只能道："我……我明天再来，不好意思啊。"

陆昀之不动声色地迈开脚步就要走，可身后的禾真哪里肯放过他："陆主编……你等等我呀……"

喊了一声，见没人搭理，禾真再次抬高音量道："陆主编，你别走呀，等等我啊……"

背对着禾真站的陆昀之微微吸了一口气，脚步一滞，没办法还是往回走。

只见禾真仍然坐在长椅上，保持着四十五度，一双漆黑色的大眼睛委屈巴巴地看着他。

他别过脸，冷冷地问道："干吗这样仰望我？"

禾真也很郁闷："陆主编，不怪我啊，这脖子不受控制了……"

"不受控制？"

陆昀之回过头奇怪地打量她，只见面前的女孩揉了揉脖颈，又道："保持这个姿势不怎么疼。"

“哦。”陆昀之面无表情。

禾真赖上了陆昀之，要他带她去看医生。问题不大，医生开了药膏，每天一贴，可以缓解疼痛。

陆昀之去药房取药膏，禾真在候诊大厅等候。好不容易排队取好药膏，他心想这回应该能摆脱这个女孩了吧。他不过是去看个心理医生，没想到后续竟然耽误了他这么多时间。

“药膏每天一贴，要是想早点好就去做个康复理疗。”陆昀之抬起手表看了看时间，本来想趁着午休的时间看看心理医生，现在竟然多耽误了他一个钟头。

“谢谢你啊，陆主编，为我忙里忙外的……”禾真保持着四十五度仰望陆昀之的姿势，笑靥如花。

陆昀之被她这么望着觉得十分难受，戴上口罩说：“不客气，我要回去上班了。”

话音落，陆昀之刚迈开脚步又被后面的女孩叫住。

“陆主编，能……再麻烦你一件事吗？”

陆昀之已经到了忍耐的极限，猛地回身看着禾真，正欲脱口一句“不能”，却又迎上了女孩那双波光粼粼的眸子。

真是受不了一个人老是四十五度的角度仰望着自己！他竟然又动了恻隐之心。

算了，再发发善心吧！

“要干吗，快说！”

“能帮我贴个药膏吗？”

“什么？”

“麻烦陆主编帮我贴个药膏，真的很……很疼……”禾真嘟囔着，一副可怜兮兮的样子。

陆昀之喉结滚了滚，不耐烦地坐在了禾真的身旁，从盒子里取出药膏，淡淡地问道：“哪个位置？”

“这里——”禾真好不容易抬起手，比了比脖颈崴了的位置。

“这里？”

“对对，上面一点——”

“可以贴了吗？”

“再下面一点——”

“到底哪个位置？”

“差不多这里了——”

“那我贴了。”

“等等，陆主编，你的手……也太冰了吧……”

“废话那么多！”

啪——

陆昀之用力一拍，药膏重重地贴在了禾真的脖颈上。

禾真“嗤”了一声，陆昀之的手劲也太大了吧。她正欲抱怨几句，忽然扭了扭脖颈，意外的是，好像她的脖颈可以行动自如了。

“陆主编，你真是妙手回春啊！”禾真忍不住感叹道。

陆昀之半眯着眼问道：“需不需要多拍几下？”

“不用，不用……”

禾真左右扭动了一下脖颈，陆昀之已然起身，立在了她的面前。她的目光所至，正好是他紧实的腹部。

白色衬衫下的身体若隐若现……

禾真目不转睛，喉结滚了滚，耳朵却不自觉地烧了起来。梦里的场景忽然在她面前浮现，她仿佛透过衬衫看到他紧实有型的肌肉，以及那条人鱼线慢慢往腹腰部下方延伸。

直到那个性感有型的男性身体已然离她不到一寸的地方，她还没回过神。

她的头忽然被一只大手所掌握。

她还没发出声音，倒是被面前的男人抢了先：“不要幻想我的身体。”

这是一个义正词严的警告。

禾真被警告了，她也不想啊，谁让他每晚都来她的梦里！

“我……我……没有，好吧！”禾真战战兢兢，连舌头都捋不直了。

禾真从医院出来，回家的途中，去宠物店看了看微笑女王。寄养在店里的微笑女王无精打采的，连看到主人到来都提不起劲。

禾真摸了摸它的脑袋，自言自语道：“微笑女王啊微笑女王，你该不会患上相思病了吧？”

她吸了一口气，又想了想自己。现在每天到晚上十点就已经困得不行，这很不正常，而且她每晚总是梦见陆昀之也太匪夷所思了。

该不会……自己潜移默化对他动了心？

禾真慌张地摇了摇头，心里立即否认了这件事情。

她牵着微笑女王不知不觉地来到了文博图书城的对面，一人一狗立在原地。禾真看着那座本市最大的图书城，每个星期这里都会有畅销作者的签售会。

从小到大，只要她路过这个书店，都会流连忘返。

她暗暗下定决心，长大后要成为一个作家，要在这座城市最大的书店开签售会。

可是现在，她不自觉地叹了一口气。

“为什么你每次站在我的店门口，不是哭，就是叹气呢？”男人像是在调侃，却不自觉地带着些慵懒的味道。

禾真回头一看，是祁承。他刘海微长，挡住了半边眼睛，一只手插在裤袋里，懒懒地看着她。

一身简单的白衣黑裤却和陆昀之穿起来截然不同，他浑身上下带着一种忧郁的气质，像是从漫画里走出来的又忧郁又漂亮的花美男。

而陆昀之呢？禾真琢磨了一下，他浑身带着高傲的气质，除了高傲，还有些……禁欲？

禾真陷入了深思，祁承伸手在她面前晃了晃：“走神小姐，你还好吗？”

“我……”禾真一时语塞。

祁承漫不经心地勾了勾唇：“你要是想他，可以去看他。”

禾真愣了一下，笑起来：“祁馆长，其实我男朋友不在图书城上班。”

“哦？”祁承更好奇了。

“我也不是因为所谓的失恋了，才每次在你店门口又是哭又伤心。”

祁承有点意外，好奇地问道：“那你为什么每次都站在这里望着对面的图书城呢？”

禾真长长地叹了口气，有点感伤：“从前，那里是我的梦。”

“现在呢？”祁承又问。

禾真思忖片刻，道：“现在也不知道该不该做梦了……”

说得落地有力，祁承也笑了：“那走神小姐要不要去我的馆里喝杯茶，说说你的梦呢？”

博物馆的前头都是些各式各样的展品，禾真也没想到在博物馆的后面会有一个小小的茶馆，简直是别有洞天。

过门是青砖灰瓦，两边以翠竹流水装饰，绿意悠然，青石板同鹅卵石遥相呼应，大有曲径通幽之感。进了门，古色古香，茗香扑鼻，十分幽静。

两个人走进了一个单独的包间，很快便有一位茶艺师上前服务，动作行云流水。禾真看得投入，直到茶杯到了跟前，她才回过了神。

“我没想到这里还有个茶馆。”禾真细细打量了一周，感叹道。

“失恋博物馆主要靠这家茶馆盈利了。”祁承笑了笑，递过手中的茶介绍道，“这茶是我比较喜欢的果香肉桂，你品品。”

禾真礼貌地接过茶道：“其实我对茶也没什么研究。”

她低头看了看，茶色澄黄，一抿，醇厚滑甜，带有淡淡果香，一点不涩，相反有清甜在唇齿间蔓延开来。

禾真连连说好，祁承也笑了，让茶艺师先离开，这下包间就剩下两个人和一只狗了。

微笑女王直接瘫在沙发上，无精打采，眼睛耷拉着，似睡非睡。

祁承问道：“你家狗是病了吗？”

禾真回头望了望自家的狗，叹了口气道：“唉，相思病。”

见祁承满脸困惑，禾真只好解释道：“其实真正失恋的是它。和情郎分别已经很可怜了，我现在也没法时时刻刻把它带在身边，只能寄养在宠物店……”

禾真欲言又止，祁承打断了她的话：“如果你不介意，我倒是可以帮忙收养它一段时间。”

“嗯？”禾真眼睛一亮。

祁承又道：“我也可以帮你遛狗。”

“真的？”

“嗯，但是狗粮得你自备。”

“这是自然的呀，你真是解决了我的燃眉之急啊。”顿了顿，她仿佛想到了什么，又道，“祁馆长，我总觉得你对我好像特别关照……”

禾真有种说不出来的奇怪，他们好似不是很熟，可这个男人之前特地去Coral Sea文化公司门口接她，现在又要帮她养狗……

祁承漫不经心地啜了口茶，唇畔笑意淡淡：“其实……我们很早之前见过面。”

禾真有点讶然，迫不及待地追问道：“之前？是什么时候？”

“我们是大学校友。”

“哈？”

禾真大吃一惊，可是她将脑海里的人物搜寻了一遍，也不记得有叫祁承这号人啊。他长得这么帅，不可能没印象啊。

“我比你大一届，算是你的学长了。”祁承解释道。

“这就难怪了。”

禾真大学时期就沉迷写小说，那时候已然是米思薇的枪手了。她忙着赚钱，攒爷爷的医药费，哪有空关心上一届学长的事。

“可是，你怎么会记得我呢？”禾真自认为自己其实挺默默无闻的。

祁承挑了挑眉，没有说话。

祁承有养狗的经验，微笑女王看起来也挺喜欢他的。禾真想着在自己从家里搬出来之前，只能先把微笑女王寄放在祁承家里了。

她把祁承的事情跟林恬伊提了提，不想闺密知道祁承，大声尖叫道：“竟然是祁学长，他和于学姐是我们学校的金童玉女啊，你忘了呀？”

于学姐是她们学校的校花，禾真倒是有点印象。但是于学姐换了好几任男朋友，禾真哪会记得那么清楚。

“她不是有好几个男朋友吗？”禾真疑惑道。

“都是因为祁承才分了手呀。”林恬伊顿了顿，又问，“可是，祁学长怎么会认识你呀？”

禾真也觉得不解，说：“我也不懂啊。不过他知道我暂时没工作，邀请我去失恋博物馆帮忙，说可以给我发工资。”

“禾真，他该不会……喜欢你吧？”林恬伊欲言又止。

“不会吧，我也没于学姐好看啊。”禾真不太相信。

“也有可能……他和于学姐分手了呀，不然他怎么会开个失恋博物馆。”林恬伊猜测道，“禾真，虽然你事业不行，但好歹有朵桃花啊，这也不错……”

禾真面红耳赤，咳了几声，换了个话题道：“你们家……主编，最近怎样啊？”

“你怎么还关心黑 top 啊？他都惨无人道地拒绝了你的稿子了呢！”林恬伊感到不解，“你不会还抱有希望吧？”

禾真无奈地叹了口气：“我一直抱着一个希望可以立证何时了的清白。”

“你说会不会是报应？自从那天他在办公室拒绝了你的稿子，他就变得不一样了。明明像个准时的钟表，一分误差也不会有，可如今却是上演老板天天打脸的戏码。”

禾真手托腮，想了想最近自己的改变，也十分异常，又道：“而且那天我也看到陆昀之去看心理医生了，我和他会不会患上同一种病啊？”

禾真这么一说，林恬伊也觉得古怪：“他也找我大姨看病了。”

“嗯，你们主编应该不知道那个医生是你大姨。”禾真说。

“你们两个那天到底发生了什么呀？为啥那天过后，你们的生活习性都发生了变化……”林恬伊实在对那个日食全之日发生的事情感到好奇。

禾真说得磕磕绊绊：“其实也没发生什么，那天不是发生了日全食吗？白日如夜……”

“说重点！”林恬伊打断了她。

禾真清了清嗓子，才道：“我被他养的蚕吓了一跳，猛地跳到他的身上，一不小心抱了他一会儿。”

“你们竟然……”

“除了抱一抱，也没干吗呀，不用这么惊讶吧！”禾真手托腮打了个哈欠，看了看墙上的时钟，快到晚上十点钟了。

“抱一抱？”

睡意来的时候挡也挡不住，禾真双手撑着眼皮：“不和你说了，这瞌睡虫又上来了。我洗洗睡了。”

还没等林恬伊问完，禾真挂断电话，这难以克制的睡意让她一会儿就进入了梦乡。

似梦非梦，朦朦胧胧中她又看见了陆昀之。只是这次的场景不再是浴室，而是一条漆黑色的小巷，看到陆昀之背对着她站着。

他就孤独地站在原处，没有路灯，前方是一片深深的雾霭，让人看不清。

她伸手想去拍他的肩膀，可伸手的瞬间，身后忽然有人在喊："弟弟，我们又见面了。"

禾真猛地转身，看到的竟然是简嘉伦。他慢慢踱步到陆昀之身后，陆昀之徐徐转过身，两个人的眸光锐利，杀机重重。

禾真猛地从梦中惊醒，坐直了身子，揉了揉额头，不敢相信："什么？简嘉伦是陆昀之的哥哥？"

她在家里来回踱步，心乱如麻，急忙拨了个电话给林恬伊道："恬恬，你大姨是陆昀之的心理医生，一定知道他患了什么病，你能不能套一些话啊？"

林恬伊的口气有些为难："不好吧，这可是关乎我大姨的职业操守。"

"但是这可能关乎我的人生啊。"禾真说得很严重。

"这么严重？"

犹豫片刻，禾真还是把自己的猜测和盘托出："我怀疑……我最近做的梦本该是陆昀之的梦境。"

"你在说什么啊？"林恬伊难以理解禾真说的话。

"拜托你了恬伊，即使套出一点关于陆昀之的生活作息也行。"禾真恳求道。

林恬伊不敢怠慢，第二天就给禾真打了电话，气喘吁吁道："禾真，我为了你可是做了贼，使了个计谋把我大姨支开，偷看了陆主编的病历。"

"快说快说！"禾真催促道。

"着什么急呢，陆主编去看的是失眠症。"

"他晚上睡不着？"禾真追问道。

"看病历，陆主编好像失眠挺严重的，还开了一些安眠药。"林恬伊解释道。

禾真暗暗想到，陆昀之晚上睡不着，而自己却在烦恼晚上老是想睡觉。

他们的这些问题都是在那天日全食之后发生的！

"喂喂，禾真，什么情况？你说句话啊！"

林恬伊在电话那头着急地催促，禾真好不容易回过神，却有点心不在焉说："让我想想。"

话落的瞬间，她就挂断电话。谁想电话刚挂断，手机又响了起来。她以为是不死心的林恬伊，不想打来电话的人却是祁承。

“祁……祁学长，你有事吗？”自从知道祁承跟她是同校的校友，她就改了称呼。

祁承确实有事，开门见山道：“是微笑女王，现在正在宠物医院。”

“什么？它生病了？”

“也不算是，你来医院就知道了。”

禾真随便换了身衣服，提着包，急忙赶到了祁承所说的宠物医院。刚到宠物医院，就见祁承跟一位女医生相谈甚欢，而微笑女王也神采奕奕地站在祁承的身边。

禾真走过去，微笑女王朝着她狂奔而来，撒娇地在她的身边乱窜。

禾真和微笑女王亲热了一阵，将它抱起来，忍不住对着微笑女王道：“我感觉你胖了呢，怎么还病了？”

女医生倒是笑了笑：“这位就是微笑女王的‘妈妈’吧。”

禾真放下微笑女王，关心地问：“医生，我家‘女儿’病得不严重吧？”

“它没病，只是你要当‘外婆’了。”女医生笑着低头摸了摸微笑女王的脑袋说，“现在是狗狗怀孕的初期，基本跟普通狗狗没什么区别。但微笑女王也是第一次当妈妈，心情肯定会焦虑一些……”

“等等——”禾真打断了女医生的话，说，“你说它怀孕了？”

女医生点点头，又继续嘱咐道：“在饮食方面呢，要多吃一些含有蛋白质和维生素的东西……”

“那它怀的是谁的孩子啊？”禾真一脸纳闷，又问，“医生，它大概怀孕多久了啊？”

“大概有两周了吧！”

夜幕降临，这座城市的灯海如繁星，火树银花不夜天。属于一些人的夜生活才刚刚开始，可陆昀之已经合上了书，拢起了窗帘，房间里只剩下一盏散发着柔和橘光的台灯。

陆昀之吃了一颗安眠药，戴上眼罩，关了台灯。

就这么静谧了几秒，陆昀之正准备入睡，门铃忽然此起彼伏地响了。他依然没有起身，可门铃隔了一会儿又响了起来。

他不耐烦地摘下了黑色眼罩，抬头看了看墙上的时钟，已经是晚上九点多。他晚上从来不接待客人，这个时候来找他的人会是谁呢？

他打开门，上下打量了一下门前的一人一狗——禾真穿着白色卫衣同微笑女王站在一起，十分协调和谐。

“嗨，陆主编，好久不见啊。”

禾真笑靥如花，仰头看了看穿着格子睡衣的陆昀之。他的身形高瘦挺拔，即使普通的睡衣穿在他的身上都难挡气质。

“这么晚找我有什么事？”陆昀之靠着门，懒懒地看着禾真，并不准备让她进门。

禾真眨了眨眼，抬起手表看了看时间：“还早呢，这才九点钟。”

陆昀之半眯着眼盯着禾真，禾真又死皮赖脸道：“陆主编，看起来您不欢迎我呢？我可是来恭喜你的。”

陆昀之眼尾上挑，饶有兴致地问：“你倒是说说看，哪来的喜？”

“您要做‘爷爷’了呀！”禾真弯着眼睛，笑得像个小太阳。

陆昀之的眼皮微微动了动，闷出两个字：“无聊。”

眼见门“砰”的一声就要关上，禾真死皮赖脸地抵住门说：“陆主编，给我一分钟时间。”

陆昀之这才停下手：“说。”

“我们家微笑女王怀了你们家亚历山大的孩子。”

禾真笑了笑，身旁那只白色的大狗也吐了吐舌头，微微颔首表示认同。

陆昀之冷冷地瞥了禾真一眼，环抱双臂，持怀疑的态度道：“我怎么知道它怀着的是不是亚历山大的？”

还不等禾真辩驳，屋内的亚历山大已经冲出门外，两只毛茸茸的大狗打成一团。

“看吧，亚历山大都承认了呢！”禾真一脸得逞的微笑，“你可不能拆散它们呀。”

陆昀之无奈地吁了口气，只好任由亚历山大领着微笑女王进门，两只大狗大摇大摆地找了个角落卿卿我我。

禾真也跟着进了门，陆昀之去吧台倒了两杯开水，一杯递给禾真道：“我晚上十点就得睡觉。如果你想把微笑女王放在这里，我不反对。”

这么一说，显然是下了逐客令。禾真一点也不介意，笑道：“那是可以等它生完小宝宝吗？”

陆昀之轻描淡写地“嗯”了一声，又问：“你还有事？”

禾真把玻璃杯搁在矮几上，点了点头：“确实是有点事。”

陆昀之挑了挑眉，往沙发对面坐下，做出一副洗耳恭听的模样。

禾真清了清嗓子道：“据我所知，陆主编最近并不是晚上十点钟就能睡着，相反，你的睡眠状态不太好吧？”

陆昀之的动作一顿，放下玻璃杯，盯着禾真看。

“你是不是晚上精神特别好，一整宿都睡不着觉，可到了早上五点就有了睡意，一直到中午十二点这段期间都特别困？”禾真双手交握，又道，“甚至一些生活习惯都发生了变化？”

陆昀之深咖色的眸中有了细碎的波动，微微动了动喉咙，还是保持平静。

“比如，从不喝让人变笨的饮料，偏偏……”禾真故意一滞，又道，“又喜欢上了奶茶。”

陆昀之挠了挠眼下的皮肤，心照不宣，显然都被禾真猜中了。

“你问了我的心理医生？”陆昀之的声音有了起伏。

禾真没正面回答陆昀之的话，而是道：“这并不重要。重要的是，陆主编你记得是什么时候发生了这样的变化吗？”

陆昀之双腿双叠，反问道：“你想说什么？”

禾真身子向前，压低了声音道：“我有了和陆主编一样的困扰。”

“嗯？”陆昀之拖腔带调地疑惑道。

“还记得那天发生了日全食，我被陆主编养的蚕吓了一跳，一跃而上跳到了你的身上，那个时候应该是中午十二点钟，日月星辰钟敲了十二下。自从那天以后，我晚上十点钟就困得不行，早上五点自动醒来。这么下去我晚上再也无法写小说了……”

“这和我有什么关系？”陆昀之波澜不惊地反问道。

“陆主编，你有没有想过……”禾真欲言又止。

“想过什么？”陆昀之奇怪地打量着禾真。

禾真咽了口口水，继续道：“会不会是我们那天的那一抱出现了问题？”

“开什么玩笑……”陆昀之否定，可眼神里明明有了些许犹豫。

“其实……我也想，总不可能我跟主编这么一抱，就导致我们的生物钟发生了互换吧。可是……或许我们之间有种无形的磁场就是互斥的，正好那天我们抱了抱，就……”

禾真也有点解释不清，面红耳赤了半天，当机立断道：“我就想再向陆主编提个要求。”

陆昀之端起开水，又轻抿了一口。

“我们……我们还能不能再抱一抱？”

“噗——”陆昀之艰难地咽下开水。

所以，这个女孩大晚上来找他的目的，是让他抱一抱她？

“你觉得呢？”

这个女人是在咨询他的意见。

“无聊。”陆昀之决绝地拒绝。

“为什么不试试呢？”

禾真看了看墙上时钟的时间，指针就要移动到十点钟了。她当下做了决定：“现在又快到一个整点了，我们先做个试验！万一灵验了呢？”

不等陆昀之回复，她已然奔到陆昀之的怀中，双腿交叉，搭在陆昀之的膝盖上坐下。

陆昀之被女人这突如其来的动作震惊得目瞪口呆。

面前的男人肩膀微微颤抖了一下，紧致结实的胸膛稍稍起伏。

禾真也顾不得那么多了，正面对上陆昀之精致的脸庞。

他本就生得好看，一双桃花眼更是灼灼动人，让人心旷神怡。

静止了几秒，有浅浅的气息在二人当中徐徐蔓延开来。

禾真双手环住陆昀之的脖颈，柔滑的触觉传回大脑，让她的心跳越发加速。

这是所谓的多巴胺起作用了吗？

禾真的喉结滚了滚，陆昀之发现自己的身体似乎有了变化，他忙不迭地转过头去。

谁想下一秒却被一双微凉的手掌掰回原位："陆主编，认真一点，这可是关系我们的生物钟。"

他微动喉咙，下巴微微扬起，只好对上女孩闪亮的大眼睛。

"当、当、当……"

墙上的时钟敲了十下。

两个人还保持着同样的姿势。

半晌，禾真先吭声："陆主编，你……有没有发现什么东西正在发生改变？"

陆昀之的脸色很臭，冷冷地回道："你知不知道这个时候问一个男人这个问题很危险？"

第五章 发光的机会

禾真松开了手，窝回沙发上，不求甚解："为什么呀？"

陆昀之黑着脸，下了逐客令："你可以回家了吧？"

禾真打了个呵欠，眼皮都有点睁不开了，直接躺倒在了沙发上，说："我怎么感觉没什么改变呢，要不明天去你的办公室再试试？"

什么？陆昀之的脸更臭了，今天强抱他就算了，明天去他的办公室，这个女孩还要……

"不行了不行了，借你的沙发躺一下……"

话落的瞬间，那个瘦弱的女孩已经在沙发上蜷成一团，没几秒钟就进入了梦乡。

站在一旁的陆昀之有些懊恼，明明他吃了安眠药，怎么一点睡意也没有？可这个女孩却可以睡得跟一只乖乖的小猫咪一样？

他趿着拖鞋，回到卧室，重新戴起眼罩，又开始数起了绵羊。

数到一百零一只的时候，他终于恼怒地起身，医生是不是给他开了假的安眠药？

窗外凉风阵阵，把白色的窗帘吹得飞扬，他伸手把窗户合上，忽然心一动，起身抱了一袭薄被，走向客厅。

客厅的地灯散发着暖暖的光亮，可沙发上竟然没了人……

陆昀之走近一步，才发现矮几旁边白色简约的羊毛地毯上多了一个女孩。

禾真不知何时已经滚到了地毯上，陆昀之深深地吸了一口气，这女孩的睡姿也太差了。他把女孩抱起来，径直又放在了沙发上。

他把薄被盖在了女孩的身上，掖好被子转身就要走。

谁想刚移动几步，背后又传来了一声动静。

陆昀之顿住脚步，转头一看，禾真又滚落到了地毯上。

他摇了摇头，本想不管她的死活，偏偏身后的女孩喊了一句："陆昀之——"

他猛地转身，以为女孩在装睡骗自己，不想女孩闭着眼，咧着嘴道："陆昀之，你也太自恋了吧，这护肤品比女孩还多……"

做梦也不放过自己！

陆昀之冷冷地瞥了地上的女孩一眼，下一秒，女孩又低吟道："虽然，你有那么……一点好看。"

陆昀之暗自觉得好笑，微微挑了挑眉："算了，原谅你吧。"

他径直踱步到禾真的身旁，一把将地上的女孩横腰抱起来，不急不慢地往卧室走去。

等到第一道阳光从窗户照进来，禾真微微揉了揉眼。她睁开眼的瞬间，首先看到的是两只朝着她吐舌头的大狗，再把眸光移动一下，竟然对上了一张憔悴的俊脸。

禾真吓了一跳，猛地起身，这才发现自己好像处在一张陌生的大床上……

禾真不自觉地拽了拽被子，挡住身子，清了清嗓子，正想说些什么，偏偏被面前的男人抢了先。

"别想太多，我只是看不下去你从沙发上滚到地上而已。"陆昀之冷冰冰地说。

禾真抓了抓乱发，才想起昨晚自己抱了陆昀之，可是好像也没改变两个人的生物钟，相反在他家的沙发上睡着了……

后来发生了什么，她记不清了。

"我昨晚……没做什么出格的事情吧？"禾真小心翼翼地试探道。

陆昀之已经起身披上西装，波澜不惊地回道："你觉得什么是出格的事情？"

禾真面红耳赤，一时语塞。

跟前的男人已经踱步到她面前，微微俯下身来，贴近她的耳侧，带着滚烫的气息。

禾真一紧张，竟然闭上了眼。

不对啊！她为什么闭眼，这是在期待什么吗？

“麻烦——”男人的声调微扬，“帮我把床头柜的手机拿一下。”

“哦……”

禾真慌张地睁开眼，找到床头柜的手机递给了陆昀之，连话都说得颤巍巍的：“昨……昨晚，陆主编，是都没合过眼睡觉吗？”

“嗯——”陆昀之不咸不淡地应了声。

禾真急急忙忙下了床，奔到陆昀之跟前道：“陆主编，要不今天换个地方？上次在你办公室……”

陆昀之理了理领带，问道：“换个地方要干吗？”

禾真咳了一声，一本正经道：“我们换上次的姿势试一试。”

眼前的女孩还没意识到话有歧义，倒是陆昀之先察觉到了。

他的耳朵有些微热，清了清喉咙道：“别费心思了。我们是不是生物钟互换了还不一定……”

“那我们一起去看看医生啊？咨询一下？”禾真坚持不懈地问道。

陆昀之微微抬头看着禾真，淡淡地回道：“我今天早上要开会。”

禾真略微有点失望，只见陆昀之就要出门，前面的人忽然停下脚步，转身看她：“下午或许有空。”

禾真的脸上闪过一丝喜色，陆昀之又看了她一眼道：“出门的时候记得关门。”

陆昀之一宿没睡，此时到达办公室还是脑袋昏昏沉沉。他窝在转椅上，仰头看了看悬在墙上的那对日月星辰钟。

古董钟因为年代久远，大多会存在磨损，虽然能够正常运转，但时间的精准度会存在误差。但是这对钟，几乎不存在一丝误差。

这座望日钟遇上了朔月钟，两者共同敲响钟声之时，竟然契合无误。

“当、当、当——”

钟声敲了九下。

陆昀之这才回过神。这时，他的办公室的门被叩响了，他喊了一句：“进。”

进来的人是林恬伊，她明明神色慌张，在见到陆昀之的一瞬间还是敛了敛慌乱："主编，本来说好 Amy 关于 Blue 杂志的封面设计应该要在今天交稿的，可是 Amy 毁约了。"

陆昀之的眼里有了波澜："什么意思？"

"Amy 说……"林恬伊欲言又止。

陆昀之冷着脸催促道："说！"

林恬伊小心翼翼道："她……她说之后也不会同 Coral Sea 合作。可我们手上很多项目的封面设计都是 Amy 在跟进的。"

"那就换人。"陆昀之当机立断道。

"主编，这恐怕不是最为可怕的事情，而是……Amy 算是业内比较知名的画手，她这次离开公司，还带上了一批画手。"林恬伊神色凝重地说道。

早上十点钟的例会如期召开，陆昀之端坐在会议室的中央，眉宇隐隐湛动，今天的坏消息并不止一件。

Amy 带走一批画手出逃，合约到期的两位大神级作家被重金挖走，Coral Sea 的新刊请来的新晋男神做的访谈还未发布，偏偏被其他杂志捷足先登了……

陆昀之半眯着眼，停滞了一秒问道："这些和 JM 文化有关系吗？"

在场的众人忽然安静下来，魏西宁这才弱弱地道："之前的确听说简老板跟 Amy 有过接触……"

陆昀之修长的右手手指在桌上弹钢琴，一下，两下，三下……

死寂了几秒，陆昀之才下决心道："找到新的画手接替 Amy 的位置，新刊访问的页面立即撤换。"

"可是，现在来不及找到新的明星采访。即使找到了，我们新刊下周末就得上市，根本来不及……"林恬伊解释道。

"那就采访深陷抄袭新闻的何时了……"陆昀之忽然道。

众人傻了眼，新刊采访一个深陷抄袭丑闻的写手？

社科组组长安娜人脉广，她提了个意见："主编，其实我认识一些建盏大师，我们可以把这个采访做得深远一些。"

"你觉得一本言情文学杂志，谁会为一个建盏大师的采访掏钱？"陆昀之微微提高了音量。

陆主编下的决定没有人敢吭声，他合上笔记本，起身对林恬伊道："何时了的采访你来负责，务必问清她是否抄袭了米思薇的事情。”

眼见陆主编脚下生风，转眼就走出了会议室，林恬伊才合上震惊的嘴。

她给禾真发了条微信：“发生大事了！”

禾真这时正在前往Coral Sea文化公司的途中，今天天气太炎热，她买了个冰激凌，刚咬了一口，看到微信后回道：“什么情况呀？”

“我们主编说，新刊要采访你！！”

林恬伊发了两个感叹号，禾真惊得冰激凌都要握不稳了，回了条消息道：“我觉得陆主编比我更需要去看医生。”

编辑室的会议刚结束不久，没想到会议里提及的主角倒是出现在了公司，每个人都用疑惑的目光看着大步走进公司的禾真。

林恬伊把禾真拉到一旁问道：“你怎么来了？”

禾真不以为意道：“我跟你们主编约好了啊。”

“你们约好了？什么时候的事情？”林恬伊又小声问道。

禾真压低声音，凑近林恬伊的耳边道：“我来找你们主编，有大事要办！”

她说得一本正经，林恬伊都差点以为两个人真有什么大事得办。可他们俩能有什么大事啊？

她正想追问几句，禾真已经敲响了主编办公室的门。

陆昀之抬头一看，没想到推门而入的人竟然是禾真，看来她还是对昨天的事情不死心。

陆昀之放下手上的签字笔，不咸不淡地问道：“你应该从林恬伊口中得知了新刊要采访你的事情了吧。”

禾真点了点头道：“可是……陆主编，我有个问题想问……”

“问吧！”

禾真清了清嗓子，靠近一步，伸出手放在陆昀之的额头上，感受了一下温度。

“陆主编，你没发烧啊！”

“废话，谁说我发烧了？”陆昀之蹙眉，冷眼道。

“那……那你采访我干吗呀？”连禾真这个当事人都有点莫名其妙了。

陆昀之背靠在转椅上，不自觉地莞尔：“因为，我要包装你啊。”

包装我？禾真忽然有了希望。

禾真依然不死心，她想让陆昀之签下自己稿子的愿望还在，于是追问道："陆主编，那你准备什么时候签下我……的稿子呀？"

陆昀之半眯着眼，神色耐人寻味地吐字："考虑一下你的表现。"

禾真神色复杂，差点忘了正事。她是为了两个人的生物钟互换而来的啊。

她仰头看了看陆昀之墙上的日月星辰钟，一个像是圆日，一个像是弯月，两座钟挂在了一块儿，确实有种日月生辉之感。

"陆主编，我记得上回我抱你的时候，这日月星辰钟正好敲响了中午十二点的钟声。你说我们要不要再试试？"禾真追问道。

陆昀之双手交握，问道："你为什么对这种非科学的现象那么执着？"

禾真也有些不解，可内心总有一种笃定的猜测，她同陆昀之的生物钟发生了对换。

"要不然，我为什么老梦见你啊。"

"你梦见了我？"陆昀之挑了挑眉，又问，"你梦到了什么？"

"你对着镜子，在护肤。"

"还有呢？"

禾真挠了挠头发，老实说："还有……"

"还有什么？"

"你……你的人鱼线。"禾真咳了一声，老实说。

陆昀之神色平静，慢慢端起桌上的瓷杯，抿了口茶道："禾小姐，你该不会是爱上我了吧？"

禾真瞪大眼，定定地注视着陆昀之。眼前男人这么一问，竟然让她一时短路，语塞了。

陆昀之这才抬头又看了看禾真，眼前的女孩白玉凝脂的脸庞漫上一抹绯色，倒是十分有趣。

"陆主编，这不是重点。"

"重点是什么？"陆昀之勾唇，饶有兴致地问道。

"重点是……现在，我想抱抱你。"

话落的瞬间，禾真已经以迅雷不及掩耳之势跃到了陆昀之的身上。

陆昀之活了快三十年，还没有遇到过这样一个女孩……

说抱他就抱他，她是不是觉得他特别好说话？

中午十二点的钟声敲响。

两座钟齐齐敲响十二下——

禾真还保持着坐在陆昀之身上的姿势，双手捧着他的脸庞，一双漂亮的黑色大眼还在一眨不眨地盯着他看。

陆昀之微微滚动喉结，开口道："你……知不知道你这样很危险？"

禾真诚实地摇了摇头，她不知道为什么陆昀之特别爱把"危险"这两个字挂在嘴边，到底哪里危险了？

谁想不过片刻，她就体会到陆昀之所谓的危险了。

骤然之间，陆昀之的手已抚上她漂亮的下颚，脸庞挨近，向着她柔软的唇压了下来。

禾真觉得自己好像漂浮在云端，不自觉地踢掉了脚上的高跟鞋，赤着脚微微悬浮了起来，而双手也不自觉地环住了陆昀之的脖颈。

这样的吻深而软，甜又热，显得并不真切。

禾真很想从这样的梦境里抽身，可还是不自觉地沉浸其中。

最后是一阵敲门声打扰了这场旖旎的深吻，禾真猛地从陆昀之的身上跳起来，她觉得自己的脸红得就像是火烧云。

陆昀之淡定地理了理衬衫和西装，抬头的瞬间正好看到满脸绯色的禾真。他不自觉地勾了勾嘴角，竟有一种得意。

"进——"陆昀之漫不经心地喊道。

进来的人是魏西宁，他望了望陆主编，眸光却不自觉地看向站在一旁的禾真。

"JM文化公司的负责人在会客室，说找主编有事。"

陆昀之的脸色沉了沉，有些不满："他干吗不直接打我的电话？"

"哦，简老板说打了您的私人手机没有人接。"魏西宁沉静地回道。

陆昀之从办公桌上拿起手机看了看，简嘉伦的确给他打了几个电话，只不过他刚刚正忙着……根本没有注意到在办公桌上振动的手机。

"知道了，我待会儿就过去，让他稍等一会儿。"陆昀之淡淡地回道。

魏西宁得命正想回去，又打量了禾真一遍，满脸欲言又止的表情。

"还有事？"见魏西宁还站在原处没有出去，陆昀之也奇怪了。

魏西宁深吸一口气道：“何时了小姐，对吧？”

禾真目光闪烁，内心也不知为何一惊：“是……是，怎么了？”

“虽然这就快到夏天了，可地上冰凉，你这赤脚踩在地上……不凉吗？”

魏西宁好心提醒，让陆昀之和禾真的神情都变得波澜起伏了。

禾真尴尬地踮了踮脚，真是窘得想找个洞冬眠了。就在刚刚，她同陆昀之接吻的时候，不自觉地踹掉了两只高跟鞋，现在……

她扶了扶额头，眼角的余光看到了办公桌右面的两只黑色高跟鞋，弓着身子去捡了回来。

穿上高跟鞋，她冲着魏西宁窘迫地笑道：“这位仁兄，实不相瞒，我有点怪癖，一进屋子就习惯性脱鞋。”

“哦——”魏西宁表情莫测地退出了办公室。

禾真这才眯着眼又对着陆昀之笑了笑。

陆昀之倒是神色淡定地起身，脊梁挺直，迈开长腿到禾真身旁，意味深长地抛下一句话：“原来……你还有这样的怪癖？”

什么怪癖？接吻的时候习惯性不穿鞋？

主编室的门再次合上，禾真用力地咬了咬唇。

禾真走出主编室，头脑有点昏昏沉沉。她下了电梯，脑海里竟然还在回放着刚刚那个吻。

明明那个吻在她心里掀起了涟漪，那个先主动的男人却无波无澜。

她有点恼，也不知道在恼什么。

刚出了电梯门，她手机里就进来一条微信，是林恬伊发的：“刚刚你们在办公室里做了什么？”

该不会是魏西宁回去说了些什么吧？

“没发生什么啊。”禾真自以为这六个字十分轻描淡写。

不一会儿，林恬伊的消息又来了：“烂稀泥在作者群里酝酿了一出大戏……他说……”

禾真忙问：“说了什么？”

林恬伊犹豫片刻后回复道：“你是潜规则才获得了那个新刊采访的机会。”

禾真气得牙痒痒，正欲骂上魏西宁几句，不想背后驶来一辆白色轿车，还按了几下喇叭。

禾真猛地回头，驾驶座上坐着的人正是简嘉伦。

“禾真，有空聊聊吗？”简嘉伦笑着问道。

阳光微微刺眼，禾真半眯着眼看着简嘉伦，没想到这个人这么快就和陆昀之聊完了。

她本就没什么话同简嘉伦沟通，毫不客气地抛下一句：“不用啦，简老板，我没空。”

“禾真，好久不见，不聊一下吗？”

禾真忽然顿住脚步，又回头一看，这才发现白色轿车的后车座上还坐着一个女人。她定睛一看，一眼就认出了那个女人——现如今当红作家米思薇。

仇人见面格外眼红。

禾真真不知道为什么还能遇见她。

车水马龙的街道，米思薇从轿车上下来，她踩着恨天高，一袭黄色纱裙，活脱脱像是个柠檬精。她缓缓走到禾真的跟前。

禾真觉得米思薇长得又高又瘦，鲢鱼脸十分上镜，特别适合做明星，而不适合当作家。实际上她也确实没完整地写过一本书。

“禾真，其实我一直想找你好好聊聊。”米思薇伸出手，笑得妖艳夺目。

禾真冷着脸，没有伸手回握，使得米思薇那只右手悬在半空中十分尴尬。

“聊聊吧，禾真，你不是也有很多问题要问思薇吗？”简嘉伦也下了轿车，他站在米思薇的身旁，他们站在一起倒是有一种一对狗男女的般配。

禾真随便选了街边一家朴素的露天餐厅，米思薇很嫌弃，她本来想去那种私密性比较好的高档餐厅，谈事情也比较方便。现在她算是金牌作家，还是有一定的群众粉丝，万一在这个地方遇上读者，自然不怎么方便。

可禾真铁了心，米思薇只得勉强接受。三个人都点了港式冻奶茶，米思薇一口也没喝。禾真倒是喝了大半杯，忽然觉得全身凉了不少。

“明人不说暗话，米思薇，我确实有个问题想问你，从回收站里找出我的原稿，是不是你一个人的主意？”禾真开门见山，毫不含糊。

米思薇微微有些迟疑，看了简嘉伦一眼，然后道：“禾真，现在……说这些还有意义吗？”

“我只不过想知道真相。”这个问题盘旋在她的脑海中多日，自己为什么会犯了删除原稿的错误……

“我记得我把回收站也清空了，我不该犯这么低级的错误才对。”禾真依稀记得自己确实有清空回收站。

米思薇的神色有些许慌张，她小声道：“禾真，你说不干就不干，我都发布了新书的公告，你让我们临时去哪里找人啊？”

“那稿子到底是从哪里来的？”

“公司也是有IT高手的，还原清理的回收站也不是什么难事……”米思薇说得一点也不心虚。

禾真没有说话，简嘉伦才道：“禾真，我承认在这件事上，我们处理得确实有问题，怎么样也得事先跟你沟通，只是现在覆水难收了。”

“我欠一个迟到的道歉。”禾真冷静地道。

简嘉伦对着米思薇使了个眼色，米思薇忙不迭道：“姐姐确实错了，妹妹你不要生气。以后我还是需要你的。”

米思薇一把抓住禾真的右手，语气娇滴滴，偏偏不带认真的诚恳。

禾真感受不到一丝一毫的尊重。

“我是不会回去的。”禾真决绝异常，“我不会再当影子，不会当你的影子。也不会再当任何人的影子。”

从签下解约合同的那一刻起，禾真才觉得自己的文字终于找回了自己。

自己写的每个字都在为自己而写。

米思薇的脸色很难看，她朱唇张了张，实在没忍住：“禾真，我都向你道歉了，你还想怎样？”

“我说过了，我不想当任何人的枪手。”禾真一字一句，落下的瞬间仿佛有了回音。

米思薇轻蔑地哼了一声：“你做了这么多年的枪手，怎么当时不说，现在就白莲花了？”

禾真没吭声，紧紧捏住右手的拳头。

米思薇骤然起身，对着简嘉伦道：“嘉伦，这里的食物我实在是不喜欢，我去车里等你。”

眼见米思薇已然走了，禾真也起身，冷森森地道："确实没什么好聊的。"

"禾真，别这样，思薇就是那个脾气。"

简嘉伦又把禾真按回了位子上，道："禾真，我知道你这些年是迫不得已做了思薇的枪手，说实话思薇没有你，她也不可能有今天的成就。"

禾真没有吭声，简嘉伦又道："我知道，你之前是希望 Coral Sea 签下你，可现在的情况是，陆昀之本身就有一堆烂账，他的首席画手 Amy 已经被我们挖了过来，还有两个大神级别的作者合约我们也在接触。你签到他们公司，还不如回 JM 文化。"

禾真抬头看着简嘉伦，她不知道陆昀之现在要面对这么多麻烦事。

她想起之前做的那个梦，简嘉伦喊陆昀之弟弟，忍不住问道："你……你是故意要和陆昀之作对？"

简嘉伦眼中的情绪一闪而逝，很快又笑了："我和陆昀之本来就是竞争对手，这种商业竞争不奇怪。"

"除此之外呢？"禾真明显话里有话。

简嘉伦"扑哧"笑了一声："是陆昀之和你说了些什么吗？"

"没有，我只是好奇。"禾真平淡地回道。

"签下你对他们的公司并没有什么好处，"简嘉伦笑意狡黠，"可你对我而言，对 JM 文化来说都很重要。"

禾真环抱双臂，半靠在椅背上："是作为米思薇枪手的重要性吗？"

"禾真，你这样的才华去做枪手的确可惜。"顿了顿，简嘉伦继续道，"我知道《夜幽行》你的构思应该有三本，现在米思薇借用的稿子只是第一部，只要你完结《夜幽行》，我就还你自由……"

"你让我以米思薇的名义写完《夜幽行》？"禾真冷眼看着简嘉伦。

"对，价格我给你翻倍。之后你要出道，JM 文化会像捧米思薇一样捧你。"简嘉伦说得兴致勃勃。

"可是何时了抄袭米思薇的事情怎么解决？"禾真尖锐反问道。

简嘉伦微微迟疑，才道："禾真，你总不可能让米思薇当众在网友面前向你道歉吧？那样的话米思薇怎么办？她可是当红作者，粉丝群超百万，她对 JM 文化公司的贡献……"

见禾真神情不对，简嘉伦才停下话头道："你可以换个笔名出道，叫什么都行。你的实力摆在那里，我们全公司的资源都会向着你。"

禾真哼笑了一声，骤然起身，冷冷地道："不可能。"

见禾真转身就要走，简嘉伦叫住她："禾真。"

禾真停下脚步，背对着简嘉伦站着，背后的男人又道："这些年如果不是我对你提前预支，你当时一个小透明要多久才能拿到那些稿费？你爷爷的医药费要到何时才能还清？"

简嘉伦的话像一把薄刀片，慢慢划破耳膜，鲜血淋漓。

"当初自己选择的路，现在开始后悔了？还来得及吗？"简嘉伦又反问道。

禾真咬着唇，眼中的晶莹泪光在发酵，她却在拼命隐忍。

她猛地转身看向简嘉伦："我很后悔当初选择了走捷径，所以我现在必须承受这样的后果。"

简嘉伦动了动薄唇，眸光有些不耐烦："禾真，这世上没有后悔药。"

"所以，我现在从头开始走这条路。"禾真眸光坚韧。

简嘉伦无法理解禾真的做法，她现在人人喊打，就像是一只耗子，却不愿意回 JM 文化，谁还会像他一样把她捧在手心？

"禾真，这是我给你的最后一次机会。"

"该死的机会！"

禾真猛地端起桌上的奶茶往简嘉伦身上泼去。

滴滴答答的褐色液体从简嘉伦的身上滑落，他的脸色难看得要命。

没有人敢对他这样，禾真是第一个。

"我劝你不要再找我，不然我下次会泼汽油。"

禾真从包里干脆地掏出钱，放在桌上，义愤填膺："这顿，我请了。"

禾真干脆利落地走出露天餐厅，忽然有点意外地得意。可她下一秒就孬种了，给林恬伊发了条微信道："恬恬，天要塌了！"

林恬伊回道："我个高帮你撑一撑。"

禾真："来不及了……"

林恬伊："说人话！"

禾真："我朝简嘉伦泼了奶茶，你说我会不会遭到报复啊？"

林恬伊发了个有种的表情，并且道：“我看你赶紧回家，别被简嘉伦跟踪了。”

禾真狠狠地拍了拍自己的脑袋，好好说话不行吗？为什么偏偏让奶茶代言了？

这就算了，本来就穷，还阔气地甩下一百块钱请人喝下午茶。

她沮丧得不行，摸了摸包包，发现钥匙还忘记带了。这下连家也难回了。

她打了个电话给禾江河，禾江河本继承了禾真爷爷的一手修钟表的好手艺，可这个年代，修表的人太少，修古董钟这种差事，一年也遇不上几回。他空闲的时候只好去做网约司机，这会儿正在东城接送客人，回来也得晚上了。

禾真叹了口气，这世界上即使你有万般才华，可是发光的机会太少了。

思来想去，无处可去，她干脆回失恋博物馆工作。

到了失恋博物馆，没见着祁承，博物馆只有前台的工作人员小米。禾真经常去失恋博物馆，一来二去跟小米也混了个脸熟。

“祁承不在？”禾真十分好奇。

她笑称：“馆长大概约会去了。”

“约会？”禾真表示困惑，她还以为祁承是没有女朋友的。

小米望了望四周，神秘兮兮道：“馆长最近有些古怪，老是有一个人有空就来博物馆看他，特别是每周四，准时出现。”

“原来你们馆长有女朋友的？”

禾真这周刚刚上班，还不知道之前失恋博物馆发生了这档子事情，静心想了想，这人难道就是林恬伊口中的于学姐？之前她还跟林恬伊八卦祁承是因为和于学姐分手，受了情伤，才开了一家失恋博物馆。

“不是，”小米这回神情更加丰富了，小声道，“我跟你说，你可千万不能和别人说。”

禾真咳了一声，一下来了八卦劲，催促道：“你赶紧的啊。”

“来的是个男的。以前也没见过那男的，老是站在门口诡秘地盯着馆长看。”小米神秘兮兮道。

“男的？”禾真有点震惊，又道，“男朋友？”

小米摇了摇头，半开玩笑道：“那神情不像是讨债的。馆长说不认得他，可这个人就老出现。我觉得要么是认亲，要么……就是暗恋我们馆长了。”

禾真手托腮陷入思考，觉得这件事情有趣。正出神的瞬间，她的肩膀被猛地拍了拍。

禾真转身，见来人是祁承，她忙不迭地扯了笑容道：“馆长，我正找你呢……”

“你不是说今天有事，不来失恋博物馆吗？”祁承奇怪地问道。

禾真愣了一下，今天她本来是找陆昀之一起去看心理医生的，谁想事情没办成，倒是发生了主编室的那一幕，还碰上了简嘉伦。

她跟着祁承往茶馆走去，解释道：“本来是的，但现在我没什么事，就来博物馆帮忙，毕竟赚钱是大事嘛！”

“刚刚小米和你说什么了？”祁承又问道。

“小米不让我告诉其他人……”禾真为难道。

“刚刚不是说赚钱是大事吗？不怕我……”祁承扬了扬下巴，明显在威胁禾真。

“老板，我这才上班几天，你就别为难我了吧……”禾真双手合十，求饶道。

“快说！”祁承看似笑笑，但显然不达目的不罢休。

“好吧，我说。其实也没什么，就是好奇有个男人老是找你而已……”

祁承笑了笑，点点头：“确实是有那么一个男的。”

“他认识你吗？”

“不认识。”祁承摇摇头。

“那他该不会是你的情敌，又或者……他真是对你……”禾真试探道。

祁承笑了笑，并不正面回答，而是道：“我带你去看样东西。”

禾真有些好奇，跟在祁承身后，径直走到了前厅其中一个柜台，从陈列架内找出了一支钢笔。

笔壳纯黑，笔帽镶了一颗宝蓝色钻石，如海洋一般湛蓝，在灯光下熠熠生辉，看来是一支定制的钢笔。

她小心翼翼地观察了一下这支钢笔道：“这颗钻石这么大，一定很值钱吧。”

祁承笑出声，说：“你怎么不看看下面那张卡片？”

禾真尴尬地勾了勾嘴角，自己还真是见钱眼开了。

她拿起卡片看了一眼，上面写了一行字：“TO：亲爱的Sea，希望有一天你还能回去，回到属于你的文字世界。”

Sea？

禾真有点吃惊："这个 Sea 是不是之前很红的毒舌专栏作家？"

祁承微微扬眉说："我猜是他。"

禾真读过 Sea 的专栏，一向以毒舌著称的他，话语犀利，说的毒鸡汤入木三分，反过来又不得不佩服他的脑洞大开。

他的微博粉丝高达五百万，每发一条微博就能收获上万评论。可就在三年前，Sea 神秘地消失了，微博不再更新，专栏也腰斩，仿佛从人间默默地消失了。

"我带他参观了一下失恋博物馆，他却在这件展品面前停住，迟迟没有离开。"祁承也有点疑惑。

"我对这个人有点好奇了。"禾真忽然来了兴致。

"明天是周四，不出意外他应该还会来这里。"

禾真饶有兴致地说："那我等他。"

第六章 最后一票

第二天，祁承有事没来失恋博物馆，就剩禾真跟小米在馆里。来失恋博物馆的除了参观者，还有些刚刚失恋的人。他们寄放失恋遗物，是为了同过去隔断联系。

一个女孩刚把失恋遗物递给小米就泪流满面，哭声响彻全场，还震慑到了别的客人。

禾真一看这样不行，忙不迭地把人带到后面的茶馆安慰了一番，顺便推销了一盒上好的大红袍。等人消费完毕，还感谢地同禾真抱了抱，最后离开。

小米忍不住对她竖起大拇指："禾真，不得不佩服你。人家都失恋了，你还能让人买茶。你来的这些日子，业绩噌噌地往上爬，真是功不可没啊。"

禾真得意地勾了勾唇道："所谓消费也可排解惆怅啊，我这也算是安慰了她呢。"

"厉害厉害，"小米佩服得五体投地，顿了顿，又使了个眼色道，"喏，那位帅哥又来了，可惜馆长今天不在。"

"来了？"禾真有点欣喜。

小米点点头道："就在十二号失恋遗物那里。"

十二号遗物就是留给 Sea 的钢笔，禾真慢悠悠地穿过几个展柜，一眼就看到十二号遗物所处的展柜旁笔挺地站着一个男人。

她穿过立柱，无声无息地站在了男人对面。

他穿着一身白衬衫、青色的七分裤，流畅且笔直，那弧线锋锐的五官，禾真哪里忘得了？

天哪，竟然是陆昀之。

禾真一阵纳闷，不想对面的男人也看到了她，目光交织的瞬间，仿佛有密集的暗涌流淌。

似乎迟疑了几秒，禾真才慢慢吞吞地移动到陆昀之的跟前，打了个招呼："没想到陆主编那么有空？"

陆昀之轻飘飘地道："你不是一样？"

禾真耸耸肩道："我不一样，我在这里上班。"

"哦？"陆昀之微微提高音量，饶有兴致地反问，"不写稿了？"

"当然写，可是你也知道，"禾真讪讪地回道，"没人签我。"

陆昀之早就预料了这个结果，不以为意道："这几天我会安排编辑联系你做一个采访，何时了小姐。"

"给采访费吗？"禾真追问道。

"嗯。"

陆昀之点点头，转身要走，禾真还没解开心中的困惑，追上去道："那个……陆主编……"

"有事？"陆昀之骤然转身，两个人距离不过一寸，差点撞上。

禾真仰头看着男人那双深咖色的眸子，如湛湛清泉，有着奇怪的魔力让她深陷其中。

这是怎么了？

禾真眼皮一跳，竟然想起那天在陆昀之的办公室，她吻了陆昀之。

啊！不，明明是这个男人吻了她！

可是他竟然波澜不惊，不当一回事？

"你在想什么？"陆昀之打断了她的思绪。

禾真忙不迭地重整了表情道："我在想……陆主编是不是认识这个 Sea？"

陆昀之的眸光闪了闪，面无表情道："哪个 Sea？"

"刚刚那个十二号遗物就是留给 Sea 的。"禾真解释道。

陆昀之轻描淡写地"哦"了一声。

禾真紧跟在陆昀之身后道："陆主编，你不觉得这个Sea很有可能是之前的毒舌专栏的作家，这给他留字条的可能是他的前女友之类的。"

禾真把自己的猜测说出来："你说Sea忽然消失、不写专栏，会不会和这个前女友有关系？"

陆昀之忽然停下脚步，禾真急急刹车，见陆昀之一脸的不耐烦，忙不迭咧着嘴尴尬地笑了笑："陆主编觉得呢？"

"我发现禾小姐很八卦。"陆昀之冷漠地道。

禾真转了转眼珠子，道："其实……我也想八卦一下陆主编。"

"说。"

"陆主编来到这失恋博物馆是为了这个十二号遗物而来呢，还是为了我们馆长而来？"禾真开门见山道。

陆昀之面无表情地回道："和你有关系吗？"

禾真解释道："我听说陆主编每周四下午都会来这里，可是我之前每周四下午也会出现在这里，却没有碰上陆主编……"

"你之前每周四都会来这里？"陆昀之问道。

"前一段时间是这样的，因为……"

陆昀之忽然打断她的话道："所以……你是喜欢这里的馆长？"

禾真眨了眨眼，对陆昀之的推理感到不解。他是怎么推断出自己喜欢祁承的？

"陆主编，你这推理就有点无厘头了。"禾真感到不解道。

"你不是说我们的生物钟发生了互换，所以我们的生活习性也变了吗？"陆昀之反问道。

禾真有点惊喜，陆昀之终于肯定了她的猜测，忍不住握住陆昀之的右手，激动道："陆主编，你终于相信我的话了？"

陆昀之偏头冷冷地扫了一眼禾真握住自己的手，禾真感到一阵凉意袭来，灰溜溜地收了手道："你相信就好了。"

话落的瞬间，她又兴奋地望向陆昀之背后，叫道："说曹操到曹操就到。"

禾真朝着来人挥了挥手："祁承！"

祁承闲庭信步地到了二人跟前，禾真才介绍道："这位是Coral Sea文化的老板兼主编陆昀之。”

陆昀之淡淡地笑了笑，算是打了个招呼。

禾真又介绍道：“这位就是开办失恋博物馆的创始人兼馆长祁承。”

祁承笑了笑：“没想到你们两个认识。”

“认识认识，还很熟呢！”禾真笑靥如花，显然挺开心的。

可陆昀之好像不怎么开心……

前段时间，下午四点左右，他不知不觉就会被一种引力牵引来到这家失恋博物馆门口。他虽然多次到文博图书城出席活动，但确实没有留意到文博图书城对面还有这样一家奇怪的博物馆。

而且他参观了博物馆一周，发现每次都能遇到祁承，难道是因为来看祁承的？

他甚至开始怀疑自己的取向了！

“熟吗？”陆昀之冷冷地勾唇反问一句。

禾真敛了笑意，有点窘。

陆昀之倒是毫不留情道：“可能……明天算半个合作伙伴？”

陆昀之是专注拆台的吗？给她留点面子不好吗？

禾真干笑了几声，还好祁承解了围：“这样大家也算是有缘了呢，我请大家吃饭吧。”

禾真捧场道：“好啊。”

“不好意思，我有点忙。”陆昀之倒是决绝地拒绝了。

禾真又陷入了尴尬。

祁承礼貌地笑了笑：“没事，要不然下回吧。反正大家还会见面。”

陆昀之轻飘飘地点了点头，戴起了太阳镜，语气淡淡地对禾真道：“明天的采访我会让林恬伊联系你，希望你这次不会迟到。”

见陆昀之走远了，禾真冷不防吐了吐舌头，对祁承道：“你别和他计较，他在我闺密的公司有个外号。”

“什么外号？”祁承也有点好奇。

“黑 top，传闻中最爱黑脸，做事要做到 top 的主编。”禾真一本正经地解释道。

祁承轻笑一声，忽然道：“你说Sea会不会就是这位爱黑脸，做事要做到top的陆昀之？”

禾真愣了一下，Sea虽然话语犀利和陆昀之不分伯仲，但Sea显然比陆昀之有幽默细胞多了。

晚上禾真给林恬伊打了个电话，说起明天新刊采访的事情，忍不住问道：“恬恬，我一直想不明白，你们主编是不是抽风了？要不然新刊为啥要登我的采访？我完全不明白你们主编想干吗？”

说实话林恬伊也感到无解，她思忖片刻后道：“是为了和JM文化打对手战？毕竟你本来是JM文化米思薇的枪手……主编故意让新刊采访你，让米思薇感到难堪？”

禾真还是纳闷：“可是这样也很危险啊，万一新刊因为这个采访……”

“呸呸呸——别乱说，这个新刊可是我负责的，别乌鸦嘴！”林恬伊骂道。

禾真犹疑片刻又问：“你跟陆昀之这么多年，你觉得陆昀之有没有……可能是Sea?”

“Sea？”林恬伊微微一愣，“你说的是神秘的专栏作家Sea？”

“嗯。”

“我们公司同Sea有过独家合作，那时候刊物的销量噌噌地往上涨，多半是因为Sea的专栏。可是我毕业后来Coral Sea文化实习，也就那一年吧，我们公司同Sea也没合作了。”林恬伊回忆道。

禾真把手机换了个手拿，瘫在沙发上又问：“那你见过Sea吗？”

“怎么可能？Sea这样顶级神秘的专栏作家都是主编直接联系的，”林恬伊顿了顿又道，“不过你这么一说，也不知道Sea是男的还是女的，真是神秘。”

禾真陷入深思，这么看陆昀之应该至少见过Sea。

第二天，禾真八点半就到了Coral Sea文化，林恬伊带着她到了一旁的会客厅，她刚刚落座，林恬伊就递过了一张写着密密麻麻问题的纸，小声嘱咐道：“这些就是我待会儿要采访你的问题，你先看看，做个准备，我还得录个音。”

两个人是好友，走个后门，提前透露一下采访的问题，也算是合情合理。

禾真看了一眼问题，其他不难，就是牵涉米思薇的几个问题。

她问林恬伊："到时候会把米思薇的名字隐去吗？"

"嗯，会以M知名作者的称呼代替米思薇。"林恬伊解释道。

采访者是好友，禾真很轻松，林恬伊也很快把采访的答案记录好。

采访差不多结束时，林恬伊打开之前的录音，回放了一遍，看看有没有遗漏。

此时，禾真的电话也响了起来。她看了看手机道："那我去外面接个电话，不打扰你听录音。"

禾真持着手机踱步到了会客厅的长廊上，接起电话，那头传来祁承的声音。

"嗯，采访差不多好了，"禾真抬起手，又看了看时间说，"也快十二点了，你要请我吃饭吗？哪一家？就那家新开的日料店吗？"

禾真有点兴奋地道："我前几天正好想去吃，不用不用，不用来接我了。我自己直接过去。嗯，店里见。"

禾真挂断电话，猛地转身，发现身后竟然无声无息地站着一个人。

一身墨黑色衬衫，笔挺流畅有型，一双冷淡的眸子定定地看着禾真。

禾真被看得有点心虚，半天才道："陆主编，早上好啊。"

"都快中午了，还早上？"陆昀之面无表情地又问，"禾小姐的采访结束了？"

禾真点点头说："差不多，挺顺利的。我正想去吃午饭。"

"看来你有约啊？"陆昀之淡淡地问道。

"嗯，是的。"

陆昀之点点头，推开了会客厅的门，禾真尾随其后。

他接过了林恬伊刚刚写的采访稿，稍微扫了几眼道："这个采访稿好像还有一些疏忽，可能还要耽误一点时间。"

"疏忽？"林恬伊也有点紧张，生怕采访稿出了问题，向陆昀之询问道，"主编，你是觉得哪个问题不太行，我换一个？"

陆昀之坐在白色圆桌的一端，长腿交叠靠在椅背上，挑了挑眉："不用了，由我亲自采访禾小姐吧。"

林恬伊愣住了，禾真也愣住了。

"陆主编这么忙，就不劳烦您了吧？"禾真先吭声道。

林恬伊也感到不解，这个采访内容丰富有趣，足以刊登两个版面，难道是她的提问出了问题，陆主编哪里不满意了？

林恬伊从自身找问题，小声向陆主编请教："主编，其实……我是哪里做得不好吗？"

"没有哪里不好。"陆昀之波澜不惊地回道。

他的手指轻飘飘地敲着圆桌，目光还在盯着手上的A4纸，慢悠悠道："我不过是想亲力亲为而已。"

陆主编想亲力亲为？

林恬伊虽然吃惊，却也只得退场让位。

林恬伊合上会客厅的门，这回单独的空间内只剩下陆昀之和禾真。

禾真看了看会客厅墙上的时钟，嘀嗒嘀嗒……

马上就要十二点了，这么耽误下去，看来是赶不上和祁承吃饭了。

她掏出手机，正想着给祁承发一条微信，耳边悠悠地响起一个声音："看来禾小姐很忙？"

禾真慌忙收起手机，发现面前男人的脸还挡在采访稿的后面。

他怎么知道她在发微信？

难道有透视眼？

"没有，只是现在快到十二点了，我担心陆主编……饿。"

"我不饿。"

陆昀之放下采访稿，眼尾上挑，又道："我刚刚才吃了早餐。"

你不饿，我饿还不行吗？

禾真满腹怨言，自从生物钟发生了变化，她每天五点起床，就啃了两块面包片，熬到了这个点。

陆昀之很快进入状态道："那我们开始吧。"

陆昀之打开了录音笔，开门见山道："当你得知米思薇窃取你的稿子，你的第一个想法是什么？"

禾真手托腮，思忖片刻："第一个想法是想拿回稿子，想证明自己是原著的作者，但当时才发现，因为自己的疏忽，我根本没有证据证明那个稿子是我写的。"

陆昀之若有所思地点了点头，又靠在椅背上问："禾小姐走了第一步，就该考虑清楚自己要承受的结果，恐怕已经来不及后悔了吧。"

禾真有一点走神，她忽然想起了简嘉伦。

这两个人似乎都说过同样的话，同样欠揍的神情，同样让人厌恶的口气。

禾真沉默良久，心里却涌起一个想法，这两个人该不会真是兄弟吧？

“禾小姐，你在想什么？”陆昀之轻轻扬眉，问道。

禾真清了清嗓子：“很可惜这个世上没有后悔药，所以我现在……承受的都是我之前选择的路所带来的恶果吧。”

顿了顿，她又自嘲道：“所以，我这种算是自食恶果吗？”

陆昀之并没有直接回答她的问题，顿了顿道：“那么，你当初为什么选择这条捷径？”

眼前男人话音落下的瞬间，禾真却沉默了。

久久没有得到回复，陆昀之又问了一遍：“你不想说？”

“我不想再提那些过往，抱歉。而且，”禾真坦荡地回道，“任何理由都不能为自己开脱。”

陆昀之点点头，话锋一转，又问：“那么，禾小姐有男朋友吗？”

“哈？”

这个问题问得猝不及防。

禾真满脸困惑，可眼前的男人眉目不动，平静如常。

“这个问题和这个采访有关系吗？”禾真疑惑。

陆昀之下颚轻抬，显得漫不经心：“嗯——”

“没有。”禾真简短地回道。

“祁承呢？”

“祁承？”禾真越发不懂陆昀之的话了。

“他不是你男朋友？”

禾真仿佛听到很好笑的笑话，道：“我和他只是普通朋友，更深一层应该是学长和学妹的关系吧……”

“哦——”

陆昀之徒然抬头，满意地勾了勾嘴角，放下手上的采访稿道：“好，结束了。”

禾真还没回过神，正想问问后面那两个超纲问题的意义在哪里，只见陆昀之已经踱步到她跟前道：“走吧。”

“哦。”采访算是正式结束了吧，禾真迟疑了一会儿，掏出手机还在想要不要给祁承发条消息。万一他还在等自己吃饭就不好了……

“禾小姐，我要请你吃饭，请你快一点好吗？”

陆昀之昂了昂高傲的下巴，眼风凛冽，气势十足。

“可是……”

禾真语塞了，谁想陆昀之已经出门，抛下一句话：“我在停车场等你。”

等等，她答应要去了吗？

陆昀之，这哪里是请人吃饭的态度？

怎么感觉这是要请她上屠宰场的气势？

禾真无可奈何，只好跟在陆昀之身后。直到上了车，她还是觉得忽然爽了祁承的约会实在不好，便怯怯地问道：“那个……陆主编……”

“有事？”陆昀之冷冷地反问。

“那个……能叫上祁承吗？我忽然爽了他的约不太好……”禾真小心地解释道。

陆昀之目视前方的路况，淡淡地回道：“所以，你喜欢三个人一起吃饭？”

禾真愣住了，也分不清陆昀之这话是什么意思，便道：“这样……也挺热闹的，祁承很好相处的，陆主编你觉得呢？”

“我不喜欢热闹。”陆昀之简短地拒绝她。

禾真吸了一口气，陆昀之还真难相处，她发了条微信给祁承，说：“不好意思，学长，有些事耽误了，不能和你一起吃饭了。”

祁承很快回复：“没事，下回吧。”

禾真发了个表情，努了努嘴，祁承果然比身边的陆昀之好相处。

正当她游神的瞬间，陆昀之冷幽幽地说了一句：“刚刚你在电话里说的料理店在哪里？”

禾真有点吃惊，他刚刚在办公室门口听了她打电话？

明知道她有约还故意截和？这是什么意思？

“嗯？”

陆昀之拔高了声调，显然在等禾真回复。

禾真清了清嗓子道：“就在云东胡同那儿。”

很快，两个人就达到日料店的门口。端坐后，陆昀之照着招牌菜单点了几样，禾真对这家日料满意，可陆昀之挑剔异常，不是觉得三文鱼太薄，就是嫌弃螺肉不够新鲜。

陆昀之很快停下筷子，而禾真顺带着把陆昀之的那份给吃完了。

禾真被芥末呛得眼泪汪汪，抬头一看，陆昀之环抱双臂，深咖色的眸里熠熠有光，一瞬不瞬地盯着自己。

禾真有点窘，只好道："我是不是吃太多了？"

"看来，你最近胃口不错？"陆昀之问道。

禾真咳了声："难道……陆主编最近胃口很差吗？"

"因为晚上睡不着觉。"陆主编平静地回道。

"哦——"禾真真是遗憾。

陆昀之没有回答她的问题，顿了顿道："我想了一下，也许有可能真的是我们的生物钟发生了调换。"

禾真欣喜地看着陆昀之，用力点头。

陆昀之又道："所以，我约了上次那家心理咨询中心的医生。吃完了，我们一起去看病吧。"

原来是吃饱喝足去看病啊！

禾真终于了然。

两个人同时出现在心理咨询中心，何医生在心理医学界声名远扬，陆昀之是冲着名气去的，并不知道何医生是林恬伊的大姨，否则应该打死也不会去这个心理咨询中心。

两个人坐定，把这段时间发生的事情一一说明。

何医生皱了皱眉，显然从业这么多年，她还没遇到过这样奇怪的病情。

"禾小姐是说原来早上五点才睡，直到中午十二点才起床，晚上都在通宵写稿？"何医生顶了顶金丝边框眼镜问道。

禾真认真地点了点头："对。"

何医生又捏了捏手上的纸，目光望向陆昀之问道："陆先生之前是晚上十点准时睡觉，早上五点起床？"

陆昀之微微颔首，倚靠在椅背上。

“是日全食的那天，使得你们的生物钟互换？”何医生又再确认了一次。

禾真迟疑片刻，确认道：“对，确实如此。”

“不只如此……”陆昀之又道，“连生活习惯也发生了变化，我曾经不喝奶茶，可现在我有了禾小姐的坏习惯喜欢上了奶茶……”

喜欢奶茶算是坏习惯吗？禾真微微翻了个白眼。

“还有呢？”何医生又问。

“还有，就是我经常在同一个时间出现在了一个名叫失恋博物馆的门口，我想那是禾小姐以前的习惯。”陆昀之显得无可奈何。

禾真没有吭声，何医生又把问题转向了禾真，问：“那禾小姐的生活习惯发生了变化吗？”

禾真清了清嗓子，回道：“其实其他都还好……就是老梦见他……”

话音刚落，禾真就感受到身旁男人一记冷冷的眸光。

何医生解释道：“你们说的生物钟是受大脑的下丘脑‘视交叉上核’控制的，我们有昼夜节律的睡眠，清醒和饮食行为都归于生物钟的作用……”

这些内容，禾真早就在百度百科上搜了一遍，小心翼翼地打断了何医生的话：“何医生，这些理论的东西，我理解起来有点困难。”

“简单来说，我们晚上困了，白天想睡觉都是受到生物钟的影响。但像禾小姐这样，因为职业使然，熬夜成了习惯，基本是昼伏夜出。而陆先生就基本上符合常规的生物钟，昼行夜伏。”何医生顿了顿又道，“但你们两个人忽然改变了生物钟，就是改变了一种行为模式。我也不确定是不是心理问题导致了这样的变化……”

陆昀之想了想，问：“那您觉得我们现在要做些什么呢？”

何医生叹了一口气：“首先做个全面的身体检查，特别是脑部的检查。另外你们应该找出到底是什么外界环境因素导致你们这种生理和行为模式发生了改变。”

两个人心事重重地走出了心理咨询中心。一直到了外面，陆昀之的神情还是凝重，而禾真却轻松地吸了一口气。

“听说这家心理咨询中心的后面是一个度假山庄，风景怡人。我们既然都来了，不如去看看？”禾真忽然建议道。

陆昀之抬起冷白漂亮的手腕看了看时间，今天他手头还有一大堆的公事要处理，本来想着跟禾真一起看完心理医生就赶回公司的。

谁想下一秒，禾真已然伸出右手盖住了陆昀之的手表：“我听说陆主编对时间特别敏感，要不然我们打个赌？”

陆昀之微微勾唇问道：“打什么赌？”

“我们算算上山要花多长时间。以陆主编你对时间的敏锐来估算，到了度假村，我们再看看误差是几分钟。”

陆昀之不屑地轻轻扬眉：“不超过四分钟。”

禾真笑了笑，突然伸出手道：“那么请陆主编交出手机和手表。”

陆昀之驻足原地，始终没有动作，眼角稍稍挑起：“你是不是对我有什么误解？”

“嗯？”

“我并没有答应要参与这个无聊的游戏。”

话落，陆昀之已然走到了前面，准备去停车场取车。禾真紧随其后，叫道：“为什么不参与？”

“禾小姐，我的每一分钟都很宝贵，我现在要回公司处理很多事情。”陆昀之忽然转身，义正词严。

“难道陆主编活到现在没有浪费过一分钟吗？”

禾真尖锐地反问，让陆昀之忽然停下了脚步。

陆昀之的背后是一片巍峨的绿山，头顶覆盖着闪亮的光芒。他穿着墨黑色衬衫，笔直修长地立在原处，仿佛静止的美景。

“陆主编，你有没有想过，或许是老天爷想让你看看别人的人生，就像我做猫头鹰太久了，许多年没有见过日出。而在这次生物钟转变后，我终于可以深深体会那微弱的一缕光芒突破厚厚的云层绽放万道光芒的壮观和希望。”

禾真深有体会，认真说话的瞬间，却让陆昀之有了片刻失神。

他活到现在都没有浪费过一分钟？那是不可能的。

可他按部就班多年，像是一个准时且精密的钟表，“嘀嗒嘀嗒”地转动，是不是错过了很多他没有体会过的人生经历？

“就像我们初次见面，陆主编很鄙夷像我这样的夜行动物，说熬夜会令人变丑变笨。可陆主编有没有想过，这个世界上有很多人不得不选择当夜行动物，他们的工作让他们必须成为一只猫头鹰。”禾真目光灼灼地道。

面前的男人英俊的脸庞依然不动声色，高深莫测，只是那双桃花眼似乎微微有了变化。

似乎就这样静默相望了几秒钟，禾真暗暗吸了一口气，刚刚和他说那么多干吗？自己又不是他的妈妈？说什么教啊？就不能好好哄哄这个难搞的陆主编吗？

指不定以后真的有合作的机会呢？

眼见陆昀之迅速转身，迈开长腿就要离开，禾真彻底泄气了，懊恼万分。

不去就不去，自己去还不行吗？

“不是说要打赌吗？是要等太阳落山吗？”

给她留下长长背影的男人脚步未停，依然笔直地走在她的前面。

“喂，等等我，还没开始啊。你的手表和手机还没交给我，不能犯规！”禾真忙不迭地追了上去。

通往度假村的路是一排望不到尽头的石阶，陆昀之腿长，步伐飞快，很快登顶。而禾真奋力直追，也还是落下一大半。

禾真气喘吁吁地踏上最后一级阶梯，只见陆昀之波澜不惊地看着自己：“因为你，延长了三分钟。从山底到山庄，差不多耗时二十二分钟。”

禾真看了看时间，只误差了三分多钟，不得不佩服道：“陆主编，你脑袋里真的装了计时器吗？”

禾真累得不行，随便找了级阶梯就坐下来。此处虽不是最高点，但一眼往下望去，倒是将层层叠叠的建筑和街道尽收眼底。

“我很小的时候就对时间很敏感。”陆昀之在禾真的旁边坐下。

禾真微微眨眼，显然有点困惑，只听陆昀之徐徐道来：“我小时候很调皮，经常被外公罚站，罚站的地点正好是我外公的古董收藏室。我外公只有一个爱好，就是对古董特别感兴趣，所以专门整了一间大屋子作为收藏室。”

“你外公不怕你把那些古董给砸了吗？”禾真打趣道。

“因为那间屋子很黑，收藏的东西加起来恐怕都超过几万岁，所以我很怕那间屋子，总觉得是和一些阴森森的老东西待在一起。”陆昀之目光深深，仿佛陷入了一场久远的回忆当中，“可是我渐渐也接受了，因为听着‘嘀嗒嘀嗒’的古董钟声，让我莫名地感到安稳，因此我对时间的流逝很敏感。”

禾真侧眸望着身旁的陆昀之，坚毅的侧脸，仿佛染着柔和的暖光。

她以为这个男人永远都面无表情，无波无澜，可这一瞬间她却仿佛看到了他柔软的一面。

“禾小姐，你盯了我三十秒。”

陆昀之忽然侧头，禾真灰溜溜地收回目光，说：“那……你外公现在还好吗？”

“他的身体一直不好，前几年去世了。”陆昀之眉头微动，染着一缕惆怅。

禾真望着前方，深吸一口气道：“我也想起了我的爷爷。”

“你爷爷？”陆昀之问道。

禾真用力点头道：“你不是问过我为什么要去做个影子作家吗？”顿了顿，她才道，“你外公是一位古董收藏家，但我爷爷呢，他不仅是一位古董钟收藏家，还是一位钟表修复师，他鼎盛的时候可是给故宫的古董钟做过修复呢。经常是好多个师傅围着一座古董钟，这一修复就得八九个月，从春天到夏天，从夏天又到了秋天，有的时候还会超过一年。”

“那就难怪你会有那座来自拿破仑三世时期珍贵的朔月钟了。”陆昀之忽然明白了。

禾真咬了咬唇，又道：“那是我爷爷留下的唯一值钱的遗物，当时他病得很重，家里值钱的东西差不多都卖了。本来那座古董钟也要卖了，可是我舍不得。古董钟是爷爷的生命，我想为他留下来。”

“所以，你做米思薇的影子写手是为了挣医药费？”陆昀之又问。

禾真点了点头，又道：“我当时还是一个大学生，根本没钱。而我那时正好在网上连载小说，也在期刊发表作品，但收入并不多。直到我收到了 JM 文化给我发的邮件。”

禾真眺望远方，她很长时间都在想，自己多年前做的这个决定是不是正确。可时至今日，她才觉得那个时候的自己太弱小了，才会做出这样一个错误的决定。

“他们让我试个稿子，题材是偏悬疑的，只要大纲和一万字的正文。我写得特别快，修了稿子，一周就交了上去。没想到后来收到了回复，他们希望我能继续写这个稿子，但不能以我的笔名命名。等于从今往后我不能拥有这个稿子的任何版权，但我可以拥有当时五倍的稿费。”

“禾真，为了钱你出卖了自己的文字。”陆昀之的声音微微拔高，带着愠怒。

“对，陆主编，我怎么能出卖自己的文字呢？它们是我的孩子，我居然卖了它们。”禾真的眼眶微酸，她恨自己，很恨很恨。

“可我爷爷那时已经下了病危通知书，我不得不做出决定。”禾真深深地吸了一口气，“是简嘉伦垫付了医药费，这就是这么多年我为什么还在履行那份枪手合约。我欠他的，我必须要还清。”

顿了顿，禾真又道：“可当我真的想找回自己，做回何时了的时候，可能已经晚了。”

“不晚，”陆昀之迅速起身，意味深长道，“现在还不算晚。”

什么意思？禾真一头雾水。

只见陆昀之接过禾真手上的手表，漫不经心地戴起来，淡淡地道：“现在是下午四点半，还来得及开个会。”

禾真有些疑惑，直到陆昀之已经下了三四级阶梯，还没回过神来。

“何时了，这可是你最后的机会，你确定你不参加吗？”陆昀之神色一正，眸光里带着微压。

禾真的眼睛一亮，陆昀之刚刚说了什么？

她忙不迭地从阶梯上起身，屁颠屁颠地跟上去，追问道：“陆主编，你这是给我一次机会的意思吗？”

“你不想要吗？”陆昀之冷冷地反问。

“怎么可能！我就是担心还没准备好，毕竟我的口才有点差……”

“作者是用作品说话，不需要口才。况且……”陆昀之轻轻勾唇，轻轻呼出一口气，“你挺能说的……”

这算是夸奖吗？禾真认真思考了一会儿。

陆昀之回到公司，紧急召开了一个编辑会议，内容依然是关于何时了的选题。众人显然不解，为什么陆主编又改变主意了？

林恬伊在长廊上见到禾真，手里捧着资料，八卦地多问了一句：“你和陆主编……是不是发生了什么事啊？”

“没啊，挺正常的。”禾真得知拥有这个机会，笑得嘴都合不拢了。

“那你到底是用了什么办法让他改变主意的？”林恬伊又问。

“真诚啊！”禾真微微耸肩。

林恬伊显然不信。

这次选题会显然意义非凡，Coral Sea文化很少签悬疑小说，这次准备开发的第一本悬疑小说却是深陷抄袭新闻的何时了写的。

会议开始的前几分钟，在场负责小说类的编辑已经坐定，禾真跟着陆昀之走进会议室。陆昀之坐在了会议室中心的位子上，禾真则随便找了一张离会议桌有些距离的椅子坐下。

她本来也是来旁听会议的。

谁想她刚刚坐定，陆昀之却把眸光转向了她：“你过来——”

禾真指了指自己，有点纳闷地起身往前走了几步。还没到跟前，陆昀之又道：“把椅子搬过来。”

禾真有点迷糊，陆昀之又勾了勾唇说：“坐在我旁边。”

在场的编辑有些傻眼，还是林恬伊反应神速，最先让前方的同事往后移了一个位子，腾出了个空位给禾真。

禾真屁颠屁颠地搬了椅子坐在陆昀之的旁边。说实话，她还是第一次在这样的会议上，坐在离老板那么近的位子上。

“这次会议其实早就应该开了，但由于一些原因取消了。”

陆昀之轻轻掀了掀眼皮，禾真猛地觉得有道寒光射来。

禾真清了清嗓子，很认真地起身，向大家鞠躬：“很抱歉，上回麻烦大家做了那么多的前期工作，谢谢陆主编能再给我一次机会。”

会议室的几十位编辑有些细语，但最后被陆昀之打断：“我想大家之前也看过何时了投到我们公司的新作品样纲，书名叫《雨后微光》。现在大家以自己的专业判断，举手投票决定是否签下这个稿子。”

大家有些犹豫，迟迟没有动作。

陆昀之又问道：“大家是有什么问题吗？”

魏西宁先开口问道：“陆主编，这次投票是秉持着一个编辑的专业判断，且不带有私人情感吗？”

陆昀之点点头道：“你觉得在场谁会带有私人情感？”

禾真轻咳了一声，偷偷望了林恬伊一眼。魏西宁意有所指的人就是刚刚晋升为组长的林恬伊。

魏西宁欲言又止，陆昀之先道：“这次投票，林恬伊因为是禾真的朋友，所以不计在此次投票人员当中。”

“现在投票可以开始了。”陆昀之正式宣布开始投票。

话落的瞬间，林恬伊和另外两位编辑弃权，在场其他人除了陆昀之以外的十八位编辑中有九位举手投了赞成票。

现在场面一目了然，九张赞成票，九张反对票。

陆昀之的手指轻敲着长桌，似乎在思忖些什么。

沉寂了几秒后，魏西宁先开了口：“主编，以过往的规矩来说，如果是平票，那么就是这个选题没通过，视同退稿。”

禾真紧咬着牙关，有些失望。

或许真的是何时了这个笔名害了这个稿子，如果这个稿子不是属于深陷抄袭新闻，有着一堆烂账的何时了写的，它应该有更好的前景。

会议室里太安静，连陆昀之手指轻飘飘地敲在桌上的声音都变得十分刺耳。

禾真微微吸了一口气，打算放弃了。至少她争取了一个机会不是吗？

她庄重地起身，朝着大家深深地鞠躬：“谢谢大家给我这个机会，能站在这里，我已经很开心了。”

即使心里有百般委屈，但这一次，她争取过，就不该有遗憾了。

她的步履沉重，身旁的男人却骤然开口：“不是平票。”

不是平票？在场编辑诧异，这不是一目了然的事情吗？

难道还有人没投票？

在场众人议论纷纷。

下一秒，只见陆昀之举起右手，他的声音冷硬到让人无法辩驳：“还有我一票。”

第七章 得寸进尺

此时的陆昀之一脸平静，眸光专注，浑身上下仿佛笼罩着逼人的光芒，让人肃然起敬。

谁也没想到主编会亲自下场投票！

陆主编真是太酷了！

陆昀之就是禾真的偶像，禾真决定日夜为他应援！

“所以十比九，以一票的略微优势通过了何时了新稿的选题。”陆昀之义正词严地宣布。

禾真热泪盈眶，感觉仿佛在做梦。她颓废了这么久，终于可以重新站起来了。

会议结束，在场的编辑徐徐退出。

林恬伊在走出会议室的时候，朝禾真比了一个赞许的大拇指。

禾真本想直接跟林恬伊一起下班去庆祝一下，但她还是要单方面对陆昀之说声感谢。

眼见会议室只剩下她和陆昀之，她才开口道：“陆主编，谢谢你。”

陆昀之合上文件夹，波澜不惊地动了动薄唇道：“这是你自己得到的，不需要说感谢。”

虽说如此……

禾真起身，望着坐在转椅上的陆昀之，态度恭敬地道：“但如果没有陆主编那不带私人情感的一票，我这个稿子也不能通过选题会。”

“哦？”陆昀之拿起一支签字笔转了转，眸光暧昧不明，“你怎么知道我没带私人情感？”

禾真哽住了，咳了一声道：“陆主编……这话……有点难懂……”

陆昀之骤然起身，立在了禾真面前。他长得高大，五官凌厉。

这样的颜值确实容易让人心动，但他是黑 top 啊，是最最最最难搞的主编黑 top。

这样的人设立在那里，很容易就让人避之不及。

可今天禾真却仿佛看到了不一样的陆昀之，他说起外公时眼神里透露出的柔软的感伤，他刚刚在会议室里投那一票时的果决从容，不容置疑。

现在这个男人的身上仿佛笼罩着万丈光芒，让禾真的内心微微起了涟漪。

“我是带私人情感签下这个稿子的。”陆昀之又补充了一句。

禾真的小心肝微微一颤，耳朵都微微烧了起来。

“如果不是何时了，我不会签下这个稿子。”陆昀之缓缓解释道，“我的目标是让何时了成功逆袭，同 JM 文化的同质作者米思薇对抗。”

生意人就是生意人，禾真这才明白过来。陆昀之不仅是 Coral Sea 文化的主编，还是幕后的大老板呀。

可这也是一步险棋啊！

“不管怎样，还是很感谢陆主编的信任。”禾真认真道谢。

陆昀之半眯眸子，意味深长地道：“你怎么不问问我开的条件？”

“条件？”禾真猛地抬头，有点惊诧。

不是一般的全版权作品合约吗？

禾真正困惑着，陆昀之先开口道：“我不是只签下这部作品，而是要签下你之后所有的作品。”

禾真眸光流转，问道：“陆主编的意思是……你要跟我签作者约？”

“对，何时了这个笔名从今往后的运营全权交给 Coral Sea 文化。”陆昀之补充道。

“那这份合同的期限是多久？”禾真小心翼翼地问。

陆昀之霍然笑了，笑意耐人寻味：“十年、二十年，或者……”

“或者？”

“终生。”

陆昀之落下这二字之时，勾着嘴唇，笑意越发深了。

禾真不知为何总觉得这份卖身契是个陷阱，脸涨得通红，又问了一句："是一定要签这个约吗？"

"要不然我把你捧红了，你走了可怎么办？"陆昀之皱起眉头，反问道。

禾真思忖片刻，又问："除此之外还有别的条件吗？"

"还有一个条件，来 Coral Sea 文化公司当坐班写手。"

"什么？"禾真大为震惊，再次确认道，"坐班写手？"

"嗯，每天有任务的，没有日码八千字不许下班。"陆昀之平静自如地道。

禾真如当头棒喝，怪不得陆昀之会投她一票呢，原来有这么多隐藏条件！

话毕，陆昀之已经迈开长腿，准备走出会议室。

禾真忙不迭地追了上去，态度诚恳地道："那个……陆主编，这个条件可以改一改吗？这坐班写手也太累了吧？"

"你不愿意？"

"是有点不愿意，毕竟我现在已经有工作了。"

陆昀之忽然驻足，禾真急急刹车，正好对上转过身的陆昀之。

他蹙眉问道："你在哪里工作？"

禾真眨了眨眼睛，老实答道："在那个失恋博物馆啊，白天我都在那边帮忙……"

"祁承的店？"陆昀之的眉宇微动，似乎有些不悦。

"嗯，对。"

"我给你涨一倍的工资，你来这里上班。"陆昀之的口吻决绝，仿佛在下死命令。

禾真又问："那……稿酬是另外算吗？"

陆昀之微微勾唇，似笑非笑："禾小姐，你有没有发现你有些得寸进尺了？"

得寸进尺吗？

禾真努力解释道："这不是签合约之前得把细节谈清楚嘛。你签了何时了，等于我签了卖身契，我得为主编卖命终生呢！"

陆昀之走得又急又快，此时天黑了下来，已然是下班时间。大厅里只剩下几盏日光灯，员工基本下班了。

过了一会儿，他在主编室的门口停住脚步，转身眸光灼灼地看着禾真道：“可以，单本作品另外算稿酬。”

禾真心里暗喜，仿佛已经看到了白花花的银子。

陆主编果然财大气粗！

“但是，你要好好地写稿子了。”

陆昀之笑得意味深长，让禾真微微颤抖了一下肩膀。

她说：“我会尽力的，陆主编。”

“那我就先走了。陆主编也不要太操劳了！”

禾真满意地转身要走，刚走两步就被陆昀之叫住。

“禾小姐，今天在心理咨询中心，你说你老是梦见我……”顿了顿，陆昀之又扬了扬声音问道，“你最近还梦见了什么呢？”

禾真抬头看着陆昀之，心里若有所思。前几天她梦见的简嘉伦已经很久没有出现，可那天梦里简嘉伦叫陆昀之弟弟的场景还历历在目。她张了张嘴，想问些什么，却偏偏没有说话。

“怎么？”陆昀之疑惑道。

禾真摇摇头：“没事，我明天会准时上班的。”

话落的瞬间，禾真已经急忙离开，徒剩陆昀之一人在原地发呆。

禾真的神情已经出卖了她，陆昀之觉得她一定有事瞒着他。

既然已经决定在 Coral Sea 当坐班作者，她还是想当面告诉祁承，准备辞去失恋博物馆的工作。

她到达失恋博物馆的时候，小米已经下班，失恋博物馆也到了闭馆的时间。大厅里的灯已经关了，只剩下里面茶馆的灯微微发出昏黄的光亮。

她轻手轻脚地从长廊往里走，果然，茶馆里还坐着一个男人。

他神情淡然地捧着一个茶杯，轻轻往嘴边送，喉结微动，动作轻柔，有种无法言说的慵懒的感觉。

禾真在门口定了许久，直到祁承抬起头看了她一眼。

她这才心虚地收了收目光，漫不经心地进了门，问道：“你怎么还在这里？不去吃晚饭吗？”

“我想你应该会来。”祁承微微勾唇，说得轻描淡写。

“这是什么神奇的预感？”禾真笑道。

祁承笑了笑：“你来找我有事吗？”

禾真实在无法忍受祁承优雅沏茶的模样，自己大刀阔斧地抓起旁边一个玻璃杯，为自己倒了一杯茶。

禾真一饮而尽后才道：“第一，我想请你吃饭，感谢你最近对我的照顾；第二，吃完饭再说吧。”

“我还没给你发工资呢，你要请我吃饭？”祁承挑眉问道。

禾真点头，径直站起身来：“这点钱我还是有的。走吧，学长。”

禾真指引着祁承开车，到了吃饭的地方，祁承还有点发愣，来的地方竟然是他们的母校——A 大。

祁承泊好车，望着矗立的建筑有些失神。

“学长，走吧，好久没回母校了吧？”禾真笑道。

可祁承还伫立在原地半天没动，禾真这才催促道：“祁学长，你还好吗？”

祁承好不容易才回过神，僵硬地笑了笑：“你真的要请我去学校食堂吃饭？”

“不去食堂也行，里面也有好多新开的餐馆……”禾真又道。

祁承这才点点头说：“好吧。”

傍晚的校园，晚风阵阵，来来往往的都是学生。

禾真熟门熟路地带着祁承去了一家西式轻食馆，两个人点了沙拉、鸡肉荞麦面和海鲜通心粉。

禾真吸了一口菠菜汁，问道：“祁学长，这家轻食馆你是第一次来吗？”

祁承点点头：“对，它之前应该是一家奶茶店吧。”

“你还有印象啊，我在 A 大的时候就特别喜欢这里的奶茶。没想到啊，这么快就倒闭了。”禾真略显遗憾。

祁承轻轻抿了一口美式咖啡，淡淡地笑出声：“很正常，新事物难免会替代旧事物。”

禾真又道：“出了校园再也没有喝过那么好喝的黑糖奶茶，感觉特别可惜。”

“你大概只是难以忘怀当时的味道，即使那家奶茶店开到现在，你都喝过那么多更好的奶茶了，恐怕也早就看不上这家小奶茶店制作的奶茶了。”

祁承总是一语道出真相，可禾真却总觉得这个男人的眼里有无尽的忧郁。

他到底经历了什么？

禾真顿了顿，然后才道：“祁学长，Coral Sea 文化公司签下了我的稿子。”

“恭喜你，”祁承笑道，“离梦想又近了一步。”

禾真忍不住叹了口气，从她鼓起勇气同 JM 文化公司解约开始，她就感觉时间都停滞不前。她失去了太多，迷茫了太久。这一刻，她仿佛得到了一个弥足珍贵的重新启程的机会。

“但是，我得在 Coral Sea 文化公司当坐班写手了。所以……我以后可能没法在失恋博物馆帮忙了。”禾真小心翼翼地说。

祁承笑起来：“你本就不属于那里，我早猜到了。本来我也只是暂时让你在失恋博物馆帮帮忙而已。”

“谢谢你，祁学长。”禾真是真诚的。

祁承勾了勾嘴角，笑起来：“还记得你的梦想吗？”

“当然记得了，就是在文博图书城开一场属于自己的签售会。”禾真怎么会忘了自己的梦想。

“你会成功的。”祁承又道。

禾真看着祁承，欲言又止。

“怎么，你有话想问我？”祁承问道。

禾真点了点头，继续道：“祁学长，这个问题我之前问过，你为什么要开这样一家失恋博物馆，是因为你曾经喜欢的女孩吗？”

祁承不吭声，禾真忽然觉得很冒昧，又道：“祁学长，刚开始我问这个问题还不知道你是我的学长，现在我知道你是我的学长了，你那么好，可是好像永远都带着重重的心事，我真的希望你不是一个沉迷于过去的人。”

祁承又低头喝了一口美式咖啡，望着落地窗外，远处的灯光璀璨，往事忽然涌上心头。

“你大概听过我和于苗的故事吧……”祁承陷入了回忆，“我们在一起三年……”

“后来你们分手了？”禾真又问。

祁承低头沉思许久才开口：“我们经历了一场不是很愉快的分手。”

禾真有些不解，不是很愉快？

祁承缓缓解释道："三年前我向她提出了分手，她不是很能接受这个结果……"

眼前的男人忽然停了话题，眸光深处的忧伤无处藏匿。他微微滚动喉结，费了很大的力气才道："那天，我们分开，她在路上出了车祸，抢救无效，死了。"

谁也没料到结果会是这样。

禾真沉默了，她觉得自己不该问这样一个问题，以至于现在她都不知道该说些什么了。

"抱歉……学长。"最后她还是道。

祁承缓缓勾了勾唇："不怪你。这是我这些年一直在学会面对的事情。你是不是觉得我很渣，是不是同你想象的祁学长截然不同？"

禾真摇了摇头："祁学长，你不要把责任都揽到自己身上……"

"后来，我开了这家失恋博物馆，仿佛在渡别人到彼岸，却渡不了自己。"

今天大概是祁承说了最多的话的一天，他看着禾真道："谢谢你，让我今天说了这么多话。我忽然有一种释怀的感觉。"

他在苦笑，笑得很难看，叫来服务生要了一瓶红酒。大概他已经很久没有这么放松了，不一会儿一瓶红酒就喝完了。

祁承的酒品不差，虽然醉了，但一下就枕着手臂睡着了。

可禾真郁闷了，他在这里睡着了，她还得想办法把他给拖回家。

正当禾真埋了单，扶着祁承的肩膀走了几步，包里的手机就响了起来。

她本不想接听的，但铃声偏偏不依不饶。禾真只好又把祁承给安顿在座位上，掏出手机一看，来电的人竟然是陆昀之。

她好整以暇地"喂"了一声，压低声音问道："陆主编，您有什么事吗？"

"没事。"陆昀之简短地回道。

"没事？"

"睡不着。"陆昀之又回道。

你睡不着和我有什么关系啊？禾真内心狠狠地吐槽，却还是保持礼貌问："陆主编，您睡不着所以给我打电话？"

"嗯，睡不着还不是因为你吗？"

陆昀之认真地反问，禾真却猛地一蒙，这话听着怎么那么暧昧？

睡不着还不是因为你吗？

怎么那么像偶像剧里的台词呢？

“陆主编，这……”

“别多想，我只是说我们的生物钟互换了，导致我晚上都无法入眠。”

禾真看了看店里的时钟，竟然已经过了九点半了。她又看了看对面的祁承，这会儿正喊着：“我要喝水，好渴，我要喝水……”

“等等啊。服务生，能再倒杯水吗？”禾真握着手机对身旁的服务生道。

而手机对面的陆昀之很快捕捉到了什么，问道：“你跟谁在一起？”

“祁承啊。”禾真不以为意道。

“你在哪里？”陆昀之问道。

禾真哪有空理电话那头的人，她正端着热开水给祁承。见祁承好不容易醒来，她忙不迭问道：“祁学长，你还能走得动吗？我送你回家……”

“禾真，你在哪里？”陆昀之又问。

禾真实在不明白陆昀之干吗一直问她在哪里，只好抽空应付道：“在A大啊。怎么了？”

“你在原地等我。”

话落的瞬间，电话对面的陆昀之已经挂断电话。

禾真想了想，还是在原地等陆昀之。没想到他的速度很快，不过十几分钟就出现在了轻食馆。

他穿着灰色的休闲装，看了禾真几眼，又蹙眉看了看趴在桌上的祁承。他薄唇微动地问道：“这个点，你不回家睡觉吗？”

禾真打了个呵欠，确实困得要命。可祁承醉成这副模样，她总得把人安全送回家啊。

“祁学长醉了。”禾真解释道。

陆昀之轻飘飘地瞥了一眼趴在桌上的祁承，冷冷地说了一句：“和我有什么关系？”

“虽然和你没关系，可他是我的学长，我不能让他一个人待在这里。”禾真又道。

陆昀之眼神漠然，半晌才道：“好，先送他回家。”

他把祁承扶起来，走了几步，禾真想要去帮忙，却被陆昀之的冷眼给瞪了回去。

禾真只好默默跟在他们身后。

禾真暗自腹诽，什么情况？怎么陆昀之的脾气好像变得越来越差了……

陆昀之把祁承塞进车里后，坐回了驾驶位，问道："去哪里？"

禾真知道祁承住在哪里，快速报了个地址。

谁承想陆昀之冷冷地道："你为什么会知道他住在哪里？"

禾真没有回答，她跟小米去过祁承的家做客，祁承虽然是一个人住，但生活上十分讲究。特别是他做的料理，从西式到日式，样样精通。

她半天没说话，陆昀之又问了一遍："你为什么知道他家住哪里？"

"因为我去过啊。"禾真不以为意地回道。

"你随便去他的家？"陆昀之又问。

禾真真心奇怪了，反问一句："我记得我们当时也没见上几面，陆主编不是还主动邀请我去你家吗？"

这回陆昀之不说话了，禾真却隐隐觉得气氛有些不对劲，仿佛有一股暗流隐隐流过……

她咬了咬唇，仔细想了一遍，她说错话了吗？

好像没有啊！

等陆昀之把祁承送回家，禾真已经困得睁不开眼，回到车里不知不觉就睡着了。

她做了一个很长的梦。

梦境里所处的场景像是一间阶梯教室，空荡荡的。突然，门被推开，来人是一个戴眼镜的男孩。他徒坐在其中一张桌子前面，从书包里掏出签字笔在本子上"唰唰"地写着什么。

窗外是一片墨绿，几声蝉鸣还有不远处篮球场的喧闹呐喊声都没有打扰到他。

禾真缓缓踱步到他身后，觉得他持笔的姿势特别好看。她默默地看着他在纸上书写着隽永的行楷，字迹十分熟悉，仿佛在哪儿见过似的。

禾真看得入神，又抬头看男生的侧脸。男生虽然戴着一副黑框眼镜，却丝毫掩饰不住他清秀逼人的五官。从高挺的鼻梁到薄薄的嘴唇，都让她心动不已。

她又定睛看了几眼，那双桃花眼十分熟悉。

“陆昀之？”她忽然喊了一声。

等她要去追问他是不是陆昀之时，阶梯教室的门又被推开了。这回进来的人竟然是穿着校服的简嘉伦。

他径直走到陆昀之跟前，迅速夺过他正在写的作业，笑道：“这份给我，你再写一份！”

“简嘉伦，这是我的作业！”

“你多做一份又不会死？”

“凭什么啊？”

“凭你是没用的陆昀之！”简嘉伦笑得凛冽。

禾真骤然迈开步伐，也想去抢那份作业，大声叫道：“简嘉伦，你不要太过分！”

“你在说谁不要太过分？”

一个磁性的声音忽然靠近禾真的耳边，禾真猛地惊醒，发现刚刚只是在做梦。她暗暗吁了口气，这才看到陆昀之穿着一身藏蓝色的睡衣站在她身旁。

她怀抱着被子，看了看四周，自己是又睡在了陆昀之的家里吗？

“我怎么……”她目光闪烁了半天，紧紧拽住了被子。

“你又不是第一次在我家睡。”陆昀之一脸的不以为意。

“我是昨晚在车上睡着了？”禾真灰溜溜地下了床，跟在陆昀之的背后问道。

“嗯——”

“我有没有做什么出格的事情？”禾真咳了一声，又试探道。

陆昀之已经趿着拖鞋到了衣帽间，回头看了禾真一眼，道：“你喊了一个男人的名字。”

“谁？”禾真紧张地问道。

“简嘉伦。”陆昀之回道。

禾真有点郁闷，还没解释，陆昀之骤然出手，搭在了墙上，把禾真困在了自己与墙中间。

四目相对，禾真吞了口口水，有点紧张。

“你心里到底有几个男人？”陆昀之忽然问道。

禾真有点傻眼，这是什么问题？

“这……要从何说起呢？”禾真当真不解了。

“昨晚和一个男人吃饭，可梦里喊着另一个男人的名字？”陆昀之微微勾唇，饶有兴致地反问。

“我……”禾真也不知道为何突然就语塞了。

她缩着肩膀，从陆昀之的手臂下方钻出来，笑着解释道：“祁承是我的学长，至于简嘉伦，本来就是我憎恨的对象啊。他夺走了我的一切……我梦见他……”

她很想说自己不仅梦见了简嘉伦，还梦见了青涩的陆昀之。

那个戴着眼镜的老实男生如今变成了面前的男人。

禾真有点不敢相信。

这其中到底还发生了什么？

她神情恍惚地站在原地，眼见陆昀之正在脱睡衣，解开一颗又一颗的扣子，直到脱去睡衣，披上了白色衬衫。

她还在发愣。

“然后呢？”陆昀之又问。

“然后？我在梦里……砍了他八百刀。”禾真目光闪烁地道。

陆昀之轻飘飘地“哦”了一声，已经把衬衫穿好，朝着禾真走近几步，问道：“你要站在这里？”

“那……我也没地方可去啊……”禾真吞吞吐吐道。

“所以，你要在这里看我换裤子？”陆昀之面无表情地反问道。

话落的瞬间，他的手已经放在腰部，一副就要在禾真面前脱睡裤的架势。

禾真忙用双手遮住眼睛，赶紧退后几步道：“那个……主编……我在客厅等你。”

禾真默默地走出衣帽间，踱步到了餐厅，这才发现餐桌上有一份早餐——火腿煎蛋三明治和一杯黑咖啡。

虽然陆昀之因为生物钟的调换，有些生活习惯也变了，但他喜欢的早餐依然是三明治配黑咖啡。

她去洗手间找了一番，发现陆昀之贴心地为她准备了一次性的洗漱套装。

她随便洗漱了一番，就坐在餐厅里把那份早餐吃完了。

等她吃完，陆昀之也一身西装穿戴完毕。

禾真称赞道："陆主编，你做的早餐不错。"

陆昀之却不领情，冷冷地勾唇道："所以……还满意吗？"

"嗯……"禾真笑道，"还不错吧，可以打八十分。"

"哦——"陆昀之面无表情地坐在餐桌的对面道，"那你也做一份八十分的早餐给我吃吧。"

"哈？"禾真傻眼了。

陆昀之双手交握，义正词严道："你把我的早餐吃了……"

语气不急不缓，却让禾真直冒冷汗。

什么鬼嘛，她还以为陆昀之那么好心地给她准备早餐呢！

禾真只能独自去厨房忙活。

现在是早上五点钟，春夏交接的时节，太阳徐徐冒头，天色渐渐亮起。

生物钟变化之前，禾真从来不吃早餐，倒是现在天天早起，不得不吃个早餐。

等她端着早餐走出厨房，发现陆昀之已经趴在餐桌上睡着了。禾真搁下盘子，坐在餐桌的另一边，看着陆昀之熟睡的侧脸，他像是一个安静又漂亮的小孩。

她望着外头大亮的天空，忽然觉得自己这些年错过了很多。她与夜晚相伴，却忘了看这样的早晨。

朝气蓬勃、十分向上，人们一大早就开始为了生计奔波，忙忙碌碌，这才是大多数人的人生。

她坐在桌边有些失神，直到身旁的男人忽然夺过了她的玻璃杯。

"你……你不是睡着了吗？"禾真有点疑惑。

陆昀之解释道："我戴了智能手环，调了闹钟，把我给振醒了。"

"这么拼？"禾真又好奇地问，"这个手环有效果吗？我要不要也去配一个？什么牌子好呢？"

陆昀之咬了一口三明治，轻描淡写道："对你没用。"

"为什么呢？"禾真不求甚解。

"因为我待会儿到公司也要睡觉。"陆昀之轻描淡写道。

还能这样……

最后是禾真开车，陆昀之蜷在副驾驶座上打盹。到了公司，他就把百叶窗给拉起来。

禾真转了转笔，盯着主编办公室看了一会儿，给林恬伊发了条消息："我今天没灵感，可以少写几个字吗？"

不一会儿，对话框就弹了出来："确认过眼神，你是想被打断腿的那一位朋友。"

"没这么严重吧……"禾真轻轻咳了一声。

"黑top不发飙，你就把他当成hello kitty吧？"林恬伊毫不留情地威胁，又发了个看戏的表情。

禾真第一天当坐班写手，以前都是深夜构思文稿，现在坐在工位上，身边的同事来来往往，她更是没了心思，此刻如坐针毡。

文档白得刺眼，从早上到下午就写了一行字。

眼看下班时间就要到了，她收到一条信息，是祁承发来的。

"昨天不好意思让你送我回家，今天晚上有空吗？我请你吃饭赔罪。"

她显然不好意思，回道："我还没下班呢，不用这么客气。"

"没关系，我已经在你公司楼下了。"

禾真不好再拒绝，抬头看了看电脑右下角的时间，默默倒数。等到时间显示五点半，她迅速拿起包包就往外奔。

可她还没下电梯，手机屏幕上就出现了黑top的来电。

她只当没看到，同祁承吃了个饭，晚上回家又很早入睡，没有再去理会陆昀之给她的来电。

第二天，她又枯坐在那里一个早上，文档空空荡荡。她是真没灵感，不是故意的。

魏西宁倒咖啡的时候故意路过禾真的工位，看到她正手托腮放空，问了一句："禾小姐，你这两天写了多少字了？"

禾真抬头看了魏西宁一眼，这个人本来就看她不顺眼，一直以为她走的是潜规则路线才能顺利签约。这回正好来抓她的把柄。

她轻轻咳了一声："我的工作内容好像不归稀泥哥管吧。"

魏西宁最讨厌别人喊他稀泥了，气得横眉冷对地说："禾真，你别自以为是了。你写不出稿子，还是个作者吗？Coral Sea 可没钱养闲人。”

话落，他狠狠地瞪了禾真一眼就走了，徒留禾真一人郁闷至极。

她叹息了两声，林恬伊发来慰问：“别跟烂稀泥计较，他就是见不得别人好。”

“可他说的也没错，Coral Sea 不会养闲人。”

“那你这两天在公司到底写了几个字？”

“两个字。”

“辞呈吗？”林恬伊略显无奈。

禾真写的两个字是男主的姓名，但林恬伊说的没错，她很可能得删除这两个字，写上“辞呈”二字了。

中午时分，Coral Sea 文化公司空荡荡的，大多数人都去吃午饭了。

禾真没有心情和林恬伊去食堂吃饭，便让她给自己带了个三明治。

她对着文档，把主角的名字删了，这回文档彻底空了。

“禾真。”

她还在神游，忽然被人叫了一声，吓了一大跳，抬头一看站在她面前的人是陆昀之。

“陆……陆主编……”她结巴了。

“来我办公室一趟。”陆昀之面无表情地迈开长腿从她的工位旁边经过。

禾真心里涌起不好的预感，低着头默默跟随其后，进了主编办公室，随手把门给关上。

陆昀之坐在老板椅上，双手交握搁在办公桌上，一双深咖色的眸子里明显有些愠怒的情绪。

禾真不敢看他，只敢抬头看着墙上的两座钟。望日钟和朔月钟合二为一，所谓的日月星辰钟有了一种非同寻常的磁场，连秒针划过金色的表盘都相当契合统一。

“禾真，你昨天为什么不接电话？”陆昀之问道。

“昨天……”禾真迟疑了一会儿，解释道，“陆主编，我下班后就不怎么看手机了，所以很抱歉没看到你的来电。等我想回拨的时候，我看已经很晚了……就没敢再打扰你。”

陆昀之懒懒地背靠在转椅上，冷冷地盯着禾真。

禾真被他凛冽的眸光瞪得有点害怕。

这个解释很牵强，陆昀之每晚都在失眠，她竟然害怕打扰到他？

这个谎言连她自己都不信。

“从昨天开始，你写了多少字？”陆昀之又问。

禾真面露难色，咳了一声：“刚刚还有两个字，现在……现在……”

“现在呢？”

禾真比了个鸭蛋的手势，说：“零。”

陆昀之的眸光幽暗，声音冷硬地问道：“这两天你一个字也没写？”

禾真咬了咬唇，深深地吸了一口气，想要解释些什么，可偏偏话到嘴边又咽了回去。

“何时了，你现在是不是还不明白你的身份？”陆昀之微微抬起下巴，冷冰冰地问。

禾真的喉结滚了滚，回道：“我是一个坐班写手……”

陆昀之哼了一声，起身踱步到禾真的跟前，问道：“你昨晚去了哪里？”

禾真心虚地抬头看了陆昀之一眼，吞吞吐吐回道：“和……和一个朋友吃了饭，可这是我的私生活，和工作没什么关系吧……”

陆昀之忽然被激怒了，伸手抓住禾真的手臂，眸色很深很暗，寒怒骤然涌上心头。

“禾真你能不能对自己的文字负责，你这两天一个字没写，却有空去赴约？”陆昀之彻底怒了，那样冷寒的眸光让禾真看得心惊。

禾真的手臂被陆昀之拽得生疼，想要抽出来，他却不依不饶。

“那是因为我坐在这里也写不出来……”

禾真很难过，自从生物钟发生变化后，她白天脑子里空荡荡的，根本没有灵感。而现在她又在Coral Sea文化公司当坐班写手，来来往往的都是同事。

她根本无法专心去写稿。

她抽出手臂揉了揉，委屈地道：“我也不想的。”

“你昨天和祁承一起吃的饭？”

“嗯。”

陆昀之的脸色更难看了，双眸里噙满了盛怒。

禾真不敢再说话，看了看陆昀之，有点不明白为什么他会这么生气。

“嘀嗒——嘀嗒——”

整个办公室忽然死寂一片，只剩下那对日月星辰钟的指针徐徐转过表盘的声音。

不知过了多久，禾真才开口解释道：“对不起，陆主编，可能是我的生物钟忽然改变了，我还无法适应白天写稿。还有坐在大厅的工位上写稿，来来往往的同事……”

“为什么？”陆昀之打断了禾真的话。

禾真一脸纳闷，陆昀之的话问得毫无头绪。

什么为什么？

“为什么和祁承走得那么近？”陆昀之尖锐地问道。

禾真语塞，这个该怎么说呢？

在自己最落魄的时候，如果没有祁承的帮助，她应该撑不到现在。

祁承现在不仅是她的学长，也是她的挚友。

“陆主编，如果没有祁学长的帮助，我现在可能会放弃写稿。”禾真认真地解释道。

陆昀之蹙了蹙眉，一张俊脸棱角分明，可语气却是冷冰冰的：“你感谢他？那我呢？”

禾真吞吞吐吐道：“我……我当然感谢陆主编了，谢谢陆主编给我的机会。”

“仅此而已？”陆昀之反问道。

第八章
华丽的扶桑花

禾真的目光闪烁，半天不敢说话。

只见陆昀之的脸庞陡然逼近，问道："还记得那天在办公室……"

陆昀之欲言又止，眼里却有深深的暗流。

那天他吻了她，情不自禁。

禾真咬着手指甲，一脸绯红，心虚不已。

禾真不敢抬头看陆昀之，她心乱如麻，还不确定自己内心真实的想法。

她喜欢陆昀之吗？

她喜欢这个爱黑脸，做事要做到 top，准时得像个钟表的陆昀之吗？

曾经她讨厌他的按部就班，容易黑脸。

可当他和她的生物钟互换后，她开始理解他的人生，他的生活习性。

当他忽然滑入人生的另一条轨道，不那么死板也不那么无趣，甚至每天都在打脸，开始迟到，开始失眠，开始爱喝自己曾憎恶至极的奶茶，也变得那么有趣。

可她不确定那是不是所谓的……爱情？

禾真缩了缩肩膀，越发害怕眼前的陆昀之。

"陆主编，我们……我们还是谈工作吧。"禾真换了个话题。

陆昀之内心的不快在脸上一览无余，他深吸一口气说："好啊，谈工作。第一，禾真，之前你有没有抄袭米思薇不得而知，我听了太多你的解释，可现在我给了你证明自己的机会，可你给了我什么？白卷吗？"

禾真咬了咬嘴唇，她不想，是真的不想。

“第二，我开始怀疑在你身上浪费了太多的资源。Coral Sea 文化公司是需要盈利的，如果你没法成为一个好的作者，无法创作一部有价值的作品，那么你不应该再浪费时间。”

禾真很难受，她有种无法证明的感觉。

她很想哭，却又强忍着眼泪，不允许自己在陆昀之面前掉眼泪。

陆昀之丝毫不给禾真留颜面，他面无表情地又道：“我说的不是浪费你自己的时间，而是浪费我的时间，浪费 Coral Sea 文化公司所有同仁的时间。”

禾真觉得滚烫的热泪盈满眼眶，她低着头，似乎用尽了全身力气才道：“陆主编……抱歉，我不会耽误大家的时间。”

话落的瞬间，她转过身去，一行清泪终于涌出了眼眶。

她这段时间做的努力都白费了。

她写不出东西，就无法证明自己的价值。

她抹了把眼泪，晕晕乎乎地回了工位收拾东西。可是她没有什么东西，只有一个水杯、一本笔记本和一支签字笔。

她抬头看了看陆昀之的办公室，百叶窗已经合上。她迅速把东西塞进包包里，快步离开了 Coral Sea 文化公司。

林恬伊追了出来，陪着禾真走到大厅才问道：“怎么了，禾真，你和主编吵架了？”

禾真勉强扯了个笑容，推着林恬伊往回走，道：“你快回去上班，我没事。”

“禾真，你到底怎么了？”林恬伊停住脚步，问道。

“恬伊，我是不是再也不能成为一个作家了？”禾真问道。

林恬伊抱住了挚友，说出来的话仿佛掷地有声：“在这个世界上，如果何时了不能成为一个大作家，还有谁可以呢？”

禾真忽然大哭了起来，她觉得自己很矫情，可为了自己的梦想哭一场又怎么算是矫情呢？

见禾真离开，陆昀之突然起身，孤独地立在落地窗前。

外面大雨倾盆，他看到一个瘦弱的女孩走进了大雨中。

漫天的大雨，禾真忽然觉得自己并无归处。

她冒着雨一路疾走，不知走了多久，又走到了文博图书城的门口。她走进图书城，发现米思薇的那本《夜幽行》放在了最醒目的位置。

两个路过的小女生捧起《夜幽行》，正在交谈——

“米思薇的这本新书我买了，写得特别好看，可以算米思薇的巅峰吧。”

“听说她已经写完第二部了，下个月应该就能上市。”

“好期待啊，听说影视化已经提上了议程。”

眼见两个女生走远，禾真才打开手机，看了看米思薇的微博。她确实已经公布了下个月新书会上市，而电子版的连载在这个月底会在JM阅读网独家上线。

禾真用力吸了一口气，看来米思薇已经找到枪手帮她续写《夜幽行》了。

可另外一个枪手续写的《夜幽行》，还是禾真心中的《夜幽行》吗？

禾真拿下了书架上的那本《夜幽行》，手心里这本变成铅字的作品，字字熟悉，却又字字陌生。她抚摸着那厚实的纸张，精致华丽的腰封，知名画手画的封面。

她忽然有一种很强的失落感。

这一切本该属于她的，却被别人生生霸占。

从前她不敢来书店，不敢看到掺有自己的血与泪的作品上署着米思薇的名字，不敢听读者讨论她写的书，因为无论赞誉还是贬低都是属于米思薇的。

何时了这个笔名一直都是空缺的，不存在的。

她连收获差评的资格都没有。

她买了一本《夜幽行》后走出书店，雨依然在下，并且越下越大。她冲进了雨中，路过一个垃圾桶时，把那本《夜幽行》扔了进去。

她不是一个称职的作者，从出卖文字开始，她就失去了正名的机会。

她像是一个鬼魅般走在路上，直到包里的手机响个不停，她才不得已看了一眼。

竟然是爸爸。

“爸。”她接起电话。

禾江河问道：“真真，你在哪里呢？最近忙什么呢？今天有空回家吃饭吗？”

禾真忽然觉得现在的自己有点狼狈，找了个位置躲雨，说：“我最近……最近忙着写稿呢。你女儿要出书了，有一天你女儿的书也有可能拍成电视剧呢！”

“哈哈哈——”禾江河大笑道，“我们家真真从小到大文笔都很好，你就是注定吃这碗饭的人，你以后肯定会是一位大作家，给爸爸长脸！”

禾真欲言又止，想起自己之前的种种，应该会辜负爸爸的殷切希望。

她实在不想让禾江河看到自己狼狈的样子，委婉地推脱道：“爸，我今天有点事，就不回家吃饭了。”

禾江河：“那可不行，爸爸有个好消息要告诉你。”

“好消息？”禾真有点好奇。

禾江河道：“爸爸接了个活儿，要去修复一批古董钟。”

爸爸早年也继承了爷爷的好手艺，可随着古董钟市场越来越低迷，他空有一身技艺，也无用武之地。如今忽然有了邀请，禾真也有点振奋。

晚上禾真回到家，才发现禾江河已经做好了一桌子菜。见禾真回来，他摘下围裙，吩咐她赶紧坐下：“爸爸难得下厨，你可千万别来帮忙。”

“爸，你别想多了，我是来等吃的。”禾真伸出筷子夹了一块红烧肉，品了两口道，“爸，你的厨艺有点进步了，但是比妈做的还是差了点……”

话落的瞬间，禾江河把汤端上桌，笑了笑：“你妈走了这么多年，你年年都这么批评你爸。”

禾真眼里突然涌上眼泪，在她高考前夕，妈妈因为出车祸离开了人世，爸爸和爷爷为了瞒着她费了一番苦心。而她参加完高考，刚刚从妈妈离世的悲伤里抽离，又得到了一个不好的消息——爷爷患了癌症，急需住院。

后来她失去了两个亲人，却又在这些磨砺的时光中渐渐成长了起来。

“爸，其实做红烧肉的人是爷爷，爷爷把修古董钟的技艺传给了你，怎么这烹制红烧肉的厨艺却没交给你呢？”禾真故意笑着问道。

禾江河看着女儿笑眯眯的表情，知道她是在缓解气氛。

“这些年难为你了，真真。”

大学期间禾真就开始为爷爷的医药费发愁，而他能做的似乎还没有自己的女儿多。

“爸，今天不是开煽情大会吧？”禾真鄙夷道。

话落的瞬间，她端起一杯酒同禾江河干杯：“爸，今天就破例让您喝酒了。”

父女俩许久没有这么开心了，禾江河一下就多饮了几杯。

几杯下肚，禾江河已然有些微醺，忽然想起了什么：“真真，今天，我其实还有一件事情想和你说。”

“爷爷不是送了一座朔月钟给你吗？你可得好好保护这座钟。”

禾真忽然有点心虚，她已经把那座钟卖给了陆昀之。

听着禾江河的嘱咐，她只能道：“哦，爸，我会的。”

“除此之外，要是能找到另一座钟就更好了。”

禾真故意问道：“爸，难道这个世上还真的有望日钟？”

禾江河仿佛陷入了深思，说：“时间得推到二十世纪，禾家家底殷实，这两座古董钟其实都属于禾家。只是最后家道中落，另一座望日钟就被卖了。”

禾真忽然来了兴致，忍不住又问道：“爸，这两座钟有什么来历吗？”

“这对钟实际是来自十九世纪的法国，那时有一个法国传道士来禾家借宿。后来他同禾家的家主关系很好，家主当时的字画可谓一绝，传道士为了求一幅字画，得知家主对西洋来的钟十分有兴趣。但‘送钟’毕竟不是个吉利的词，他向家主求了一幅字画，作为交换，他亦答应为家主寻找一座独一无二的西洋钟。”禾江河徐徐道来。

“后来呢？”

“第二个月，这位传道士在告别之际，留给了家主一对西洋钟，正是这对日月星辰钟。”禾江河陷入深思，“本来家主不过是想要一座西洋钟，这位传道士却为他寻来了一对。家主乐不思蜀，很是欢喜。”

顿了顿，禾江河又继续道：“这对西洋钟确实十分精致，黑檀木外观，镀金雕刻的表盘，大表盘内圈为罗马数字刻度，上方另有三个小表盘分别为夜间静音调节、打簧速度调节和报时铃音选择。一个似太阳，一个似月亮，放在厅内，仿佛真是日月生辉，共处一室之感。”

禾江河所讲的日月星辰钟的外观，禾真都已经知道，便没有什么兴趣。直到禾江河又补充了一句：“不仅如此，这对钟还有些很神奇的传闻。”

“怎么神奇？”禾真追问道。

禾江河以为是从事创作的女儿对这种奇闻轶事感兴趣，便笑道：“我说的是传说，却也不知当不当真。”

禾真手托腮，有些认真。

禾江河继续道：“就在这对西洋钟在禾家的第二天，禾家的公鸡居然不打鸣了。”

“不打鸣了？”禾真有些疑惑。

“对，公鸡不打鸣了。而当时禾家的二太太却成了比公鸡起得还早的人。”

禾真咬了咬手指甲，忽然道：“难道还能跟公鸡互换生物钟了？”

“真真，你在说什么呢？”禾江河又问。

禾真心里忽然有了决定，难道她同陆昀之的生物钟互换是因为那对日月星辰钟？如果把两座钟分开呢？是不是她同陆昀之的生物钟就有可能再次互换呢？

她从家里出来的时候，大雨还没停。她撑着雨伞走了一段路，才在大路上拦到的士。刚上车坐定，手机就响了起来。

她看了看来电显示是陆昀之，心里有点不快，径直放进包里，不想来电的人却没有放过她的意思。

她不耐烦地接起手机道：“陆主编，这么晚了你找我有什么事？”

陆昀之轻咳一声，犹疑了片刻才放下面子道：“确实……有那么一点事。”

“什么？”禾真依稀听到陆昀之那边的狗吠声此起彼伏。

“是微笑女王。好像要生了……”

“要生了？那你还……还不赶紧帮忙？”禾真有些着急。

“怎么帮忙？”陆昀之努力让口吻保持平和，又道，“我……我又没经验。”

说得我好像有经验似的，禾真又道：“那你怎么不送去宠物诊所啊？”

“下这么大的雨，周遭的宠物诊所早关门了。”

陆昀之已经冷静不下来了，这几天微笑女王躁动不安，他本想抽空带它去看医生。没想到他刚刚到家，就发现微笑女王连晚餐也没吃。

他开始觉得情势不妙，直到一个小时前发现微笑女王在地上不断地努嘴、呻吟，呼吸也越发加快……

他又看到一旁的亚历山大不断地吠，忽然意识到微笑女王好像是要生产了。

“那林医生呢？”禾真又问。

林医生是微笑女王和亚历山大的医生。

“林医生住在郊区，这么大的雨，赶过来也得两小时以后了。”陆昀之回道。

禾真忙不迭地对的士司机道：“师傅，不去裕盛花园了，去天景府。”

的士一路疾驰，到了天景府的小区后，禾真熟门熟路地敲开了陆昀之的门。陆昀之终于盼来了救星，松了一口气。

微笑女王躺在白色的毛绒毯子上，身上还盖着小薄被。它看似很痛苦，不断努嘴。

禾真问道："你刚刚做了什么？"

"给它铺了条毯子，盖了薄被。"

"然后呢？"

"然后……"陆昀之犹豫了一会儿，道，"当然在旁边……"

"在旁边干吗？"

他面无表情道："你说呢？"

"我哪里知道？"

禾真忙不迭从包里掏出手机，百度了一番后道："其实狗狗生宝宝没有想象中那么难，一般第一次生狗宝宝的狗妈妈完全可以自己搞定。"

看着微笑女王痛苦的模样，陆昀之又问："那……那我们还能做什么啊？"

"百度上说，我们只需要在旁边帮帮忙，给狗妈妈加油打气。"

话落的瞬间，禾真就捏着拳头挥动起来，并喊道："微笑，加油，加油！"

陆昀之觉得给微笑女王喊"加油"的模样和他本来的人设太有差距了。

这么傻的事情怎么可能会是陆昀之干的事呢？

他冷着脸看着禾真卖力地加油，禾真发觉他没有在为微笑女王打气，忍不住用肩膀碰了碰他："陆主编，喊啊。"

"喊什么？"

"废话，喊加油啊。"

陆昀之义正词严地清了清嗓子："让我给一只待产的狗喊加油？不必这样吧？"

"你怎么能这么冷血？"

陆昀之无语了。

"它不是只普通的狗，它是亚历山大的老婆。"

"是。"

"那它是不是你的'儿媳妇'？"

“这么说……也算吧。”陆昀之显然有点猝不及防。

“它现在生的可是你的‘孙子’。你喊个加油怎么了？”

禾真理据充分，陆昀之竟然语塞了。

接下来，整个屋子里响起抑扬顿挫的加油声。

“微笑，加油！”

“微笑，加油！”

“加油，加油！快了，快了！”

直到绿色的液体和红色的液体渗了出来，禾真着急地道：“好像是羊水！”

微笑女王越来越痛苦，叫得越来越大声。

禾真的心提到了嗓子眼，她终于看到了包着胎膜的小狗狗出现在眼前。

“陆主编，你看是小狗狗！”禾真兴奋地抓住陆昀之的衣袖叫道。

陆昀之冷漠地点了点头，道：“我知道。”

“有三只呢！”

“对。”

“啊啊啊！陆主编，还有还有，不止三只。”

“我知道——”陆昀之略显无奈。

“那些小狗崽好可爱哦，陆主编你说是不是啊。”

“是——”

“真的好可爱、好温馨哦。”

“可以……”陆昀之终于侧过头，狠狠地瞪了禾真一眼，“不要一直拽着我的衣袖吗？”

禾真只好闭嘴，协助陆昀之抱着那些小狗崽，放在微笑女王面前，让它不断来回舔着小狗狗的脸、鼻子与身体。

到了半夜，微笑女王终于生出了最后一只小狗崽。它生下八只小狗崽，已经精疲力竭，再没有力气咬断最后一只小狗崽的脐带。

禾真把目光转向陆昀之，陆昀之疑惑地看她一眼。

“看来得有人帮忙剪脐带了。”禾真道。

“谁啊？”

“当然是你啊陆主编。”

陆昀之看着禾真递过来的剪刀，有些郁闷：“为什么是我？”

“剪脐带这么神圣的活当然得让给你啊。”禾真说得十分慷慨。

陆昀之冷冷地勾了一下唇，问：“你以为剪彩啊？”

“比剪彩还神圣呢！毕竟你接生的是你的‘孙子’，这样的机会当然是陆主编最合适……”禾真吹起了彩虹屁。

陆昀之略感无奈，接过剪刀的手微微颤了颤，到了微笑女王跟前许久接下来却没有动作。

禾真催促道：“陆主编，你快点呀！”

陆主编瞪了禾真一眼道：“要不你来？”

禾真干笑两声，退后两步：“别啊，这样神圣的使命，我不敢……”

关键时刻装孙子！陆昀之冷冷地瞥了禾真一眼，说实话，他也有点害怕。

好不容易到了最后出生的小狗崽跟前，他冷静地给小狗崽的脐带根部用绳子扎了一个结，当机立断在结的上方一厘米处，“咔嚓”一声给剪断了。

他接着在结的上方做了消毒处理，又把其他七只小狗崽一起放到窝里。

微笑女王生下了八只狗，亚历山大在一旁舔着微笑女王，十分心疼它的伴侣。

陆昀之忙活了一晚上，抬起头一看，竟然已是凌晨一点钟。他再一回头，见禾真已经蜷成一团在沙发上睡着了。

他踱步到她跟前，她闭着双眼，睫毛弯弯，沉睡的模样好像天使般宁静。

陆昀之看得入神，却又无可奈何，只好回卧室把薄被抱出来，再帮禾真掖好被角。

这是这个女生第几次在他家借宿了？

好像是第三次了吧。

他无奈地叹了口气，右手刚要从被子里抽离，谁想下一秒却被一个重力给拉了回去。

猛然间，他被她的手一拽，竟然无意识地向前倾倒，整个人离禾真只有一寸的距离，眼看就要压到她。

他单手撑着沙发，可近在咫尺的脸庞忽然让他心跳加速，方寸大乱。

“讨厌的黑 top！该死的陆昀之，我可以写好稿子的，我真的在努力。你为什么不相信我呢？”

女孩洁白的额头上蒙着薄薄的汗滴，嘴里无意识地在嘟囔。

她不断摇着头，不断在反问："你为什么不相信我？"

陆昀之动了恻隐之心，他忽然在想自己对这个女孩的情感究竟是怎样的？

刚开始是避之不及，接着被她的执着感动，再后来因为生物钟互相调换，他和她不得不牵连在一块儿。

他越发能理解她为梦想坚持的一颗初心，仿佛和当时的自己一模一样。

她的一腔热情从未改变。可自己的呢？

他开始羡慕她，欣赏她的勇气。到如今，他开始对这个为了梦想一腔傻劲的女孩动心。

倏然间，仿佛有种魔力在牵引着他。他掌心微潮，低下头慢慢靠近那个熟睡的脸庞。

禾真是被亚历山大叫醒的，发现自己又在陆昀之家睡着了。她揉了揉眼睛，去看了看那八只小狗崽。

八只雪白的小狗崽和微笑女王小时候一模一样。

她抱起一只小狗崽，摸了摸毛茸茸的白毛，感慨道："真的好可爱啊。你可比你'爷爷'可爱多了。"

转身的瞬间，她发现陆昀之竟然无声无息地站在了身后。

禾真忽然语塞，半晌才道："你……站在这里多久了？"

"不记得了。"陆昀之顿了顿，又道，"大概是你说，比你'爷爷'可爱多了那个时候吧。"

"咯咯——"禾真尴尬了。

"我总觉得当一只狗的'爷爷'很奇怪，以后别这么叫了。"陆昀之义正词严道。

"哦。"禾真心虚地回道。

陆昀之倒了杯牛奶给禾真，问道："你打算怎么安置这八只小狗？"

禾真指了指自己，问道："我？"

"嗯——"陆昀之淡淡地开口道，"我只准备要一只小奶狗，其余七只你要带回去或者卖给宠物店都行。"

禾真若有所思，她现在的情况肯定不能照顾七只小奶狗，之后还是带去宠物店吧。

陆昀之顿了顿，又道：“还有，你准备什么时候把微笑女王带回家？”

禾真刚刚那会儿还在想怎么安置那七只小奶狗，没想到又多出一个烦恼。如今微笑女王都已经生下了小奶狗，再让陆昀之帮忙养着，好像也说不过去了……

她有点惆怅，现如今她跟爸爸住在一起，养狗是不可能的。

可是租房子的话……

她现在的状况好像很难……

“这几天把微笑女王带回去吧。”陆昀之又补充道。

禾真还想拖个把月，这一下提上了议程，她真是十分惆怅，酝酿了一会儿道：“那个……陆主编……”

“你还想说什么？”陆昀之微微挑眉，问道。

“没有了。”禾真丧气了。

她都说了辞职，跟陆昀之翻了脸，怎么好意思再求陆昀之收留她的狗呢？

“没有最好，每次要遛两只大狗，就够我烦恼的了。”陆昀之顿了顿，又道，“不过你住的宿舍旁边有个很大的公园，很适合带微笑女王去散步。”

禾真正在发愁，忽然捕捉到“宿舍”二字，又问道：“什么……什么宿舍？”

陆昀之波澜不惊地背靠在沙发上，慢悠悠地道：“Coral Sea 一直有一个福利，就是为优秀的员工免费提供宿舍，你不是知道的吗？”

禾真震惊得说不出话来，又确定了一遍：“陆主编，你的意思是我还可以在Coral Sea文化公司工作？不，我还可以继续在Coral Sea文化公司写稿吗？”

陆昀之轻飘飘地回道：“禾小姐，你是忘了跟Coral Sea文化公司签的作者合约了吗？”

“可是……我不是辞职了吗？”禾真又问道。

“我答应了吗？”顿了顿，他又道，“如果解约，禾小姐要支付一大笔违约金，你做好心理准备了吗？”

“不不不……”禾真忙不迭地挥挥手道，“我不解约，我可是要终身给Coral Sea文化公司卖命的啊。”

“那就好。”陆昀之淡淡地回道。

陆昀之转过身要去房间，禾真紧跟其后，试探道："那个……陆主编，你是因为什么改变主意的呢？"

陆昀之猛然回头，对上禾真一双清澈的眸子。

在他犹豫的片刻，禾真也很疑惑，回想了半天昨晚做了什么，最后讷讷地问道："该不会是我昨晚说梦话了吧？"

昨晚她又梦见了陆昀之，前几次她都像是一个旁观者在旁边默默地看着陆昀之。昨天，她好似站在了他面前，说了一席义愤填膺的话，可仿佛两个人在梦里也身处平行世界，陆昀之根本就没有理会她。

禾真拍了拍嘴，懊恼道："陆主编，昨晚我说了……梦话吗？"

陆昀之这才回过神，面无波澜地定定地盯着她看。

过了好半晌，他才微微点了点头。

"我该不会又骂你了吧……"禾真有些后悔，可陆昀之因为这个改变主意也很奇葩啊。

难道他这个人有欠虐属性？

陆昀之仿佛猜透了她的心思，清了清嗓子道："别胡思乱想了，你应该想想自己的困境。"

自己的困境？

一想到自己这两天只写了两个字，她就忍不住黯然神伤。

"你应该知道米思薇，即将上市《夜幽行 .2》。"陆昀之淡淡地道。

禾真沉默了几秒，道："我知道，她不可能亲自写，她应该是找到了代笔的新枪手。"

"简嘉伦也擅长帮作者找枪手。"陆昀之哼笑出声，深深的眸光里满是鄙夷。

顿了顿，禾真又道："但米思薇之前的小说带有我极具风格的文法，不是很好模仿，我相信简嘉伦一定下了许多苦功，但结果如何还是未知之数。"

"你不要太乐观，你现在和米思薇无异，一个作品也写不出来。"陆昀之毫不留情地提醒禾真。

禾真点点头，自嘲道："生物钟影响了陆主编的生活，也影响我的生活习性。因此……"

"因此你现在白天都没有灵感，本来灵感爆发的深夜却已经无法清醒工作。”陆昀之又道，“林恬伊和我说了，她还说你的工位不适合你安静地创作……”

禾真点点头，陆昀之微微勾唇，又道：“所以我为你寻觅了一个很适合你创作的工位。”

禾真眼睛一亮，还以为自己有了单独的工作室，谁想她的工位就在主编办公室。

陆昀之在他的办公室里多安置了一张办公桌，而她的位子就在陆昀之办公桌的对面。禾真一抬头就能看到陆昀之肃穆的目光。

这下压力更大了，还怎么创作啊？

禾真对这个工位很不满，却又不好开门见山地表达意见，只好委婉地道：“陆主编，我这个工位一到太阳落山就热得要命，实在不适合写稿……”

“哦，是吗？”陆昀之煞有介事地反问。

禾真用力点头：“是呀，是呀。”

“那你是想和我的工位互换吗？”陆昀之勾唇问道。

禾真看了看陆昀之的办公桌和老板椅，心里马上发虚，挥了挥手道：“别了，我就坐在原来的位子吧。”

还好早上陆昀之要么是很迟才到办公室，要不然就没来公司。

等于一个早上，这间办公室都是属于她的。没了来来往往的人，她定下心来。其实陆昀之这间办公室的位置正好可以看到远处的山峦，绿意盎然的山峦上有粉色的朝阳徐徐染红半边天空，给人一种生机勃勃的感觉。

待到中午时分，她终于松了口气。虽然她坐在电脑前差不多三个小时，才写了不到两千字。但她删删改改几次，总算定了《雨后微光》的第一章。这是她首次涉及刑侦题材，同时也融合了她擅长的悬疑。之前她写的大多数是冒险题材上的悬疑，而这次的她首次挑战推理的极限，真是烧脑。禾真把这个作品当成自己的转型之作，所以下了一番功夫。

从电脑屏幕前抽离，她抬头看了看墙上的日月星辰钟，已经快到十二点了。

她关了电脑，正想去大厅找林恬伊一起去食堂吃午饭，不想桌上的手机铃声响起。

她接起来一听，陆昀之平淡的声音响起。

“禾真，我在停车场等你。”

话落的瞬间，陆昀之已经挂断电话。

禾真彻底傻了眼，啥玩意儿啊？

请她吃饭不能好好邀请吗？

但碍于对方是自己的衣食父母，她只好提着包包，径直去了停车场。

陆昀之果然在车里等她。

上了车，她问道："陆主编，我们今天去哪里吃饭？吃日料？"

"你还没吃饭？"陆昀之轻轻掀了掀眼皮问道。

"你不是……请我吃饭吗？"禾真忽然觉得是自己自作多情了。

"我吃过了。"陆昀之淡淡地抛下了四个字。

禾真清了清嗓子，有点郁闷，弱弱地问了一句："那……陆主编是要带我去哪里？"

陆昀之看了禾真一眼，道："看花。"

看……看花？禾真怀疑自己是不是听错了。

"带我看的可是……花？"禾真又问。

"对，鲜花。"

禾真全程都丧丧的，一副"我不过是想吃沙县小吃，我到底做错了什么"的神情。

陆昀之越开越远离市中心，禾真往窗外望去，这儿似乎是一片花圃。近处是一片绿色的草丛，远处是一片鲜艳的红，明艳十足。

陆昀之泊好车，禾真下了车，往远处望去，欣然怒放的花十分吸引人的注意力。

"知道这是什么花吗？"陆昀之问道。

禾真对花没研究，老实地摇摇头道："不知道。大概有点像月季吧。"

"东海日出处有扶桑树，此花光艳照日。"陆昀之又道，"扶桑花。"

"哦。"

仔细看来，一簇簇花朵开得热情似火，但禾真还是没有猜透陆昀之的用意。

"这种花，日出而开，日落就枯萎了，它的生命只有一天。你第二天看到的花就不是前一天所看到的那一朵。"陆昀之回道。

"没想到啊，这么明丽的花生命却那么短暂。"禾真也不禁感慨一句。

“华丽的扶桑花朝开夕坠，即使只有一天的生命，也不能蹉跎了。”陆昀之的眸光深深。

“花都如此，何况人？”

禾真忽然体会到陆昀之带她来这里的用意，他是让她不要再蹉跎时光了。

陆昀之又道：“你不是说你相信偶像剧里的一句话，相信会让人比较幸福吗？那么这次，我希望你相信自己，相信你可以写好这部小说。”

禾真侧头看向陆昀之，似乎沉默了一会儿才道：“我们是不是只能接受现状，接受我们的生物钟互换了？”

陆昀之望着整片花圃没有吭声，禾真又道：“可这并不像倒时差那么容易。”

“禾真，我觉得我们的生物钟会恢复到正常，但在此之前只能去适应这一切。”陆昀之又道。

禾真忽然想起那对日月星辰钟，自己同陆昀之的生物钟很可能是因为那对钟，本想开口把自己的猜测说出来。

只是还没等她开口，陆昀之又忽然道：“我会陪你面对这一切。”

阳光透过树枝照下来，陆昀之立在那里，远处艳丽明媚的扶桑花都成了他的背景。一袭白衬衣，却十分有少年感。

他微微颔首，深色眸子里的光芒是对她的信任。

禾真忽然觉得眼眶微热，陆昀之费尽心思带她来欣赏花，实际上却是在鼓励她重整旗鼓。

“你要哭了？”陆昀之疑惑地看向她。

本来她酝酿好的情绪偏偏被陆昀之生生打断。她抬头看着刺眼的阳光，逞强道：“没有……啊。”

“那你怎么好像有点泪目？”陆昀之又问。

禾真有点尴尬，却只能逞强道：“陆主编，我只不过是有点饿，想吃馄饨而已。”

“那你是想吃沙县小吃，还是喜色楼呢？”陆昀之饶有兴致地勾了勾唇。

沙县小吃跟喜色楼怎么比啊！喜色楼的茶点简直是江湖一绝，色香味俱全。要真说有缺点，就是太贵！

禾真清了清嗓子，道：“那……那我勉为其难接受喜色楼吧……”

两个人到达喜色楼，正好错过了午餐的高峰期。服务员把两个人迎进来，整个茶餐厅含蓄清雅，青砖小瓦为主调，玄关拐弯处有个古香古色的池塘，池塘里有若干色彩斑斓的锦鲤。禾真和陆昀之并肩跟着服务生走了一路，陆昀之显然是喜色楼的常客，服务员给他带的是常去的包间。就在此时，背后忽然有人喊了一句："昀之——"

陆昀之和禾真齐齐回头，没想到身后的那个人是简嘉伦。

他勾了勾唇，笑着踱步到二人跟前："好久不见了，昀之。"

陆昀之的神色冷下来，一副并不想同简嘉伦多说的模样，兀自迈开大步走在前面，禾真紧跟其后。

擦肩而过时，简嘉伦忽然叫住陆昀之："弟弟，妈最近还提起，你什么时候回家吃饭？"

气氛忽然僵了，陆昀之停下脚步，神色难辨，一双深咖色的眸子冷冷的。

禾真还是很吃惊，她一直以为那些是梦，却不想是真实的。

所以，简嘉伦真的是陆昀之的哥哥？

可他们姓氏不一样，而且一副有仇的模样，又是怎么一回事呢？

"简嘉伦，你叫我什么？"陆昀之骤然转身，目光锐利。

这样的陆昀之让禾真感到害怕。

"弟弟，"简嘉伦又重复了一遍，"如果你不想在这里说话，我们可以去包间慢慢谈。"

第九章
别人的影子

服务员带着三个人去了一个僻静的包间，窗外正好能看见那个池塘，潺潺流水从假山上流下。禾真假装在看锦鲤，等了半天也不见两个男人说话，这才徐徐回过头，发现陆昀之正定定地盯着自己。

“你不是饿了吗？还不点餐？”陆昀之冷冷地问道。

禾真清了清嗓子，接过菜单，又偷瞄了一眼简嘉伦。

虽然她真的很讨厌简嘉伦，但现在看来陆昀之好像比她更加厌恶眼前的男人。

出于客气，禾真点了几个菜后就把菜单往简嘉伦的方向推了推，客气地道：“简老板，您想吃什么，看看菜单吧。”

简嘉伦轻轻笑了一声，把菜单又推回去：“不了，我是来蹭饭的。主人点什么，我就吃什么。”

“还是看看吧。”禾真又把菜单推了一下。

就这么推了几次，陆昀之当中截和，声音极冷地道：“我知道他喜欢吃什么，把菜单给我。”

禾真只好松开手，让陆昀之接过菜单。他点了几个小菜，然后服务员就出了包间。

包间里忽然就安静下来，气氛很紧张，禾真有点如坐针毡。

对面的简嘉伦先笑了：“也是，只有弟弟了解我。”

陆昀之的脸色变得很难看，眼里是复杂而隐忍的情绪。

他冷冷地提高音量："简先生，请不要在外人面前叫我弟弟，你不会忘了我们的约定吧？"

简嘉伦挑了挑眉，说了句"抱歉"，口吻戏谑，笑了一声后又道："可是……禾真怎么算是外人呢？"

禾真有些尴尬，简嘉伦又道："且不说她现在是你的作者，之前她也是跟我合作多年的……写手。"

前面说的是作者，后面又是写手，简嘉伦明显意有所指。

"你到底想说什么？"陆昀之对简嘉伦的阴阳怪气感到不适。

"我看了你们新刊的采访，第一期就采访何时了。那个M开头的作者并不难猜，可是那又如何，大家还是一样喜欢米思薇。"简嘉伦轻轻靠在椅背上，态度傲慢。

禾真很生气，瞪着简嘉伦，却半晌也说不出一个字来。

每当她以为可以从头开始，就总是有人再重提那些过往。

她是不是上辈子和简嘉伦犯冲啊，还是上辈子有杀父大仇？

她还没开口，陆昀之便先开口道："你还是一样没变。"

陆昀之的话让简嘉伦微微一愣，陆昀之接着道："那么多年还以占有别人的成果为傲，从前如此，现在JM文化的作者也是如此。果然是什么样的老板，就有怎样的作者……"

陆昀之轻轻端起茶杯，啜了一口茶，眉眼中有种占了上风的得意感。

简嘉伦的神情骤然冷下来，很快又拾起假笑："弟弟，我也不想这样，要是你过来帮我，我会这样吗？"

"何况妈妈也不希望看到我们打对台吧？要是业内知道我们是亲兄弟，还在商业上互相残杀，你说别人会怎么想？会让那些不入流的文化公司渔翁得利吧？"简嘉伦笑着反问。

此时服务生已经把餐点上完，禾真见气氛尴尬，但饿得不行，看到那块炸得金黄的萝卜糕时眼睛都亮了。

她伸出筷子正想夹一块萝卜糕，身边的男人已经起身。陆昀之眸光锐利，定定地盯着简嘉伦，淡薄地道："简嘉伦，我劝你别告诉别人你是我哥哥。"

简嘉伦欲言又止，陆昀之又道："因为你是我人生中的黑点。"

见陆昀之起身要走，禾真只好加快速度跟上去。

陆昀之决绝地要打开门的瞬间，简嘉伦忽然喊道："等等——"

"我一直想问一个问题，陆昀之。"

简嘉伦骤然起身，踱步到陆昀之身后，问道："我不明白你为什么一定要签何时了？"

这个问题禾真其实也很好奇，之前她恳求陆昀之签下她，甚至贿赂了一座古董钟，也没有让他改变主意。

可是到了后来，他却在明里暗里给了她几次机会。

陆昀之许久没有吭声，简嘉伦却替他回答了："你不是因为她曾经是 JM 文化的枪手，也不是为了和我抗衡，才故意捧高一个从 JM 文化出走的枪手，而是……"

简嘉伦顿了顿，又道："而是，她和你是同一种类型的人。"

禾真微微有些吃惊，她和陆昀之怎么看都不像是同一种类型的人啊？

她还没回过神，陆昀之已经推开包间的门，禾真只好紧随其后。她知道陆昀之很生气，可她已经饿得放弃思考了。

待到上车，她还在回想那桌菜，她的萝卜糕。何况刚刚那桌菜陆昀之已经埋了单了。

她竟然一口也没吃到！

她侧头看着陆昀之的黑脸，鼓起勇气开口道："那个……陆主编，要不我先下车吧。"

"你要干吗？"陆昀之冷冷地问道。

禾真尴尬地笑出声："我想，我还是去……吃沙县小吃吧。"

陆昀之冷冰冰的脸上终于起了些波澜，他笑了一声："我带你去吃饭。"

禾真总算吃上了东西，都是些本地小吃。店面很小，敞开格栅木门，仿佛穿越到了一个小小的客栈。这家店做的萝卜糕微焦，外皮金色，品相看起来似乎不比那家喜色楼的差。

她吃了一口萝卜糕，外焦里软，好吃得都说不出话来。

陆昀之轻轻啜了一口黑咖啡，显然猜出了禾真所想："这家的萝卜糕的确不比喜色楼的差，相反这里的老板和喜色楼的老板还是兄弟。"

这家店的食物虽然好吃，但环境和名气相比喜色楼来说，也是一个天上一个地下了。

陆昀之和禾真坐的位子正好能看到厨房里一对老夫妻正在忙活，她压低声音问道："你说的是真的？"

陆昀之点点头道："食物是一样的，但喜色楼的老板极具商业头脑，从开店开始就投了一大笔钱到广告营销上，所以喜色楼的成功显而易见。"

禾真恍然大悟，又问了一句："既然如此，那为什么这家店的老板不效仿喜色楼的运作呢？"

禾真不解，既然是兄弟，为什么不互相效仿对方的商业模式呢？

"不愿意，"陆昀之轻飘飘地笑出声，"大概每个人都有自己的想法吧，即使兄弟也不一定要像彼此吧？"

陆昀之目光深深，仿佛意有所指。

禾真多问了一句："陆主编，简老板……真的是你哥？"

陆昀之忽然抬头看了禾真一眼，禾真默默吸了一口冷气。

"嗯。"他点了点头。

"可是……你们好像不同姓。"禾真又小心翼翼地问道。

"我和他，同母异父。"陆昀之简短地回道。

禾真想起梦里的一切，顿时茅塞顿开，所以简嘉伦对陆昀之那么差也是受了家庭的影响吧。

"怪不得……"禾真喃喃自语。

陆昀之反问一句："怪不得什么？"

"没有啊，你比他好……很多。"禾真的目光躲闪，有些结巴。

陆昀之手托腮，桃花眼里带着温柔的光泽，忽然声音微扬问道："哪……哪里好啊？"

禾真盯着陆昀之，僵着嘴角道："哈哈哈——我……我是说萝卜糕好吃。"

陆昀之轻轻勾唇，喊了一声："老板，给这位小姐上十盘萝卜糕。"

十盘？十盘！陆昀之是不是对她有什么误解？

"慢慢吃，吃完再回公司。"陆昀之挑眉道。

到 Coral Sea 文化的楼下，已经是下午三点。禾真满眼都是萝卜糕，谁跟她提萝卜有关的事情她就跟谁急。

禾真下了车，问陆昀之："你今天不回公司吗？"

"我还有点事，你自己先回去吧。"陆昀之淡淡地回道。

陆昀之蹙了蹙眉，眸色很暗很深，眸中有着深深的愁绪。

似乎沉默了一会儿，禾真从车窗往里探，担忧地问了一句："你……你还好吧？"

陆昀之轻轻地抬头看了禾真一眼，说："今天的事情，不许和任何人说。"

禾真点点头，欲言又止。

"你想问什么？"陆昀之又问。

禾真小心翼翼地凑上前，低声问道："那个……陆主编，我和你很相似吗？"

"你觉得呢？"面前的男人眸光锐利，轻飘飘地勾了勾唇。

禾真尴尬地笑了一声，简嘉伦大概是眼瞎了吧，她和陆昀之哪里像是同一种类型的人，连最基本的生活作息都截然不同。

"打扰了，陆主编。"禾真僵了僵嘴角，往 Coral Sea 文化大厦跑去。

陆昀之看着那个女生远去的背影，却有些失神。

他和她是同一种类型的人吗？

是因为曾经被人夺走过宝贵的东西吗？是因为曾经都深藏在背后，当过影子，所以他才会理解她的感受吗？

几天后，禾真搬到 Coral Sea 文化安排的单身宿舍。是简约的现代风格，但所处的位置正好可以望江，环境很好，很适合创作。

禾真没想到再次看到米思薇会是在一个电视平台的自制读书节目上，她穿着一身粉色运动衫，换了个空气刘海，很有少女感。她是来宣传《夜幽行.2》的，而主持人故意提及 Coral Sea 文化新刊《Shiny》对何时了的采访。

主持人笑道："不知思薇看过《Shiny》吗？"

米思薇淡淡地笑出声："抱歉，我从来不看公司以外的杂志。"

这个回答滴水不漏，主持人干巴巴地笑道："《Shiny》是 Coral Sea 文化公司最新推出的言情小说的新刊，本来这样的刊物是应该请一些大神作家做新刊的访问的，但《Shiny》的第一期请的是何时了。"

"是吗？"米思薇不以为意地笑了笑。

主持人接着问道："她提到了之前一位M姓的作家无耻地占有她文稿的事情。"

禾真刚洗完头，擦了擦湿漉漉的长发，在沙发上坐下，忽然来了兴致。她很想看米思薇会怎样回答这样的问题。

米思薇笑了一声，道："M姓的作者？"

"其实读者之间已经议论纷纷，说这位M姓的作者就是您。"主持人含蓄地笑了笑。

米思薇挺直腰杆，看向镜头，面不改色道："公道自在人心，谁抄了谁的稿子，谁霸占了谁的稿子，自有公道。"顿了顿，她又义正词严道，"还有，我想对那个作者说，别在背后耍花招，我们上法庭正面对峙。"

米思薇在电视上给了何时了一个下马威。

禾真知道米思薇不要脸，但是没想到米思薇能不要脸到这么丧心病狂的地步。她关了电视，却许久没办法平静。

米思薇公然宣战，力证自己清白，而她却没有证据在大众面前表明《夜幽行》是她的作品。

在JM文化，她的笔记本电脑是简嘉伦配的，所有的文档都存在那台笔记本电脑上。如果能找到那台笔记本电脑，是不是可以证明自己的清白呢？

想了想，她又觉得自己的想法很幼稚。她怎么可能找到那台笔记本电脑？即使找到了，里面的文档又怎么还会存着？

即使存着，又怎么能证明是她，是何时了写的？

年少的无知，是至今让人后悔的决定。

直到门铃忽然响起，她还微微有点失神，半天才趿着拖鞋去开门。她看到林恬伊抱着一瓶红酒和一盒蛋糕，笑靥如花道："Surprise（惊喜）！"

"你怎么来了？"禾真好奇地问道。

"祝贺你乔迁之喜啊。"林恬伊笑道。

林恬伊笑着进门，参观了一下禾真的住处，忍不住赞叹道："真真，陆主编待你真是不薄啊，给你安排的这间屋子可是所有单身员工宿舍里最好的。"

话落，她已经踱步到了阳台，深深地吸了一口夜风道："这阳台也太大了吧，还可以看到江面的景色，太美了。你可得好好给黑top写稿了。"

禾真已经往高脚杯里倒了红酒，递了一杯给林恬伊，丧丧地说：“你看了米思薇的采访节目吗？”

林恬伊的目光微闪，坦白道：“看了。”

顿了顿，她又叹了口气说：“我从来没有见过这样的作者，明明占有了别人的东西，却能这么厚颜无耻地在大众媒体的面前说自己是清白的。她难道不心虚吗？”

“她有什么好心虚的？”禾真自嘲出声，“我刚刚到JM文化的时候，还不知道米思薇对写稿毫无建设，毕竟她是JM文化力推的作者。”

“后来吧，我发现她真的很想红，却在写稿上完全没有天赋。简嘉伦喜欢她，他是个很聪明的商人，觉得悬疑市场中男性作者很多，但美女悬疑作家太少。他觉得米思薇可以成为第一位。”

远处的江面星光点点，禾真暗自叹了口气，又道：“确实，她长得很漂亮，很适合当明星。这样的人设很吸睛，她是有才华又有颜值的悬疑作家米思薇。”

林恬伊又倒了一杯酒，兀自同禾真干杯：“朋友，有什么隔夜的烦恼，今天一醉，明天就忘了！”

两个女生在阳台看着璀璨的星光，喝得醉醺醺的。正跌跌撞撞之时，忽然听到门外有门铃声响起。

“你怎么还有客人？难道是祁学长？”林恬伊内心已燃起了八卦的熊熊烈火。

“不会吧，我没告诉他我搬到这里了啊。”禾真也感到困惑。

林恬伊搓了搓手掌，眸光一亮，迫不及待地打开了门。

可门一开，她却立在门前，半晌没动作。

说好的八卦怎么成了惊吓？林恬伊郁闷了。

禾真感到困惑，边嘟囔边走路：“是谁啊？是祁学长吗？”

等到她走到门口，才发现面前立着一个男人和一只白色的大狗。

陆昀之面无波澜道：“不欢迎我？”

“怎么会。陆主编，请进。”林恬伊慌忙让开位置道，“我刚刚还在和禾真说，让她好好写稿，主编您待她不薄。”

陆昀之轻描淡写地挑了挑眉说：“嗯，这是实话。”

禾真正和微笑女王亲昵，她现在有了单独的居所，终于可以好好照顾它了。

“你们在喝酒？”陆昀之又问。

“嗯，主编要不要来一杯？”禾真问道。

林恬伊撞了撞禾真的胳膊，眼神忽闪。可禾真没能领悟林恬伊的深意，又问：“陆主编的酒量不会也很差吧？”

陆昀之义正词严道：“谁说的很差？”

“那酒品呢？”禾真多问了一句。

陆昀之幽幽地瞥了禾真一眼：“你竟然质疑我的酒品？”

禾真找来高脚杯，倒上一杯红酒递给了陆昀之，很真诚地道：“感谢陆主编这段时间的照顾，不然我不可能这么快成长起来。如果没有陆主编……就没有崭新的何时了……”

禾真正欲发表一篇洋洋洒洒的感言，不想陆昀之已然几杯红酒下肚。陆主编的酒量不是不好，相反是真的好……

但酒品嘛，真的是不敢恭维。

本来林恬伊只是想活跃一下气氛，顺带秀一把歌喉，就随便唱了两首情歌。林恬伊参加过校园歌唱比赛，号称校内的梁静茹。

陆昀之不甘示弱，也为大家献上了歌曲。

禾真和林恬伊两个人连连叫好，没想到这么明显的奉承直接让陆昀之膨胀了。

接下来，他像是一台复读机一般重播《名侦探柯南》的主题曲。

他的脸颊微红，伸出右手食指，站在沙发上，摆好姿势，义正词严道：“しんじつはいつもひとつ！（真相只有一个！）”

禾真僵着嘴角，侧过头问林恬伊：“这……这真的是你们主编吗？”

“我不是暗示你别让他喝酒吗？”林恬伊哭丧着脸。

“可是……你没有告诉我，你们主编喝完酒会变身啊。”

禾真扶额，这男人变身后真是丧心病狂！

最后，一瓶红酒见光后，又在禾真家里找到一瓶红酒，两瓶饮尽。

禾真和林恬伊费了大力气，一人驾着陆昀之的胳膊，往外走。

“去哪里？”陆昀之问道。

“陆主编，我们送你回家。”林恬伊还好言好语地相劝。

陆昀之却立在原地不肯走：“我歌还没唱完呢。”

“哈哈哈——主编，回家也能唱。”禾真气喘吁吁道。

“不走。”

话落的瞬间，陆昀之像根石柱一样立在原地，不肯进电梯。

“陆主编，您这样……”

林恬伊平心气和地同陆昀之解释，谁想禾真直接来硬的，硬生生地朝陆昀之的小腿窝踹了一脚。陆昀之一个趔趄还没站稳，就被禾真推进了电梯。

“你刚刚踹了黑 top？”林恬伊大吃一惊道。

“都什么时候了你还跟他讲道理，把他赶紧送回家才是硬道理。”禾真不以为意道。

“可是……万一他酒醒了，记起来了怎么办？”林恬伊担心道。

禾真看了看身旁这位眼神迷离，双颊绯色，嘴里还在哼歌的男人，真是和面无表情，杀伐果决的陆昀之是两个极端。

不知清醒的陆昀之看到自己这个模样会不会恨不得抽自己两个耳光？

她不以为意道：“我觉得他恨不得忘了今晚的经历才对。”

两个人费了很大的劲才把陆昀之塞进车里，气喘吁吁地指使着司机赶紧开车。可陆昀之一点都没有闲下来，依然乐此不疲地在喊：“しんじつはいつもひとつ！（真相只有一个！）”

司机先生也有些好奇：“这位先生是表演系的吗？”

“哈哈哈——喝醉了，喝醉了……”林恬伊尴尬地笑了笑。

“这位先生说的是哪国语言？”

在名侦探柯南抑扬顿挫的背景音在耳边来回重复了几百遍后——

禾真终于崩溃了，大声道：“闭嘴！”

四周突然安静下来，几个人都不敢吭声。禾真才尴尬地眯着眼笑道：“我不是说您啊司机师傅，您别误会，我是说我旁边……这位先生。”

不一会儿就到了目的地，禾真和林恬伊搀扶着陆昀之下了车，这时陆昀之已经不再重复那句台词，只是眼神迷离，处于半清醒的状态。

“我就不上去了，你把陆主编送上楼吧。”林恬伊转身坐回了车上。

“喂，你怎么让我一个人……我……”

“你不是去过主编家好几次嘛，别怕。”

林恬伊回了一记信任的眼神，转眼的士扬长而去，剩下禾真架着陆昀之的肩膀，气喘吁吁地上了电梯。到门口的时候，她惆怅得不行。

这是一把指纹锁。

禾真从陆昀之右手的大拇指试到小拇指，再从左手的小拇指试到大拇指，通通不行。

她摸了摸额头上的热汗，问了问身边的男人：“到底是哪根手指？”

陆昀之一双桃花眼微醺，似醉非醉，定定地盯着禾真看。

禾真被看得更热了，只能讷讷地问道：“陆主编……您哪根手指可以打开这扇门？”

陆昀之扬了扬眉，慢慢吐字，带着果香的酒气扑面而来，禾真竟然有一瞬间失神。

“脚趾……”

“脚趾？”禾真的视线徐徐往下，震惊地看向陆昀之的双脚。

她正欲思考陆昀之每天是怎么开门的，可是想了几次，陆昀之都没用脚开门啊。

“傻瓜，开玩笑啦！”

陆昀之嗤笑了一声，独自在密码锁上按了几个数字。不一会儿，大门便打开了。

禾真正欲跟陆昀之告别，偏偏被陆昀之拉进了屋里。在惯性的作用下，她差点就要扑到陆昀之的怀中。

她连忙撤退一步，跟陆昀之保持距离：“那个……陆主编……我先走了？”

“帮我倒杯水吧。”

禾真只好应下来，等她倒好热开水，陆昀之已经躺在了沙发上。走近一看，他闭着双眼，双手交叉搭在腹部，双腿笔直，就要越出沙发背。

她低声叫了一句：“陆主编，喝水了。”

沙发上的男人没动静，禾真又喊了一声：“那我把水杯放在茶几上了，你渴了就喝。”

话落的瞬间，陆昀之轻轻侧了个身，大手一揽，竟然把禾真搂入怀中。

禾真猛地哆嗦了一下，抬头一看，陆昀之还半眯着眼，不知是睡是醒。

他低声问道："你不是问我们是不是同类型的人吗？"

禾真没有吭声，心跳快得难以呼吸。

此时，陆昀之少了白天的不近人情和冷漠疏远，简直就是一个勾人魂魄的男妖精……

陆昀之又道："我们是，我们都曾经做过别人的影子。"

第十章 我喜欢你

因为酒精的作用，逼近的英俊脸庞上还蔓延着若隐若现的绯红，一双迷离的桃花眼似醉非醉最为扰人心扉。

“影子？”禾真有了困惑。

她做过米思薇的影子，那么陆昀之呢？他做过谁的影子？是简嘉伦吗？

她的脑海里徘徊着无数个猜测，正想开口发问，就已经被陆昀之大力推到了沙发上。

她深陷在柔软的沙发里，而陆昀之以绝对的优势俯瞰着自己。

禾真心跳加速，挣扎着要起身。可男人已经俯下身，轻轻地吻了一下她的额头。

炙热的火苗让她整个人都烧了起来。

她吸气，呼气，却无法抑制住狂热的心跳。她面红耳赤地盯着面前的男人，他深咖色的眸子里有璀璨的光芒，让人无法移开目光。

“我喜欢你。”陆昀之在她的耳边低声道。

禾真难以置信，吃惊地从陆昀之的怀抱中挣脱开来，好不容易收拾好情绪，清了清嗓子：“陆……陆主编，你……你刚才说什么？”

她背着身子，整理好情绪道：“你刚刚说的是醉话对吧？嗯，放心，我不会当真的。”

她等着身后的男人回复，可一秒、两秒，几十秒过去了也没动静。

她这才转过身，陆昀之安安静静地蜷在沙发上，呼吸节奏均匀，好似真的睡着了。

禾真有点丧气，自言自语道："不是说换了生物钟以后晚上都失眠吗？怎么还睡着了？"

她从里屋搬来一袭薄毯，小心翼翼地为陆昀之掖好了被角，转身去里屋正想把灯关了，却瞥到桌上放着一本青绿封面的书。

她摩挲了一番《费毒舌》的封面，这本是Sea所有书当中最为畅销的一本反鸡汤的散文，禾真也珍藏了一本。她随手翻了翻书，发现里头夹着一个墨绿色的信封。

她取出信封，信封上写了一行大字：To Sea，署名是玥。

字迹有些熟悉，禾真仿佛想起了在失恋博物馆看到的那份展品下压着的卡片。

TO：亲爱的Sea，希望有一天你还能回去，回到属于你的文字世界。

字迹是飘逸的行楷，和手上信封的字一模一样。

禾真把信封又放回那本《费毒舌》里，把灯关了，又到了客厅，看了一眼躺在沙发上的陆昀之。

他就是Sea吗？

那他为什么不再写作了？是因为那个叫"玥"的女孩吗？

禾真莫名有种奇怪的失落感。

翌日，陆昀之差不多中午时分才到办公室，而坐在他办公桌对面的禾真则躲在电脑屏幕后面，紧张地缩了缩肩膀。

"陆主编，中午好。"禾真勾起嘴角打了个招呼。

"昨晚，我怎么回家的？"陆昀之忽然起身，立在禾真的办公桌前，漫不经心地问道。

禾真抬起头望向陆昀之，目光闪烁半天才道："昨晚……陆主编，一点都不记得了？"

"我去你家恭贺你乔迁之喜，然后林恬伊也在，我们一起喝了点酒……"陆昀之想了一遍，揉了揉眉心道，"接下来的，不太记得了……"

昨晚他喝醉了，一喝醉，他就会对自己做的事情断片！

虽然禾真离开一会儿后他酒醒了大半，再也无法入眠。但晚上发生的事，他确实不记得了。

“其实也没什么，我和林恬伊把你送回家了。”禾真摸了摸眼皮，含糊其词。

“是吗？”陆昀之愣怔地想了一遍，又道，“可是……我昨天印象中只有你一个人。”

禾真低着头，两只手的食指打着转：“你……你不是一点都不记得了吗？”

陆昀之背靠桌沿双手环胸，俯下身来，灼灼目光直视禾真，问道：“你是不是隐瞒了我什么事？”

“我能隐瞒你什么事？”禾真猛地抬头看向陆昀之，理直气壮道，“不信的话问你家的狗啊，到底是几个人送你到家的？”

禾真忽然大胆地呛他，显然让他始料不及。他还没吭声，眼前的女人又道：“陆主编，说实话，你的酒品真的不是一般的糟糕。”

“……”

“你想知道我和林恬伊的感受吗？”

“……”

“就像全程都在播《名侦探柯南》，可怕的是，抑扬顿挫的背景音重复了八百遍，还不开始正片……”想起昨天的烂摊子禾真就来气。

既然现在对方都来质问她了，她不吐不快。

陆昀之的嘴角微动，自己昨天有这么……失控吗？

他扶了扶额，昨晚的自己竟然在禾真面前这么丢人。

“陆主编，我强烈需要一间单独的工作室，因为每次和你一起工作的时候……”禾真欲言又止。

陆昀之向前迈了一步，眼里有深深的困惑：“为什么？”

“我就会想起昨晚的你……”禾真忽然觉得心跳漏了一拍，昨晚那句“我喜欢你”让她一早上魂不守舍。

“昨晚的我？”

“昨晚……昨晚唱歌的陆主编让我永世难忘！”禾真面不改色地又道。

陆昀之清了清嗓子道：“我会考虑你的请求，前提是你每天都得达到码字的任务。”

“那……谢谢陆主编，我先去吃午饭了！”

话落的瞬间，禾真已经出了门，徒留陆昀之在那儿愣怔。

他总觉得禾真有些事没有告诉自己。

Coral Sea文化公司的食堂最近换了新厨师，林恬伊对新的菜品赞不绝口。她夹起一块菠萝咕噜肉，笑道：“这个新厨师做的咕噜肉可是一流，真真，你尝尝。”

禾真有点心不在焉，想起昨天陆昀之说的那句“我喜欢你”。

没有对象，没有前缀，大概真的是梦话吧。

“禾真，你昨天……和陆主编发生了什么吗？”林恬伊忽然问道。

禾真迟疑了一会儿，抬头看了看林恬伊，埋汰道：“你还好意思说，让我一个人送陆主编回家，你就不怕……”

林恬伊却发现了端倪，饶有兴致地问道：“怕什么？你和主编昨天……那个了？”

“你说什么呢？”禾真脸色绯红。

“开个玩笑，你紧张什么？而且这么多年也没见到陆主编有交往对象，说不定……”林恬伊不以为意道。

“哦？”禾真又小心地试探了一句，“你在Coral Sea文化这么多年，没有看到他有对象？”

“嗯，不只是我，魏西宁也没见过工作伙伴以外的女人找她。他可是公司元老级别的人物了。”林恬伊信誓旦旦道。

禾真手托腮思考了一番，假设失恋博物馆里的那支钢笔是一个女人留给Sea的，那么她应该是Sea的前女友；如果Sea就是陆昀之，那么他应该和祁承一样有一段很深刻的感情。

她推论了半天，得出的结论是自己胡思乱想，陆昀之怎么可能喜欢自己呢？

“真真，你不会是喜欢上……陆主编了吧？”林恬伊又问。

“怎么可能，”禾真义正词严道，“胡说八道！我怎么可能喜欢黑top！”

林恬伊还带着质疑的眸光看着她：“说实话他长得那么英俊，又那么优秀，重点是他明显每次都给你开后门。你每天在办公室跟他朝夕相处，就没有一刻动心吗？”

“开什么玩笑？”禾真的目光微闪，说起话来却理直气壮，“他那么一个按部就班的人本来就很无趣了，然后每天又爱黑脸，这些都可以忍耐……”

“但是！昨天他那酒品，你也亲眼看到了吧，来来回回唱的都是《名侦探柯南》的主题曲。他到底是有多喜欢看柯南？还好你昨晚没有陪他上楼，在屋里他又来了那么一出，我都快烦死了！”

禾真洋洋洒洒说了一大堆，才察觉到林恬伊的神情变得很难看。林恬伊努了努嘴，示意她身后有人。

她猛地转身，发现陆昀正波澜不惊地俯瞰着她。

她转身吸了一口气，就见林恬伊端起餐盘道：“那个……陆主编，我再去打点菜，你们先吃。”

林恬伊留了个“自求多福”的眼神就逃走了，只剩下禾真独自面对陆昀之。

她皱着眉，双手捂住腹部，忽然觉得胃疼怎么办？

“胃疼？”陆昀之在她的对面坐下，波澜不惊地盯着她看。

“不，肾疼。”禾真真是尴尬死了。

“你骗了我，禾真。”陆昀之的眼神淡淡，看似无波无澜。

“这话从何说起……”禾真连舌头都捋不平了。

“昨天是你一个人送我到家里的？”陆昀之又道。

禾真很焦虑，焦虑到脚底都在冒汗。她眼珠子转了转，道：“我这是怕陆主编误会，所以才说是和恬伊一起送你到家的……反正也没差别啊，我也单独去过你家几次。”

“嗯——”陆昀之拉长尾音，又道，“说得没错，只是……”

“只是什么？”

“只是，你没有在我喝醉的时候……来我家。”陆昀之的身体忽然向前倾，嘴角微勾。

禾真轻轻咳了一声，喉咙动了动，忽然有点心虚。她转念一想，自己心虚什么啊？昨晚自己明明是被动地接受的那个额头吻。

而且每次好像都是她被占了便宜，面前的男人得了便宜还卖乖，凭什么啊？

禾真不甘心了，抬头一看，陆昀之还用那种深深的眸光盯着自己，轻嗤了一声道："陆主编，大晚上的，我一女的把一喝醉酒的男人送回家，你不嫌丢脸，我还嫌丢脸……"

话落的瞬间，禾真收到了陆昀之一记冷眼。

顿了顿，她又继续道："再说了，这种情况，怎么说都是我比较吃亏吧，你用这种眼神看着我干吗？"

"那可不一定，你昨天对我做了什么？"陆昀之问道。

过分了啊，虽然你有那么一点好看，却也不可以这么没脸没皮！

禾真拖陆昀之进电梯的时候，确实踹了他一脚。

可这个时候她必定得咬死不能承认！

"你有病吧？我还没说你对我做了什么呢！"禾真赶紧喝了一口开水压了压惊。

陆昀之背靠椅背，饶有兴致地环抱双臂，目光灼灼地盯着她，问道："那你说，昨晚，我对你做了什么？"

禾真的心情很复杂，手中的筷子都要抓不稳了，低头猛塞了几口金针菇，更是咬不烂。

她这吐也不是，吞下去也不是。

果然是金针菇要绝我啊！

"为什么不说话？"陆昀之又问道。

禾真好不容易咽下了金针菇，面色通红地开口道："昨晚您说的话真的不记得了？"

"不记得了……"

禾真盯着陆昀之那双桃花眼，雾霭沉沉，似醉非醉，果然是有做负心汉的资本。

禾真放弃了，站起身端起餐盘便往外走边道："不记得就算了。"

"等等，"陆昀之跟了上去，说，"待会儿跟我出去一趟。"

"去哪里？"禾真问道。

"去做个脑部检查吧。"陆昀之简短地回道。

"你不是相信何医生的话吗？她只是个心理医生，而且她没有遇到过这种情况……"

“难道在我之前，你就遇到过这种生物钟互换的情况？”陆昀之蹙眉，疑惑地问道。

禾真轻轻吐气，不再隐瞒：“不是我，是我的……”

看着禾真欲言又止，陆昀之又问：“你的谁？”

她咳了一声，解释道：“算是……祖先吧。”

陆昀之忽然来了兴致：“祖先？你说来听听。”

“这个故事是听我爸爸说的，我爷爷是一位古董钟修复师傅，我爸爸也继承了他的手艺。前几天，他接到了去故宫修复古董钟的活，他有点兴奋，随口问了一句我的朔月钟，然后给我讲了一个故事。”

陆昀之只知道这对日月星辰钟是出自十九世纪拿破仑三世时期的法国，但在此期间这对钟发生了什么，他确实不知道。

“当时禾家以一卷字画同一个法国传道士换了这对日月星辰钟。”禾真慢慢道来。

“所以这对钟本来就是属于你们禾家的？在后来的时光里，你们失去望日钟，只留下了朔月钟。”陆昀之回道。

“对，但后来禾家为什么会遗失了那座望日钟就不得而知了。”禾真又道，“但我想说的是，这对古董钟出现在禾家后发生了一系列奇怪的事情。最为惊奇的是，禾家得到那对日月星辰钟的第二天，公鸡不打鸣了，而禾家的二太太却成了比公鸡起得还早的人。因此，我觉得应该是二太太的生物钟同那只公鸡交换了。”

陆昀之轻笑出声，觉得不可思议。

“我知道你不相信。但你想，我和你之间发生的事情已经足够让人难以理解了，还有什么事情不可能发生呢？”禾真反问道。

陆昀有些动容，眼中有些东西在微微发生变化：“所以，你觉得是日月星辰钟的合二为一，导致我们的生物钟发生了错乱？”

禾真咬着手指甲，点了点头。

“那你找到对策了吗？”陆昀之又问。

“没有。”禾真有些沮丧。

“那……如果砸了这对钟，我们的生活是不是可以恢复正常？”陆昀之问道。

禾真忽然抬头问道："陆主编，你……是在开玩笑吗？"

"你说呢？"陆昀之骤然起身，又道，"既然如此，我们更需要做一个检查、如若不是身体和心理的问题，那么你的推测就很有可能是真的……"

禾真同陆昀之一起去医院做了个脑部检查，除了脑部，其他检查一并也做了。禾真长这么大，这次的体检算是做得最全和最详细的。

她和陆昀之都很健康，只是她有几颗蛀牙。

此时正是下午一点钟，陆昀之背对着落地窗站着，抬头看着墙上的那对日月星辰钟，陷入了深思。

禾真偷偷看了他托腮发愣的模样好几眼，他一身素白衬衣、黑色长裤，手腕的袖口折了一个小褶，露出冷白的手臂。外面的阳光洋洋洒洒，而他整个人仿佛融入了光和影，真是引人注目。

"禾真，你希望一切恢复正常吗？"陆昀之突然问道。

"其实吧……现在也挺好的！"禾真还没回过神。

陆昀之淡淡地勾唇问了一句："嗯？挺好？"

禾真猛然回过神，看着陆昀之直直地盯着自己的双眸，才含糊其辞道："当然……是恢复正常好。我还是比较享受夜猫子时光的。"

陆昀之又问："伯父告诉了你解决方案吗？"

禾真当时只是猜测，自然没有想到问爸爸：后来二太太和那只鸡的生物钟互相调换了吗？

禾真摇摇头道："没有，我爸现在在故宫修复古董钟，我可以打个电话问问。"

陆昀之点点头，禾真在陆昀之的面前拨通了禾江河的电话。她没有把自己和一个男人的生物钟互换了的事情告诉爸爸，权当探听这对日月星辰钟的来由多聊了几句。

拐弯抹角了一会儿后，禾真才进入正题。

禾江河总觉得女儿忽然打电话问这个问题有点奇怪，便问道："真真，你是不是有什么事瞒着我？"

禾真轻咳了一声，抬头看到陆昀之正目光灼灼地盯着自己。

她解释道："爸，真没什么事。我有个收藏古董钟的朋友手上正好有一座望日钟，我希望把这座钟给拿下，这样不就凑齐了一对日月星辰钟吗？”

“你真的找到望日钟了？”禾江河有点兴奋。

“对，对方对这对古董钟能改变人的生物钟的传说很感兴趣，所以我才打电话找你问问看，后来那只报鸣的鸡和二太太怎样了？”

禾江河忽然笑了，大笑了几声后才停下来：“真真，爸都说了那是个传说，后来发生了什么，我也不清楚。这都……时隔几个世纪的事情了。”

禾真彻底泄了气，正想挂电话，禾江河又道：“不过吧，当时那位传道士好像有把这对古董钟在禾家的故事记录下来，也许流传到了现在也不一定。”

挂断电话，禾真还是有些失落。

陆昀之思忖片刻，起身说：“我们走吧。”

“去哪里？”禾真感到奇怪。

“去图书馆看看有没有这对古董钟的记载。”陆昀之边走边回答。

禾真跟了一路，上了陆昀之的轿车后，还是忍不住问了一句：“陆主编，你觉得图书馆能找得到吗？”

“日月星辰钟算是一对知名的古董钟，相关古籍有所介绍也不奇怪。”陆昀之回道。

“可是一般的图书馆不会有这种类型的书吧。”

“去文博图书城，那里一定会有。”陆昀之回道。

文博图书城的藏书比很多图书馆要多也更齐，陆昀之的方向很明确也没错。但禾真咬了咬唇，却打起了退堂鼓：“我……不想去。”

“为什么？”陆昀之问道。

“反正我不想去，你放我下车。”禾真的脸色很难看，催着陆昀之停车。

陆昀之刚开出停车场，就在路边停了车，冷冷地问道：“你为什么不去？刚刚你不是说想让生活回到正常的轨道上吗？”

禾真刚刚确实是这么说过，但这一切都是来自不去文博图书城的前提之下。

“其实我们在网上 Google 搜索一下日月星辰钟的资料就行了，不一定非要去图书城……”禾真欲言又止。

“如果 Google 搜索一下就行，我何必还在这里浪费大家的时间？”陆昀之眸光如寒星，冷冷地反问。

“今天我不想去文博图书城。”禾真深吸一口气，坦白道。

“为什么？”陆昀之不依不饶。

“你一定要问个理由吗？”

“因为今天米思薇会在文博图书城举办《夜幽行.2》的新书发布会？”陆昀之的薄唇抿成一道线。

“对。”禾真长叹一口气后回道。

“我不管今天是谁开新书发布会，我只是去找一本书。如果米思薇潜移默化地影响了你的人生，那我开始怀疑你的创作能力是不是被这个女人影响了。”陆昀之神情冷漠，言语尖锐，丝毫不留情面。

“你为什么一定要为难我呢？”禾真眸光沉沉地质问道。

为什么要在她最耀眼的时候，像一只小丑鸭一样去仰视她。

禾真从内心拒绝。

“为难你？”陆昀之不解。

“你不觉得何时了出席在米思薇《夜幽行.2》的发布会上很可笑吗？”禾真深吸一口气问道。

“谁可笑还不知道呢。”陆昀之的声音冷且尖锐。

陆昀之重新启动轿车，不给禾真拒绝的机会。

文博图书城有六层，以面积之大、存书之多成为全国知名及影响力之高的图书城。

知名作者来文博图书城开一次签售会都得提前几个月或者一年，但米思薇的声望和知名度使得她成为文博图书城的常客。

禾真和陆昀之并排着从文博图书城的侧门进到书城，二楼正在举行米思薇的新书发布会，热闹非凡，人声鼎沸。

禾真在三楼隔着棕色木质栏杆探头看向二楼，那里搭了个很大的舞台，舞台上有个很大的LED屏幕，来回放着米思薇的新书和她的个人写真，主持人站在舞台上向读者介绍米思薇的生平和畅销书籍。

屏幕里的每本书都是禾真所写，禾真的内心五味杂陈，百感交集。

直到主持人热情地喊道：“现在让我们有请美丽的作者米思薇上台。”

她静静地俯瞰着一切，直到看着那个穿着一袭小黑裙的女人，金属的肩带闪闪发光，双腿修长白皙，一双 Jimmy Choo 经典款尖头高跟鞋十分吸睛。

她当成走 T 台跟在场的读者热情互动。

米思薇真适合当明星，一点也不假。

“可惜了……”

叹气的是陆昀之，禾真微微侧头看他，问道：“你……怎么在这里？”

“这句话应该是我问你吧。我让你来书店找书，你在干吗？”陆昀之微微挑眉，淡漠地问道。

禾真尴尬地咳了一声，说：“我刚刚在找洗手间。”

“找到了吗？”陆昀之又问。

“没有。”禾真还是好奇地问了一句，“你刚刚说的可惜是什么意思？”

陆昀之双臂搭着栏杆往下望去，淡淡地说：“我在想米思薇当作者太可惜了，她更适合当明星。”

果然英雄所见略同。

禾真咳了一声道：“我还是先去找书吧。”

两个人在三楼找了半天也没找到相关的书籍，这么耗了大半天，禾真揉了揉眼睛，有些累了。

她路过栏杆，不经意地往下看去，发布会似乎已经结束了。她松了一口气，往二楼洗手间走去。

她的眼力极好，在玄关处就看到了穿着小黑裙的女人，避之不及，转身就要走开。

“禾真。”

叫她的人不是米思薇，而是曾经跟她一起共事的前同事蔚蓝。

这个声音很快被她身后的米思薇察觉，她蹬着高跟鞋不紧不慢地走到禾真跟前，红唇溢出的笑惊心动魄：“禾真，你怎么在这里？”

禾真的嘴角勾了一下，其实看着米思薇婊里婊气的模样，她真是气到肝疼。但那又如何呢？谁让她这么逊。

“书店又不是你家，我……来逛逛不行吗？”禾真目光微闪地反问道。

这不急不躁的反问，禾真觉得自己真是逊爆了。

正面刚，必须刚啊！这刚刚出口的话都落了气势。

可米思薇却不依不饶道：“禾真，这么巧，你不会是想要我的签名书吧？”

“开什么玩笑？”禾真彻底无语，“我会要你的签名？”

米思薇轻飘飘地笑出声：“禾真，我不需要你了。你不是不愿意帮我吗？可我现在也很好啊。蔚蓝也能帮我。”

禾真侧头看向蔚蓝，蔚蓝微微低头，不敢说话。

难道蔚蓝做了米思薇的枪手？

禾真还在JM文化的时候，蔚蓝一直作为米思薇和她的编辑，蔚蓝比禾真大上几岁，两个人的关系很好。

大部分时候，禾真的稿子都由蔚蓝帮忙修改以及更新，所以蔚蓝最了解她的文风，米思薇找她当枪手也不奇怪。

禾真冷笑了一声，飒冷的声音传到米思薇的耳朵里，显得异常刺耳。

她蹙眉问道：“你笑什么？”

“笑你永远没有自己。”禾真坦白道。

米思薇太生气了，气得肩膀剧烈地抖动。这句没有带一个脏字的话却击溃了米思薇人生中最薄弱的地方。

她还是个作者吗？她是一个没有属于自己作品的作者，这么可悲，这么可怜，这么可笑。她得到的所有光芒都是从别人身上攫取的。

她早就失去了自我！

她大叫一声：“蔚蓝！”

蔚蓝畏畏缩缩地靠近，小心地问道：“思薇姐，有……有什么事吗？”

“拿一本《夜幽行》过来。”

米思薇冷冷地盯着禾真，眸光冷如寒冰，微微启唇。

蔚蓝有点不明所以地问道：“思薇姐，这……这是要干吗？”

“你怎么那么多废话？”米思薇提高了音量。

蔚蓝只好找了一本崭新的《夜幽行》递给米思薇，米思薇撕开了透明的外包装，又让薇蓝递过来一支钢笔。她“唰唰”地在《夜幽行》的扉页上写下一行字，然后递给了禾真。

“禾真，送给你的，有我的签名。”米思薇得意地仰起头，一只手却悬在了半空中，她在等禾真去接。

禾真目光疏离地看着那本书，她感受到了米思薇带给自己的羞辱。

那本是她的《夜幽行》，怎么能签上别的作者的名字?

来来往往的过客都看向这里，有人认出了她，在大声叫："那不是那只抄袭狗何时了吗?"

"好像是，米思薇好像赠书给她哎……"

"为什么不接?"

"不好意思呗。"

禾真紧咬着嘴唇，两只手紧紧攥成拳头，内心似乎有一种情感在慢慢交织。这种情感大概是委屈、愤怒，渐渐滚成了雪球。

下一秒，米思薇嘲弄地笑了一声，那本书重重地滑落到地上。

禾真看着躺在地上的书，仿佛自己的自尊也被米思薇重重地踩在了地上。

"为什么不接受我的好意?"米思薇遗憾地叹了口气，微微蹙眉，很委屈。

禾真久久地伫立在原处，直到周遭的人越来越多。

她很难堪，不知该如何脱离这样的困境。

她微微动了动脚，再要迈出步伐的瞬间，一个男人如约而至，骤然出现在了她的视线当中。

陆昀之平静地拾起了地上的那本《夜幽行》，翻开页面，勾了勾唇，笑意冷冽："TO：何时了，谢谢你。米思薇。"

读完这行字，他合上书，塞到了米思薇的怀中。

米思薇正欲说些什么，抬头一看，正对上陆昀之一双戾气十足的眸子，有些不寒而栗。

陆昀之转过身，如光明降临，迈开长腿走到了禾真跟前。

他对着众人道："在这里，我要公布一件事，现在何时了是Coral Sea文化的金牌作者，谁还敢诋毁她，将会收到Coral Sea文化的律师函。"

话落的瞬间，陆昀之已经挽着她的手臂，突破了层层包围的人群。

走出图书城的瞬间，禾真才如释重负。

到了书店门口，禾真才发现外面忽然骤降大雨，倾盆大雨噼里啪啦落在地上，溅起层层叠叠的水花。

"我去拿伞，你在这里等我。"

话落的瞬间，陆昀之已经冒雨跑了出去。轿车停在对面的停车场，差不多有百米远。陆昀之从车里拿了一把黑色大伞，徐徐踱步到她跟前。

她看着男人不急不缓地朝她靠近，忽然觉得眼睛微酸，有点想哭，哽咽着对陆昀之道："谢谢你，陆主编。"

"你哭什么啊？"陆昀之蹙眉道。

"我……"禾真欲言又止。

"是因为刚刚在图书城米思薇对你的羞辱？受委屈了？"陆昀之低声问道。

禾真摇摇头，说："不是，是因为陆主编。"

"感动了？"陆昀之面上不动声色，内心却有些得意。

"嗯，感动了。"禾真接过陆昀之递过来的纸巾，又道，"你刚刚拿伞过来接我，特别像小时候雨天我爸来学校接我放学的模样……"

"你爸？"陆昀之冷着脸问道。

"嗯。"

"禾真，你找死吗？"陆昀之真的生气了。

话落的瞬间，他打开黑色大伞，直接走在了前面，也不顾身后的禾真。

禾真实在无辜，她真心不懂他为什么会生气。

她正想着该怎么办，陆昀之再次转身，踱步到她跟前，嗓音冷淡："禾真，还不走，留在这里过年吗？"

禾真一路小碎步才跟得上陆昀之的步伐，不耻下问道："陆主编，我爸小时候也挺帅的。我不是骂你老……"

话毕，禾真感受到陆昀之冷冽的眼神后，捂了捂嘴。

自己是又说错话了吗?

陆昀之长臂一伸，严严实实地把禾真小巧的身子裹在了大伞里面。

禾真想轻轻动一动，偏偏被陆昀之捆得更紧了。

他蹙着眉提醒道："不想被淋到雨的话，就别乱动。"

外面有风有雨，黑伞之下却有暖流在静静流淌。

两个人还没回到公司，在书店发生的事情已经被多事之人拍下来发布到了网上，正好被八卦嗅觉灵敏的魏西宁发现了。这会儿，半个公司的编辑都围在魏西宁的电脑前，看陆昀之正面怼米思薇的片段。

魏西宁“啧啧”了两声，感慨道：“不得不说，陆主编真是酷爆了。”

“何止，简直就是男友力爆棚。”社科组的组长安娜这会儿也是八卦得不行，目光转向一旁的林恬伊，问道：“话说，你和禾真是闺密，你就坦白告诉我们，禾真和主编在一起了没有？”

另一个编辑复议道：“对啊，你赶紧给我们透个风声，不然我们误伤了禾真，到时候怎么死的都不知道。”

林恬伊为难地摇头道：“其实我真不知道……但以我对禾真的了解，他们大概、也许根本就没有在一起……”

林恬伊说得模棱两可，魏西宁却有了自己的判断：“真相是，陆主编根本不可能喜欢上何时了这位十八线外的作者，而是……”

“而是什么？”在场几个人异口同声地问道。

魏西宁长叹一口气：“据我专业的猜测，应该是……主编有把柄在何时了的手上。”

“真的假的？”几个人抱着怀疑的态度，窃窃私语起来。

“什么真的假的？”

听到这个声音，在场的众人灰溜溜地回到自己的工位上。

陆昀之冷飕飕地扫了魏西宁一眼：“看来大家都很闲啊？有空在上班时间看些有的没的。”

魏西宁手忙脚乱地关了视频，陆昀之轻轻拍了拍他的肩膀道：“你最有空是吧，去把空置的那间副主编的办公室收拾一下。”

魏西宁不解了，那间办公室已经空置许久了，陆主编也一直没有招聘副主编的打算。难道是最近有人晋升了？

“主编，您这突然安排我收拾那间办公室，是有合适的副主编人选了吗？”魏西宁眸光一闪，忍不住多问了一句。

陆昀之深深地瞪他两眼，又看向背后的禾真道：“哦，是给禾真用的，她需要一间单独创作的房间。”

话落的瞬间，他已然迈出长步，禾真低着头尾随其后。

走了几步，陆昀之又转身，意味深长地说道：“另外，没有把柄。”

完整的意思是：他没有把柄在禾真手上。

禾真跟上陆昀之的步伐进了主编室，似乎犹豫了一会儿，才咬了咬唇道：“今天，谢谢陆主编帮我解围。”

“我希望下一次你可以拿着作品帮自己解围。”陆昀之淡淡地回道。

禾真点了点头，有些抱歉地道：“今天，好像一无所获。”

“也不是，我买了一本书。”陆昀之从公文包里抽出一本书。

禾真走近一看，那是一本一九九八年的绝版书，陆昀之竟然能在书店找到，实属不易。她翻了翻那本《古董钟大全》，竟然看到了日月星辰钟。

她又看了看下面的描述，惊讶得瞪大了双眼。

日月星辰钟，一个像圆月，一个像圆日，在适当的契机下会影响人的生物体生命活动的内在节律性。

陆昀之微微颔首道：“是的，你的猜测没错，日月星辰钟确实能改变人的生物钟。”

“那我们现在要做什么？”禾真又问道。

陆昀之靠着办公桌，仰头看着这对日月星辰钟，忽然道：“把这两座钟分开，明天中午十二点，你在家，我在办公室，看看会发生什么事。”

当天，禾真就乖乖把那座朔月钟搬回了家，两个人约定在十二点钟声响起的时候互通电话。

第二天，十一点五十分，禾真给陆昀之打了个电话。她生怕陆昀之会睡过头，毕竟现在的他已经是“夜行动物”了。

陆昀之很快接了电话，回道：“我已经在办公室了，盯着这座望日钟半天了。”

“陆主编，如果……这生物钟今天还没变回来的话，是不是没有别的方法了？”禾真问道。

陆昀之沉默片刻后道：“或许，我们就要照着现在的生物钟过下去。”

“那现在的生物钟，陆主编习惯了吗？”禾真在想最坏的结果，以后二人都得保持着现有的生物钟生活下去。

陆昀之似乎陷入了深思，没有说话，禾真也不说话，

时间无声无息地在二人当中缓缓流逝。

“嘀嗒——嘀嗒——”指针缓缓划过钟表，禾真定定地盯着时钟，手心捏了一把汗。

眼看时间来到了十一点五十九分，禾真默默在心里倒数：十、九、八——

“当——”

“当——”

“当——”

“……”

时钟敲了十二下才停下来。

禾真缓缓吸了一口气，才开口道：“陆主编，你觉得有东西发生改变了吗？”

陆昀之犹疑了一会儿，道：“好像……没有。”

不是好像没有，是确实没有改变。

当天晚上，陆昀之又失眠了，而禾真又梦见了陆昀之。梦里的他戴着厚厚的黑框眼镜，很害羞，可那双深藏在眼镜背后的桃花眼还是熠熠生辉。

而这次还多了个女孩。

梦里的情景模模糊糊，好似校园的草地，绿草茵茵。但她还是看清了那个女孩的模样，冷白皮，薄唇高鼻，眼睛虽是单眼皮，却很大很明亮。一袭牛仔长裙堪堪过膝，小腿白皙又修长，俨然十分符合大学校园里女神的象征。

陆昀之捧着一本《费毒舌》递给女孩，笑着说：“送给你。”

女孩笑了，捧着书道：“这是Sea的第一本书呢！”

“对，为你而写的第一本书。”陆昀之顶了顶黑框眼镜，笑起来的时候眼里有光。

“不是吧，这么毒舌的书为我而写，你在开什么玩笑？”女孩故作愠怒。

禾真从梦中惊醒，梦里的那个女孩应该就是那个在失恋博物馆留下钢笔的林玥。

禾真吁了口气，忽然有种重重的失落感。

这是为什么呢？

因为林玥长得那么好看，还是因为她曾经是陆昀之的前女友？

禾真还没回过神，身旁的手机响了起来，是陆昀之。

“禾真，昨天我又失眠了。”陆昀之叹了口气道，“没有发生变化。你那里呢？”

“即使把那两座钟分开，好像还是什么也没改变。我昨晚很早就睡着了，又梦见了……”禾真挠了挠头，也有点沮丧地说。

她忽然欲言又止，陆昀之又问：“你又梦见了什么？”

“陆主编，”禾真迟疑了一会儿，开口问，“你是不是Sea?”

听筒对面是长时间的沉默，不知过了多久，他声音很低地问道：“你为什么突然问这个问题？”

禾真咬了咬唇，坦白回道：“因为我梦见了你，梦见一个女孩叫你Sea。”

不知道静默了多久，禾真差点以为陆昀之已经挂断电话。就这么停滞了一会儿，他又开了口：“对，我是Sea。”

曾经的毒舌专栏作家Sea到底有多红呢？红到老师吐槽学生都会引用里面几句毒舌却醍醐灌顶的名句，红到上微博热搜的反鸡汤名句就是出自Sea。

所以他的忽然隐退，使得很多人奇怪，至今还有人在他的微博上问：“Sea，你还好吗？你何时回来？”

禾真终于确认了这样的结果，却又隐隐有更多困惑。

他为什么离开？为什么消失？

“陆主编……”禾真欲言又止，“当年……你为什么不写了？”

长时间的沉默，除了陆昀之均匀的呼吸声让她觉得对面的他还在。

半晌，她才打破这样的死寂道：“那个……陆主编，我……我准备出门去上班了。”

陆昀之轻轻地“嗯”了一声，两个人都心事重重地挂断电话。

禾真一到公司就进了陆昀之给她安排的那间单独的办公室，到了中午她随便点了个三明治外卖，沉迷于创作中，也没出门吃饭。

就这样到了晚上，禾真抬头看了看墙上的时钟，竟然到了晚上九点。她伸了个懒腰，推开门一看，整个大厅都黑了，同事都走光了。

她提着包包，锁好门，出了Coral Sea文化公司，按了电梯的按钮，才发现电梯坏了。她一个人沿着黑漆漆的楼道，一层一层往下爬。她好不容易下到一楼，手机铃声响了起来。

她气喘吁吁地接起电话，“喂”了一声。

“你回公司一趟。”陆昀之不咸不淡地说。

“现在？”

“嗯。”

“我刚刚从十八楼下来，你让我再上去？”禾真有点郁闷，“陆主编，你是什么资料落在公司了？明天再拿不行吗？”

“不是资料……”陆昀之轻轻咳了一声。

“那是什么东西那么重要？”

“我。”陆昀之笃定道。

“你？”

“我难道不重要吗？”

禾真花了两秒才反应过来，陆昀之被她锁在了公司，而她还得爬十八楼上去给他开门！

她站在一楼的楼梯口向上一望，黑漆漆的，没有一丝光亮，忽然有一种天要亡我之感！

等她爬到十八楼，感觉整个人灵魂已经出窍，颤巍巍打开大门后，发现主编的办公室还亮着灯。

她敲了敲办公室的门，陆昀之不咸不淡地回了一句：“进。”

她大汗淋漓，深吸一口气问道：“陆主编，你刚刚怎么不开办公室的灯呢？”

刚刚她还顺带瞥了一眼主编办公室，发现灯灭了，才把公司的门给锁了。

“闭目养神。”陆昀之轻描淡写道。

“那你没听到我关门的声音吗？”

“听到了，我没想到你走得那么快。”

禾真满腹牢骚，自己爬了十八楼，却只得到陆昀之轻描淡写的回复。她还想喝口水缓缓，就被陆昀之径直拉出了办公室。

“走吧，回家。”

陆昀之推着禾真出了公司的门，这才发现电梯坏了。他略带歉意地道：“原来你爬了十八楼……”

“对啊，陆主编，下回你能不能早点叫住我，或者发条信息说你还在办公室之类的……”

陆昀之打开手机的手电筒兀自走在前方，禾真小心翼翼地踩着阶梯，尾随其后。

前面的男人骤然转身，禾真吓了一跳，差点趔趄着滑了一跤，还好被陆昀之抓住了手臂。

“下回不会了。”陆昀之淡淡地回道。

“嗯嗯。”禾真心虚地拼命点头。

“下回，你写完稿叫我一声吧。”陆昀之忽然说。

“为什么？”

“一起下班啊。”

禾真半天才讷讷地道：“可是，我可能没那么准时下班……”

现在的她早上老是找不到灵感，倒是到傍晚才会有零星的念头，这让她下班都很晚了，到了家洗洗就去睡了。

“我等你，”陆昀之忽然道，“我等你一起下班。”

禾真踩着陆昀之的影子，有瞬间的失神，半晌才道：“可是……我们不是不顺路吗？”

陆昀之骤然回头，直直地盯着禾真，凶巴巴地道：“我想送你回家不行吗？”

禾真立马点头说：“可以，可以。”

送就送嘛，好好说话不行吗？非那么凶……

可陆昀之这又是唱的哪一出呢？

以至于接下来，禾真坐在陆昀之的车上都有那么点如坐针毡。她悄悄挪动了一下屁股，却偏偏被身旁的人察觉到了。

“你干吗？有话要问？”陆昀之目视前方的路况，淡淡地问道。

“陆主编——”

“嗯？”

“我是不是哪里得罪你了？”禾真真心实意问道。

陆昀之忽然一个急刹车，侧头看她一眼，问道：“怎么了？”

禾真不懂装懂：“我有努力写稿子……”

陆昀之忽然要送她回家，难道不是为了方便催稿吗？

“我不是催稿。”陆昀之回道。

“那是因为……”禾真欲言又止。

陆昀之不再吭声，手把持着方向盘，很快就到了禾真所住小区的门口。

禾真正想道谢，他忽然道：“你不是问过我一个问题，现在生物钟的改变，我习惯了吗？”

禾真点点头，她确实问过陆昀之这样的问题。

“我想告诉你，我已经习惯了。我习惯了失眠，习惯了奶茶的味道，习惯了很多之前我不会去做的事情……”顿了顿，陆昀之又道，“但我也不知道这样好不好。”

禾真降低了车窗，望着车窗外的星点灯光，心跳得厉害。

“禾真，是你让我看到另一个自己。”

夜色撩人，陆昀之磁性的声音很是勾魂摄魄。

另一个自己？陆昀之何尝不是给了她一个机会，让她看到另一个“何时了”的可能性。

禾真徐徐转过头，正面对上陆昀之灼灼的目光。

那双桃花眼潋滟生波，光风霁月，让人着迷。

禾真深吸一口气，战战兢兢道：“晚……晚安。”

“晚安。”陆昀之轻声道。

禾真迅速打开车门，正着急逃离现场，却怎么也走不了……

这……怎么回事？

“等等——”陆昀之忽然叫道。

等等？还等什么，此地不宜久留啊！

禾真的一颗心跳得太剧烈，都要跃出喉咙了。

她只想着逃离，而陆昀之已经俯下身来，她猛地瞪大双眼。

“不要动——”而陆昀的口吻带着命令，不容置疑。

禾真的身体僵硬，表情呆滞，只能任由陆昀之缓缓靠近。直到陆昀之帮她解开安全带，她才徐徐缓了口气。

“我还以为……”禾真松了一口气。

“你以为什么？”陆昀之勾了勾唇，笑意越发浓了。

禾真悠悠然地转了转眼珠子，立刻下了车，朝着车内的人挥手告别道：“陆主编，再……再见……”

“禾真。”陆昀之故意叫住了她。

“嗯？”

“你……刚刚好像有期待？”陆昀之漫不经心地勾唇，似笑非笑。

“有……有吗？”禾真彻底语塞。

陆昀之微微挑眉，点了点头：“对……你是期待什么事情发生呢？”

“我期待——”

禾真面红耳赤，还好夜色正浓，她的脸红被夜色掩饰，让对面的男人也看不清。

“我期待……今晚有个好梦。”禾真义正词严地回道。

“哦？”陆昀之笑了，又道，“你会有好梦的。”

禾真连忙抛下一句“拜拜”就落荒而逃。

明明现在十点就能入睡的她，今晚却有点难以入眠。初夏的天气并不炎热，可她觉得今晚有些燥热。大概燥热的并不是天气，而是她一颗莫名其妙狂跳的心吧。

迷迷糊糊睡了一宿，第二天早上醒来才发现是周六，她想起陆昀之昨晚对她说的话，嘴角不自觉地上扬。

赖在床上还没一会儿，她意外地接到了祁承的电话。正想问他怎么这个时候找她，对方先道：“禾真，你今天有空吗？”

禾真愣了一下，祁承今天的口气好像有点不大一样，于是疑惑地道：“怎么了，祁学长？”

“你不是对 Sea 的事情很好奇吗？”

禾真想起自己还没告诉祁承，自己早已知道陆昀之就是 Sea，便好奇地问道：“你是知道了什么吗？”

“禾真，你还记得失恋博物馆的十二号失恋遗物吗？”

她当然记忆犹新，祁承又道：“林玥来了。她又留下了东西。”

“你说什么？她来失恋博物馆了？”禾真有些惊讶。

“具体情况见面说吧。”

禾真收拾了一下东西，径直出了门。她上了的士，还是不能理解自己刚才的反应。

她是不是应该先告诉陆昀之？现在的反应太过奇怪了，她只是为了满足自己的好奇心吗？仅仅是受好奇心的驱使，让她单独去失恋博物馆看林玥留下的东西？

到了失恋博物馆，小米并不在，灯光忽明忽暗，只有祁承站在十二号失恋遗物面前。

她深吸一口气，踱步到祁承身后，才喊道：“祁学长——”

祁承回头看了禾真一眼，笑道：“你来了？你果然对 Sea 很八卦。”

只有禾真知道她不是对 Sea 很八卦，而是对陆昀之这个人曾经的往事很在乎。

禾真轻轻笑出声，开门见山道：“是林玥她本人来的吗？你没有和她聊一聊吗？”

祁承摇摇头，解释道：“我昨晚不在馆里，是小米接待了她。当时小米并不知道那个女孩是林玥，直到她在十二号失恋遗物的面前问了一句：有人问起过这支钢笔吗？”

“通过小米的描述，我觉得她就是林玥，但真正确认……应该是她留下的东西。”祁承若有所思，从那个架着钢笔的钢笔架后取出一张淡蓝色的便利贴。

禾真接过一看，上面写着一排手机号，还有林玥两个字很是醒目。

“她是想让 Sea 联系她吗？”禾真若有所思道。

“对，她希望 Sea 能联系她。”祁承回道。

“可是……为什么她不直接联系他呢？”禾真又问。

祁承侧头看着禾真，她今天很奇怪，好似林玥牵动了她心情的起伏。

“或许……联系不上 Sea。”

禾真摇摇头，林玥怎么可能联系不上陆昀之？她怎么会联系不上 Coral Sea 文化的老板陆昀之呢？

她不过是不愿意放下面子去联系这个男人罢了。

“Sea 就是陆昀之。”禾真忽然抬头看向祁承，眸光中有复杂的情绪。

祁承显然有点讶然：“陆主编？他就是 Sea？”

第十一章 便利贴

禾真点了点头，祁承朝她递去手中的那张便利贴，迟疑了一会儿，问道：“你要亲手把这个号码交给他吗？”

禾真迟疑了很久才接过那张便利贴。

“禾真……”祁承欲言又止，他是过来人，又怎么会看不透彻眼前女孩的心思。

似乎犹豫了一会儿，他问道：“禾真，你喜欢陆昀之，对吗？”

祁承开口的瞬间，禾真瞪大双眼，有些惊讶。

原来自己的心思早就被人察觉出端倪，而自己却浑然不觉。

她大概是喜欢他的吧……

又或许根本不是“大概”，而是“肯定”。

祁承见禾真半天没有吭声，忽然笑道：“下回，你会不会留下一份展品代替林玥的？”

她还没有恋上，谈何失恋？她根本没有这份同陆昀之的失恋遗物。

“我在开玩笑。”祁承又补充了一句。

祁承本来约她一起吃饭的，禾真以要回公司为由推托了。今天是周六，她哪里有什么事？但一个引力还是牵引着她到了 Coral Sea 文化公司。

公司空无一人，她把自己关在那间单人办公室里。今天码字特别顺，灵感汩汩涌出，她仿佛找回了原来的何时了，那个初心不变的何时了。

可想到这里，她的脑海里又冒出了 Sea，还有林玥写的手机号码。

禾真合上电脑，望了望窗外，夜色已浓，不知不觉到了八点钟，她竟然一点也不饿。

她持起桌上那张便利贴，看了又看，放进包包里，准备熄灯回家。

当她打开办公室的门，猛然吓了一跳，大厅的灯已经熄了，只剩下她办公室里这点余光。而陆昀之就站在黑与亮的边际线当中。

今天不是周六吗？他怎么会在这里？

他不知道在那里等候了多久，酝酿了多少情绪，却还是没有叩响她的门。

直到她把门打开，他还有瞬间失神。

他身穿简单的灰色衬衣、黑色休闲长裤，脸上仿佛染着微光，却越发显得立体清隽。

禾真望着面前这位眸光深深的男生，嘴角轻轻勾了勾，喊了一句：“陆……陆主编？”

他好不容易才回过神，咳了一声道：“禾真。”

“你今天怎么会来公司？”禾真好奇地道。

“你忘了我昨天说的话？”陆昀之没有正面回答她的问题，反问了一句。

禾真动了动薄唇，陆昀之接着道：“写完稿记得叫我，我送你回家……”

“可今天是周六。”

“周六也一样，每天我都会等你。”陆昀之微微扬着眉，笑得如沐春风。

禾真默默地从包里掏出那张浅蓝色的便利贴，紧紧地攥在手心里。

她为什么要从祁承手中接过那张便利贴，她应该当做什么都不知道才对啊。

“我想问你一个问题。”陆昀之忽然道。

禾真有些紧张，问道：“什么……问题？”

“生物钟变了，那你变了吗？”陆昀之眸光专注，认真地问道。

禾真的心跳骤然加速，她微微启唇，却始终没有开口。

“你变了吗？禾真。”陆昀之又问了一句。

禾真仰头看着陆昀之，喉结滚了滚，道：“是怎样的变化？生活习惯肯定变了，但我对写稿的初心和热情一直没变……”

“那你对感情改变过吗？你有喜欢的人了吗？”陆昀之猝不及防问道。

禾真怯怯地看着他，欲言又止。

她现在可以开口吗？

她的感情发生了变化，从白纸到有了颜色，而这抹颜色是陆昀之。

“如果你不想回答的话，我先说吧。”陆昀之笑了笑，又道，“你说得对，从前的我就像是一个准时的计时器，按部就班。而现在的我才能真正体会和享受时间带来的快乐，而这一切都因为你。”

陆昀之突然俯下身来，搂过她的腰，他的下巴抵在了她的肩膀上。

她可以听到他的呼吸声，有些急促，有些紧张。

可陆昀之又怎么会是紧张的人呢？

“禾真，你仔细听着……”

沉默了两秒，他想要笃定宣告的瞬间，禾真却忽然从他的怀抱中挣脱开。

“陆主编……”她喉咙微微动了动，终于道，“我有话想和你说。”

陆昀之那双明月般沉静的眸中有了期许的涟漪，嘴角微勾，问道：“你想说什么？”

禾真捋平那张浅蓝色的便利贴，递给了陆昀之。

便利贴停在了半空中，陆昀之没有接。

似乎过了很久，他才抬起头，接过便利贴，眸光深深地看着禾真，满是困惑。

直到陆昀之看到便利贴上的那个电话号码，敛了敛眸子，短短几秒，有很多复杂的滋味交杂在一块儿。几分愤怒，几分冷漠，那样的脸色像是酝酿着一场风暴，让禾真害怕了。

最后他定定地看着禾真，语调又冷又平：“你想说什么？”

面前的女孩沉默许久，才道：“是林玥留给 Sea 的。”

陆昀之很生气，而这种愤怒是沉默的、隐忍的，而那深沉难测的眸光让禾真更是煎熬。

“你就那么关心我的过去吗？”陆昀之忽然问道。

“我只不过……”禾真想要解释。

“你只不过希望我联系林玥，是吗？”

陆昀之的眸色越来越深，他就这样静默地盯着禾真，那样深不见底的眸光已然压制不住愤怒的情绪。

“是吗？”陆昀之继续提高音量，“为什么不说话？”

“陆主编，你联不联系她和我没关系，我只是把这个便利贴交给你。”禾真努力解释道。

她抬起头看了陆昀之一会儿，又移开眸光，她害怕自己忍不住委屈。

“是吗？谢谢你了，禾真。”陆昀之客气到了极致。

“不客气。”她咬着唇，平淡地回道。

“你想知道林玥是谁吗？”陆昀之冷笑出声，“她是我的前女友，曾经我们的感情很好，可是却因为某种原因分了手，她离开了很多年，现在回来了。所以……禾真，你希望我打这个电话吗？”

他又问了一遍，禾真抬头轻飘飘地看了陆昀之，质问道：“为什么要问我这个问题，你联系谁和我有关系吗？”

没来由的压抑让禾真的情绪失控，她很抱歉地从陆昀之的身旁经过，说：“对不起，陆主编，时间很晚了，我要回家了。”

可她刚要从陆昀之身边走过的瞬间，手臂又硬生生地被他拽住。陆昀之声音冷冷地道：“我会联系林玥的。你开心了吗？”

禾真迅速缩起手臂，眼里却隐约有了晶莹：“再见，陆主编。”

“好啊，再见。”

陆昀之先迈开长腿，他走得又急又快，像沉默的影子穿过黑漆漆的公司大厅。

禾真望着消失在黑暗中的陆昀之，没来由地难过。

她真的很难过。

她为什么要在刚才把那张便利贴递给陆昀之？她为什么突然变成了个“柠檬精”？

禾真抚了抚额头，头痛欲裂。

她周一请了假，在家休息了一天，到了晚上就接到了林恬伊的电话。

“真真，好好的怎么会感冒了？现在好点了吗？”林恬伊担忧地问道。

禾真声音沙哑地回道：“嗯，好些了，你不用担心了。”

“你明天……来上班吗？”林恬伊又问。

禾真给微笑女王倒了点狗粮，又摸了摸它的脑袋，随口回道：“应该来吧。”

“你明天注意一点，不要惹怒陆主编，他今天的情绪很古怪。”

禾真抚摸微笑女王的手微微有些滞然，想起昨晚的事情，她还是一副浑然不知的模样问道："怎么了？发生了什么事吗？"

"我也不知道，陆主编一大早就冲魏西宁发了一顿脾气。陆主编平常虽然很严苛，但一般不怎么发脾气，最多态度冷淡。可今天他摔了好几个杯子，连清洁大妈都吓得瑟瑟发抖呢。"林恬伊老实回道。

禾真不再说话，她昨天为什么要那样激怒他呢？

她喜欢他，为什么还要把那张便利贴给他呢？

"我觉得陆主编好像失恋了。"林恬伊忽然道。

禾真嗤了一声，笑道："你不是说从来没看到陆主编和工作伙伴以外的女人在一起过吗？"

"我本来也这样认为，魏西宁算是公司的老人了吧，但安娜好像知道得比他多。安娜说其实陆主编大学里有一个交往的女孩，感情还挺深的吧，这段感情后来不知道什么原因就无疾而终了……"

见对面的禾真长久地沉默，林恬伊才问了一句："禾真，你在听吗？"

禾真这才回过神，笑出声道："我在听啊，可安娜怎么知道得那么清楚？"

"偷偷告诉你，安娜是陆主编的校友。而且她说，当时陆主编的女朋友是被人抢走的。你……想知道那个人是谁吗？"林恬伊神神秘秘道。

"谁？"禾真问道。

"简老板，简嘉伦啊。"

"简嘉伦？"禾真大吃一惊。

"惊人吧，原来简嘉伦和陆主编也是同学呢。这还真是一出大戏，光想想就有点精彩。昔日同学成了商业竞争对手，这就算了，还是情敌呢！"林恬伊光脑补都觉得兴奋。

禾真还没告诉林恬伊，简嘉伦还是陆昀之的哥哥呢。要是林恬伊知道他们俩还有这一层关系，非得把下巴都给惊掉了。

"应该是传闻吧，也不知道真假……"禾真笑道。

林恬伊却不这么认为，说："我看八成是真的。对了，今天的例会没开，主编说明天一起开。"

禾真点点头，敷衍了几句就把电话挂断了。

当晚，她又做梦了。自从同陆昀之的生物钟交换后，她就再也没有做过属于自己的梦，所有的梦境都是属于陆昀之的。

她除了梦见陆昀之，还梦见了林玥。

他们面对面，站在一间空荡荡的阶梯教室里。

深棕色的桌椅，冷白色的墙壁，墨绿色的黑板，又冷又寂静。

林玥一张冷白皮的脸庞上有深深的心事，她颤巍巍地把手中那本《费毒舌》递还给了陆昀之。

戴着眼镜的陆昀之伸手顶了顶镜框，却局促了半天，没有去接。

“对不起，昀之，我们分开吧。”女孩终于开口了。

陆昀之追问道：“为什么？林玥？”

林玥犹疑了半天才道：“昀之，我们不合适……”

话落的瞬间，那本书已经塞到了陆昀之的怀中。她匆匆地从阶梯教室的阶梯上下来，一层又一层，高跟鞋的声音一下又一下，在阶梯教室里回荡，仿佛踏在了谁的心上。

就这么滞然了几秒，陆昀之追了出去。禾真紧跟其后，跟着他一起站在了又长又深的长廊上。

不远处，那个女孩的身边已经多了一个男孩，两个人牵着手走在前方。

陆昀之最后还是没有开口，他目送着两个人渐行渐远。

禾真默默地踱步到他旁边，她想开口安慰他几句，却发现在这个梦里她是透明人，没有人看得见她。他们的故事是一出电影，而她只是一个观众。

她只能眼睁睁看着陆昀之徐徐靠在白墙上，一点一点虚无地蹲下来。最后，他埋头大声啜泣了起来。

这是她第一次看陆昀之哭，虽然是在梦里。

她伸出手，在触碰到陆昀之肩膀的瞬间，大梦终于醒来。

她惊出一身冷汗，去洗手池洗了一把脸，才发现她作为观众太投入。刚刚她是哭了吗？

周一的例会改成了周二的下午，这次参会的人除了往常参会的编辑，作者韩时也到场了。

韩时看起来比他的实际年龄要小上几岁，一头奶奶灰的短鬈发，穿着黑色铆钉机车夹克搭配浅色破洞牛仔裤，脚上一双黑色皮鞋，浑身上下都散发着一种痞气，一点也不符合他写鸡汤散文集的作者人设。

韩时本是 JM 文化的作者，同 JM 文化解约以后，与 Coral Sea 文化公司签了新约，是陆昀之一手把他捧到了一线作者的位置。

会议正式开始，陆昀之今天一身西装笔挺，十分正式地坐在了会议室的主席位。

禾真轻轻抬头看了陆昀之一眼，没想到陆昀之巧合地捕捉到了她的眼神。

两个人的眼神触碰的瞬间，禾真忽然觉得心跳猛地漏了一拍，迅速低下了头。

陆昀之开门见山道："今天的会议我请了韩时一起来参加，他的全国签售会即将提上议程。这次的签售会很重要。"

顿了顿，陆昀之又道："林恬伊，你全程配合韩时，各个城市的签售场地和读者群的推广宣传，让企划部尽快核实确定下来。"

林恬伊点点头，在笔记本上迅速记录，并答道："放心吧，陆主编。"

停顿了几秒，陆昀之又道："另外，这次签售会，我安排禾真一同前去。"

禾真忽然被点名，猛地回过神来："啊？"

过了一会儿，她惊讶地问道："我……我为什么要去？"

说实话，不仅禾真不解，大多数在场的编辑都不大能懂陆昀之的安排。几个知名作者互相捧场开签售会和读者交流会的情况是存在的，但何时了这样的作者，要名气没名气，说作品吧，确实还没有作品，而前段时间还深陷抄袭的新闻，最多算是个小透明，尾随一大佬作者去开签售会能干吗？

难道禾真是去给韩时做助理的？

可陆昀之显然不想解释这一切，他淡淡地回了一句："这是公司对你的安排。"

轻描淡写的一句话却堵得禾真哑口无言，她欲言又止，但最后还是没有在会议上提出来。

等到例会结束，她兴冲冲地尾随陆昀之进了主编办公室。

办公室的门合上，陆昀之并未抬头，而是低头在案台上处理文件。似乎沉默了很久，他才开口："你对这个安排有意见？"

她开口问道："我为什么要跟着韩时？那是他的签售会。"

陆昀之起身，走到咖啡机前为自己倒了杯咖啡，然后站在巨大的落地窗前，语气淡淡地道：“那又如何？”

“他的签售会，我去当助理吗？”禾真反问道。

“你可以当成是自己的签售会吧。”陆昀之的嗓音过于冷淡。

禾真心里很不是滋味，喉咙微动，问道：“陆主编，你是因为那天的事情，所以故意整我的吗？”

陆昀之猛地回身，眸光冰冷，轻动薄唇：“我没那么无聊，禾真。”

“公司有公司的安排，整你对公司有什么好处吗？”

眼前这个男人的话毫无破绽，禾真却还是有些顾虑：“可是陆主编，我的《雨后微光》还没写完……”

陆昀之沉默地搁下咖啡杯，杯子里的褐色液体正徐徐荡漾，一波一波的涟漪让禾真有些许压力。

“这正是我要提醒你的，韩时的签售会是从下个月开启。在此之前，你这本书的第一部必须完稿，完稿之前会在新刊《Shiny》上连载，并在 VC 文学网站同时连载，两个月后出版上市。”

陆昀之的一系列安排早已计划妥当，万事俱备，只差她的文稿。

禾真有些感动，半天不知该说些什么。

“谢谢你，陆主编。”她轻声道，“谢谢你为我做的……那些安排。”

“我为你提供了公司可以给你的资源，如果你这个稿子的质量太差，那么我需要郑重地告诉你，再好的资源也无法把垃圾变成金子。”陆昀之面无表情，话语严厉。

“我会努力的。”

禾真默默地退出主编办公室，刚刚合上门，回头的瞬间偏偏正面撞上了一个人。

韩时微微扬眉，斜着唇笑出声：“师妹，小心点啊……”

师妹……

禾真对这个称呼感到不适。

韩时大笑了两声：“你都要跟着我了，就别这么生疏了。要不，我们抱一下吧……”

抱一下？

禾真彻底傻了眼，且不说外头大厅里大家来来往往，就算只有他们两个人，这抱一抱的礼仪，禾真显然吃不消。

禾真面色赤红，急忙退后一步，谁想韩时笑得更加开心了。

“哈哈哈——不好意思，唐突了。”

禾真保持微笑。

“你看过《嗨，道奇》这部动画片吗？”

“道奇？没有……”

“我的小侄女特别喜欢，这部动画片的最后一句一定是——阿奇，抱抱……”

话落的瞬间，韩时半眯着眼，已经张开双手就要抱她。

就在禾真避之不及的瞬间，主编办公室的门打开了，陆昀之立在门口，冷冷地瞥了韩时一眼，说：“阿奇，抱抱？你可以抱我。”

韩时迅速收起双臂，朝陆昀之挑了挑眉：“陆主编，我抱你……就不太美好了。”

“那你想抱谁？”陆昀之微微提高了音量。

“哈哈哈——”韩时大笑着掩饰自己的尴尬，“陆主编，我不过是跟何时了师妹开玩笑呢！”

“好笑吗？”陆昀之冷冷勾唇反问。

韩时摸了摸鼻尖，显然有点尴尬，禾真看到韩时吃瘪的模样倒是有点好笑。

“你还不去写稿，这个月写得完吗？”

陆昀之把战火转移到禾真的身上，她边低头，边逃命道：“遵命，主编。”

见禾真走远，陆昀之不动声色的表情里竟起了一丝不易察觉的涟漪，并很快被韩时察觉了。

两个人走进主编室。

韩时还保持着意味深长的笑意。

合上门，韩时俨然一副主人姿态往沙发上一坐：“不是我多嘴，你对新人可要温柔一点，人家还是一个小女生。”

“我不够温柔吗？”陆昀之反问道。

“你恐怕是对‘温柔’这两个字有什么误解吧？”

韩时仿佛听到了很好笑的笑话，又点了点头："好吧，但仔细想想，至少你对她可比对别的女人温柔。"

顿了顿，他又懊恼地轻拍嘴："不对，陆昀之，这些年你哪里有别的女人？"

陆昀之没有说话，韩时起身，来回踱步，恍然大悟："不对，陆昀之，你对禾真不一样。"

陆昀之轻笑了一声："哪里不一样？"

"你对她太好，陆主编，你对她可比对当年的我好多了。"

韩时饶有兴致地往沙发上一坐，双腿交叠，显然是对陆昀之的态度感到好奇。

陆昀之从冰箱里拿出一瓶无糖可乐甩给韩时："知道你喜欢可乐，无糖的。"

韩时打开可乐拉环，轻轻抿了一口，意味深长道："说实话，我还是喜欢有糖的。比如你和何时了就……很甜……"

陆昀之半眯着眼，狠狠地瞪了韩时一眼。

韩时继续道："你跟禾真不好吗？我挺喜欢那个女孩的……"

"你喜欢她？"陆昀之的脸色忽然沉下来。

"单纯是欣赏，那么单纯又执拗的女孩不常见。"韩时又道，"我有看她的新闻，她本来都是人人喊打的抄袭作者，最后竟然还没放弃，真是勇气可嘉。"

"据说，她为了求你签下她就耗费了不少力气，都用了潜规则？"韩时喝了一口可乐，沁凉的液体入口后，他畅快地呼了一口气。

陆昀之猛地夺过他手中的可乐，冷冷地道："既然你不喜欢无糖的，那就别喝了。"

"喂——"

"到底是谁跟你说了这些？"陆昀之坐回转椅，下巴扬起。

"你们公司的八卦中转站魏西宁啊，"韩时勾了勾唇，"不仅如此，他还跟我说了一件事。"

"什么事？"陆昀之表示疑惑。

"听说你要跟林玥达成合作？"韩时的神情忽然变得正经起来。

陆昀之没有说话，他没有联系林玥，倒是林玥先找到了他，说起了 JM 文化希望同她达成合作。她是个职业画家，却也有一个自己的工作室专门接插画的工作。简嘉伦同她合作的目的很明显，想气陆昀之。

这么多年，林玥似乎是陆昀之跨不过去的一个坎。

可现在呢？还是那么重要吗？

陆昀之沉默片刻，韩时忽然试探道：“这么多年，你难道还是因为没有放下林玥，所以无法投入新的感情当中？”

“你想多了，韩时。你是写鸡汤的，不是写小说的，别动不动就杜撰剧情。”陆昀之鄙夷道。

韩时持怀疑的态度继续追问道：“我们合作了那么多年，我对你还是很了解的。你对禾真已经超出了对作者的上心。”

“我喜欢她的作品不可以吗？”

“你恐怕不是喜欢她的作品，而是人吧。”

陆昀之伫立在落地窗前，望着不远处的江景。夕阳西下，波光粼粼，好一片黄昏江景。

他不置可否，沉默一会儿说：“真不知道当年为什么要跟你合作，你是写心灵鸡汤类型的作者，而我一直是‘反鸡汤’的作者。”

“恐怕是为了世界和平吧。”韩时轻轻勾唇，有感而发。

陆昀之突然转身，轻轻拍了拍韩时的肩膀，皱眉提醒道：“我劝你签售会的时候穿得正经一点，没有人会相信一个穿着朋克的人可以写出什么高尚的心灵鸡汤。”

“这叫反差萌好不好？”韩时微微耸肩道。

禾真接下来的一个月时间异常忙碌，她的《雨后微光》还没写完。她本来是打算写成系列文的，前期计划为三部，这个月只需要完结第一部，全文大概十八万字。她如今虽然已完成十万字，但还有八万字必须在月底前完结。

八万字要在一个月内完结并不难，但这个月除了完结，还得完成第一部的修稿和定稿。

时间还是很赶，接连几天，禾真从公司出来已经是晚上九点。她走出办公室，总能看到大厅漆黑一片，而主编的办公室仍旧灯火通明。

好几次，她想敲响他的办公室的门，但最后都放弃了。

那天，她把林玥的联系方式给了陆昀之。他对她失望和生气的模样至今还历历在目，禾真咬了咬大拇指的指甲盖，轻轻叹了口气。

也不知道陆昀之有没有联系林玥?

可是这和自己有关系吗?

她背起坤包，走路又慢又轻。路过主编办公室时，她却加快速度，不料背后却突然“嘎吱”了一声。

主编办公室的门打开了。

她猛地回头，黑漆漆的玄关只有一盏昏黄的声控灯亮了。

她对上了陆昀之一双熠熠生辉的眸光。

“陆主编，你……你好……”她有点语塞。

陆昀之轻轻点头，眸光清淡：“这么晚？”

“嗯，在写稿，晚上灵感容易爆发，之前我能写通宵，如今只能抓紧晚上的几个小时。”禾真是在说生物钟变化后的改变。

她微微抬头，陆昀之轻轻点了点头，脸上还是没有表情。

两个人沉默的瞬间，玄关的声控灯又灭了。

“我们走吧。”陆昀之忽然迈开了脚步。

灯光再次短暂地亮起，禾真跟在那双大长腿后，两个人各有心事，这样的沉默让禾真感到很心虚。

两个人并肩走出公司，一起下了电梯。陆昀之按了负一层电梯，禾真按了一层电梯。

电梯徐徐往下，陆昀之目视前方，问道：“要我送你一程吗？”

一楼已经到达，禾真摇了摇头道：“不用啦，我一个人就可以了。”

陆昀之也没挽留，点了点头，目送她出了电梯。

禾真到了电梯口，才发现前方黑漆漆一片，狂风大作，疾速的暴雨打在了水泥地上，发出噼里啪啦的声响。

早上出门的时候还是阳光明媚，没想到现在却倾盆大雨。

她今天没带雨伞，正发愁呢，忽然看到陆昀之的黑色轿车从停车场开上来，径直往大厦的方向驶来。

禾真连忙挥了挥手，叫道：“陆主编——”

可陆昀之似乎没有看到她，径直把车开走了。

禾真看着黑色轿车渐行渐远，不禁懊恼不已。刚刚直接让他载自己一程就好了，还矜持个什么劲啊！

禾真看着灰蒙蒙的天，哀叹了一口气！

这雨下得可比依萍找她爸要钱那天大得多！

陆昀之移动着方向盘，放慢了速度。刚刚他在大厦门口明明看到了冲自己挥手的禾真，却还是踩了油门加速离开。

他是故意装看不到她。

他的气还没消，雨刮器有规律地把玻璃上的雨水带走，眼前还是一片雾蒙蒙的。

前方的红灯灭了，绿灯亮起，陆昀之心一紧，过了路口，突然掉转车头往 Coral Sea 大厦驶去。

不过一个转弯，他就回到了原来的地方，可那个女孩不见了。

这个点又下这么大的雨，肯定不好叫车，人怎么不见了呢？

陆昀之拿起手机，正想打电话，却忽然看到了禾真的身影。可看到她的同时，他也看到了她身边的祁承。他撑着一把黑色格子大伞，把禾真送进了停在一旁的轿车里。

陆昀之的眉眼间有着浓浓的怒火，他迅速掉转车头，风驰电掣，往车水马龙的街道驶去。

禾真端坐好后，祁承递过纸巾道："擦一擦吧，雨太大了。"

"谢谢啊，祁学长。"禾真感谢地接过纸巾，又道，"还好你正好经过，不然我还不知道怎么回家呢。"

祁承微微笑了笑，只有他自己心里清楚是不是正好经过。

沉默了两秒，他又问道："那张便利贴给陆昀之了吗？"

禾真手中的动作忽然停滞，回道："我给了，但是我不知道他会不会联系林玥。"

"那……你希望他联系吗？"祁承忽然问道。

禾真迟疑了一会儿，回道："祁学长，你为什么这么问？"

祁承淡淡地勾了勾唇，意味深长道："你知道的，我为什么这么问。"

禾真不说话了，这猜谜语的游戏她不玩还不行吗！

《雨后微光》终于卡在月底完结了，作为作者的任务已然完成，而后续基本都交给了林恬伊安排组内的编辑继续跟进。

这天，林恬伊组织开了一个小会，汇报了《雨后微光》一些版权开发的情况。如今正是约画师给《雨后微光》画封面的关键时期。

林恬伊显得很遗憾地道："其实 Amy 的出走对我们公司的损失还是很大的，她是个很有天赋的画手。如果有她在的话，《雨后微光》的封面根本不用发愁。"

其实之前 Amy 被 JM 文化挖走，多多少少也是受了不少魏西宁打小报告的气。

"现在公司还有哪个画手手上会空一些？"林恬伊问了一下在场的几个文字编辑。

大家纷纷摇头，林恬伊倒是提出了自己的想法："我想约阅林工作室的首席为《雨后微光》画封面。"

魏西宁不敢相信："你想约阅林工作室的首席？"

其实林恬伊也没把握，如果约阅林工作室的普通画师还有可能，但是这位首席的名气太大，而禾真只能算是新人作者，这本《雨后微光》也只算一位新人作者的书。如此说来，不知道这位首席画师会如何想。

"听说 JM 文化想和她签长约，但是她拒绝了。她还是自由人，可以自由接单。"林恬伊解释道。

"林组长，不是我打击你，你约得上这位首席画师的概率恐怕比火星撞月球的概率还要小。"魏西宁捏着嗓子，小拇指一扬，显然不看好。

"不试试又怎么知道。"林恬伊有自己的坚持。

魏西宁又泼了一盆冷水道："你要想啊，主编的安排是《雨后微光》在两个月后上市，在时间这么急的情况下，林组长真的要去做这种不可能的争取吗？"

"我不觉得没有希望。"林恬伊望向禾真，笃定地道。

作为禾真的闺密，林恬伊看起来畏首畏尾，处处谨小慎微，但她下定决心的事情也难以动摇。林恬伊在这方面比禾真要专业，禾真本来就是来参会旁听的，她相信闺密，也表了态："我相信林组长。"

在场的编辑不再说话，但心里其实都不太相信林恬伊可以约得上这位画师。

散了会，林恬伊当机立断，决定会一会阅林工作室的首席画师。

没想到林恬伊当天就有了好消息，兴冲冲地找到禾真："禾真，我找了一个初中同学，她有一个发小大学是学美术的，联系上了……”

“说重点。”

“我……费了九牛二虎之力终于联系上了那位画师！”林恬伊兴奋不已。

“真的吗？”禾真忽然跳起来，差点要拽住林恬伊的手转圈圈了。

“她在机场，我们还有一个小时，我觉得你是这本书的原著作者，你最合适把想要的感觉告诉她了。如果今天能成功说服她为《雨后微光》创作，这样等她出差回来，我们可能可以看到初步的构思。”

林恬伊全程都很兴奋，从开始制作禾真的书，她就显得比对待其他书更加专注和认真。

闺密的书交给她来策划制作，她仿佛有一种同禾真一起完成一个伟大的作品般的荣誉感。

林恬伊抬手看了看时间，匆匆叫了滴滴。

禾真把文稿打印出来，准备带到机场给这位首席画师看看，找找感觉。

两个人下了车，火急火燎地在机场寻觅了一圈。

林恬伊给对方打了几个电话，却都无人接听。好不容易有人接起电话，她跟对方说了几句话后，欣慰地道：“还好我们来得及时，对方还没走。对方在机场的星巴克里候机。”

禾真也隐隐有些激动，根据林恬伊的说法，这位画师也是一位漫画家，经常在世界各地办画展，是后来创办的阅林工作室，签约了一批插画师。但作为老板，她基本不接这种不足挂齿的生意。

可她竟然接下了《雨后微光》的封面，实在属于破天荒了。

两个人走进咖啡馆，在靠窗的位置终于寻到了那位大师级画师的踪迹。

禾真一眼就认出了她，她就是林玥。

在她的梦里，林玥还是个大学生，绑着一个马尾，调皮又可爱。而如今的林玥穿着一身西装套装，西装短裤外的两条腿又长又白，令人羡慕。

禾真驻足在门口，迟迟没有迈出脚步，直到林恬伊催促道：“禾真，你怎么了？”

“哦……没事。”

禾真回过神，紧跟在林恬伊身后。两个人走到林玥跟前，林玥起身，勾起一抹精致无比的笑容。

阅林工作室，反过来念不就是“林玥”的谐音吗？

她有点懊恼，怎么现在才发现这样的端倪。如果林恬伊早告诉她阅林工作室的首席画师就是林玥，她还会来吗？

应该不会了吧……

林恬伊与她客气地握手，又向她介绍道：“你好，这位是我们的作者何时了小姐。”

禾真递过文稿，对着林玥笑道：“林小姐你好，这是我的文稿，我打印了前面十几章的内容。如果你有空可以看看。”

林玥笑起来，单眼皮的她气质出众。

“好，我上飞机正好无聊，我会看的。”

“林小姐，我在电话里已经把我的想法跟你说了，我们很欣赏你的画作，很希望能促成这次的合作。”林恬伊小心翼翼道。

林玥笑出声，显得很干脆：“那就合作愉快吧。”

林恬伊微微有点迟疑，她显然没料到会如此顺利。

林玥看出了林恬伊的困惑，解释道：“其实我本来没有什么空，但因为你们是 Coral Sea 文化公司的，我觉得没有问题。”

禾真抬头看了林玥一眼，忽然明白了什么。

她是因为陆昀之才答应给她这样不知名的作者创作封面的吧？

林恬伊很兴奋，林玥又问了一句：“你们……老板……知道这次同我的合作吗？”

林玥小心翼翼地试探着，禾真看着她的表情，猜测陆昀之还没有和她取得联系。

“哦，约画师这种事情各个编辑组的组长自己可以做主，就是需要汇报一下最后的合约内容。”林恬伊解释道。

“哦……”林玥点点头道，“我明白了，我差不多要登机了，等我出差回来再谈合同吧。”

“那谢谢你了，林小姐。”林恬伊万分感谢。

两个人目送林玥拖着行李箱离开，禾真显得有些心不在焉，林恬伊问道：“我看你好像认识林玥？”

在梦里见过算不算认识呢？

禾真抬头看了林恬伊一眼，回道：“林玥，她是陆主编的前女友。”

林恬伊大惊失色：“真的吗？”

“之前我不是跟你说过，我自从同陆昫之互换了生物钟后，就经常梦见以他为视角的梦。而那就是他的梦，梦里有林玥，是他的初恋。”

林恬伊捏了捏眉心，一副“天要亡我”的表情：“那怎么办呢？禾真你怎么不早说？”

“你们一直也没说这位神秘的首席画师的名字叫林玥啊！”禾真回道。

“那怎么办？”林恬伊想了想，又道，“反正合同还没签，我们还有机会反悔的。”

“恬恬……”禾真忽然喊了她，兀自说，“可是你也说林玥确实很适合创作《雨后微光》的封面，如果是普通工作，主编应该……不会介意吧？”

事实证明禾真的揣测是错误的，陆昫之介意，非常介意。

第十二章
特别关照

当他从魏西宁那里得知，林恬伊和禾真出公司是去堵阅林工作室的首席画师的时候，脸色都变了。

他打了个电话给林恬伊，言辞严厉，让她立刻、马上回到公司。

林恬伊此时此刻才深刻地了解到“完蛋”二字怎么写，还好禾真这个闺密够仗义，说回到公司她会单独跟陆昀之谈。

可禾真刚进了主编室，坐在大厅的林恬伊就听到办公室里传出震耳欲聋的“哐当”声。

林恬伊的心猛地一哆嗦，本想找个机会敲主编办公室的门的，可她刚准备敲门的瞬间，自己的手机微信就响了一声。

是禾真，她竟然还有空给自己发微信：“我没事，你千万别进来。”

禾真发完微信，拾起了落在地上的咖啡杯。由于有地毯的缓冲，砸在门上，又掉在地毯上的咖啡杯竟然奇迹般没碎。

“你是故意的吗？禾真。”陆昀之冷冷地问道。

故意？故意接触林玥?

禾真解释道：“我是到了机场才知道阅林的首席是林玥。”

“然后呢？”陆昀之又问。

“才知道那个人是你的前女友……”

陆昀之徐徐走到她跟前，问道：“你知道自己在做什么吗？”

禾真不理解，回道：“我不过是找了可以帮忙创作《雨后微光》封面的画师，我有错吗？”

眼前的女孩理直气壮，瞪着黑漆漆的双眸，像是一只小鹿，无辜又执拗。

陆昀之的喉结动了动，许久没有开口。

禾真又补充了一句：“陆主编，我觉得，不仅我没错，恬恬也没错。因为她是一位负责任的编辑，才会如此着急地去找这位首席画师商议封面的创作。”

陆昀之低着头，一双深咖色的眸子看得禾真心惊胆战。

“好，既然是你的选择，那么我尊重你。”陆昀之却忽然放缓了语气。

可禾真心里有些不是滋味，追问道：“陆主编，你……不生气了吗？”

“你出去告诉林恬伊，下回找别的公司的画师必须先跟我报备。”陆昀之又道。

“是，主编。”禾真用力点头。

陆昀之的神情淡漠，沉默不语。静悄悄的办公室里，只剩下白墙上的日月星辰钟提醒着时间在一分一秒地流逝。

“陆主编，那……我先出去忙了。”禾真弱弱地开口。

陆昀之背对着她，沉默得像一个雕塑。

禾真小心翼翼地转身，脚步落下的每一个瞬间都变得又轻又柔。

直到陆昀之忽然喊了一声：“等等——”

禾真猛地回头，就见陆昀之从红木办公桌上拿起一张淡蓝色的便利贴，朝着她不急不慢地走来。

她一下就反应过来那张便是记录着林玥电话号码的便利贴。

陆昀之把便利贴递给她：“看来我不需要了，林玥很快就会主动联系我，毕竟……因为你，我们很快就是合作伙伴了。”

陆昀之说得无波无澜，偏偏话里有话。

禾真没有去接，而是道：“那给……我是什么意思？”

陆昀之冷冷地勾了勾唇：“把它放回失恋博物馆，或者撕了都行。”

禾真抬头看着陆昀之，知道他是故意在气自己，可自己又未尝不是也气了他一顿。

她最后还是接下了那张便利贴，短短地回了个字：“好。”

接下来的日子，Coral Sea 文化公司编辑部的人都在为两件事忙碌着，第一是策划何时了的《雨后微光》的上市，另外一件事便是韩时的签售会。

大家忙忙碌碌，禾真每次离开公司时总能看见主编办公室透出明亮的光芒。

她懊恼自己为什么不跟他坦白自己的心思，却小家子气地因为林玥而百般纠结。

林玥在出差途中已经把自己对封面的初步构思以邮件的方式发给了林恬伊。林恬伊很意外，合同的流程还未走完，对方敬业的精神让人佩服，特别是这份初步构思和禾真的小说有着千丝万缕的关系，说明林玥确实读了《雨后微光》。

韩时的签售会终于敲定了整个行程安排，除了A市的文博图书城，还会在七个城市举行签售会。

禾真的嘉宾身份也一起摆在了韩时的嘉宾栏上，这则消息一放出来，各种声音掀起了波澜。虽说网上对陆昀之拼死扶禾真上位，这阿斗扶不扶得起感到困惑，但大家这次的态度再也不是一棒子打死了。一些读者对何时了的新作抱有期待。

毕竟米思薇的《夜幽行.2》收到了太多差评。

首先，《夜幽行.2》的节奏和文笔与第一部大相径庭；第二，是米思薇在一次微博的采访中，竟然忘记了《夜幽行.2》的故事情节，答非所问的模样让人质疑这部作品是否出自她之手。

此时，开始有人质疑当年何时了抄袭米思薇事件的真伪。

“何时了是否抄袭米思薇”这个话题高居不下，米思薇开始紧张了。

她急急地蹬着高跟鞋，不顾阻拦的秘书，径直推开了简嘉伦的总经理办公室的门。不想里头不仅坐着简嘉伦，还多了一个女人。

米思薇忽然感受到了威胁，坐在沙发上的女人单眼皮、高鼻梁，穿着白色西装翻领连衣裙，腰收得恰到好处，知性又不失优雅。

简嘉伦有点意外米思薇会突然推门而入，对沙发的女人道：“林玥，我们下次再聊吧。”

林玥徐徐起身，点点头：“好，不打扰你了。”

眼见林玥蹬着高跟鞋出了办公室，米思薇才环抱双臂靠在了沙发上，问道：“她就是你和你弟弟曾经争抢的女人？确实很漂亮。”

简嘉伦轻飘飘地坐在沙发的对面，冷冷地道：“我不喜欢这种说法。”

“哦？”米思薇勾起红唇挑衅，“真相不是如此吗？她回来了？你们想……”

“思薇，我和她分手了，这次我同她谈的是合作……”简嘉伦解释道。

米思薇皱眉，警惕地问道：“什么合作，你该不会要签前女友当作者吧？”

米思薇明显在吃醋，简嘉伦起身轻轻揉了揉米思薇的肩膀道：“你别多想，我打算签下她的画，作为新刊的封面或者插画。”

“为什么？”米思薇猛地回头看向简嘉伦。

简嘉伦的喉结滚了滚：“你不知道，她是我弟弟心中的一根刺。他签下何时了，无非是想跟我们作对，那我们也完全可以利用林玥让他方寸大乱。”

“她同意了？”米思薇问道。

简嘉伦摇头：“没有，我担心她会帮陆昀之。”

米思薇只觉得自己已经是火烧眉毛，其他的事情无法顾及。

“我不管这些，我只管我自己。你要怎么解决我的问题？”米思薇问道。

简嘉伦不再吭声。

“你看了《夜幽行.2》的负评了吗？现在该怎么办？”米思薇紧张地问道。

简嘉伦轻轻吁了口气，说：“能怎么办？”

“我就说蔚蓝做编辑还行，你让她当我的枪手根本不行。”米思薇撩了撩头发，抱怨道。

“那你觉得谁行？”简嘉伦的眸光中涌现出不耐烦，“你不会想让何时了再回来当你的枪手吧？你可要搞清楚，她已经要发布自己的新书了，她可是真材实料的作者。”

简嘉伦把话说得太严重，米思薇气到不行：“当初……”

“当初什么？”简嘉伦提高音量。

“你当初可说要捧我的……”米思薇欲言又止。

简嘉伦走到咖啡机前，为自己和米思薇各倒了一杯咖啡。

他啜了一口咖啡，眸光淡冷：“我当初以为你不过是想出本书过过当作者的瘾，谁想一发不可收拾，你要当作者了。”

“那现在怎么办？”米思薇端过吧台上的咖啡问道。

“只能走一步看一步吧。”

简嘉伦有些懊恼，当初就不该因为追求米思薇而让她当作者。这就是整件事的祸端，现在也只能由他来收拾米思薇留下的残局了。

禾真的《雨后微光》正式在VC文学网站开始连载，她当天更新了一万字，不断地在后台刷最新数据，但点击量依然少得可怜。

更新半个月后，由于在《Shiny》上的连载推动，网上的更新意外地有了起色，评论区内除了催更的评论，最多人谈论的问题是到底谁是凶手。

在文博图书城签售会举行的前一天，她跟韩时先去了文博图书城做前期的准备工作。主持人把大体流程和他们说了一遍，说完后，禾真一个人在文博图书城的门口等候。她仰头一看，那个巨大的LED屏幕正在轮播韩时的巨幅海报，里面还有一张她同韩时的合照，但她只是作为嘉宾得到了稍小的版面。

禾真仰着头看得入神，直到身旁的人忽然道："放心吧，下回LED屏幕上放的就是作者何时了，而我是作为何时了的嘉宾。"

她侧过头一看，身旁的人正是韩时。她微微有点紧张，怯怯地回道："韩老师……我和你不一样……"

"禾真，你犯了一个很大的错误。"韩时义正词严。

禾真微微有点愣怔，小心地问道："错误？"

韩时："禾真，你和我一样，至少有一点是共通的，你和我都是在写作这条路上不断努力的作者，我不相信你没有霸占这个LED屏幕的野心。"

此时，正午的阳光有些刺眼。禾真微微仰头，半眯着眼看着那个LED屏幕。

有一天，她也会出现在那里？而……不是做梦。

回去的路上，韩时开着车不急不慢，再三确认禾真一定要回公司，而不是跟他一起出去浪后，遗憾地道："好不容易有个偷懒的机会，你还要回公司？"

禾真笑道："这一点我跟你是真的不同，我是坐班写手，得正常打卡上下班。"

韩时嗤了一声："看来陆昀之对你可是特别关照。"

"这叫关照吗？"禾真反问了一句，满满的委屈。

"禾真，陆昀之对你不一样。"韩时意味深长道，"他从来没有对一个作者这么上心过。"

上心吗？他应该是还在生她的气吧。

第十三章 我想和你交往

禾真自嘲道："是没有一个作者像我这么惨吧？你不知道我求了陆主编多少次，他才肯给我一个机会。"

韩时忽然笑出声："禾真，你可能不知道，你是第一位作为嘉宾作者出现在我的签售会。不是我主动邀请，而是陆昀之强塞给我的。"

禾真微微脸红。

韩时又道："我没有别的意思，只是想告诉你，陆昀之想借我的签售会给你累积人气和人缘，这是别的作者没有的待遇。"

原来是这样……

禾真似乎到现在才理解了陆昀之的良苦用心。

"他在下血本捧你，你别让他失望了。"韩时又补充了一句。

韩时送她到公司楼下，就开车走了，作为自由职业作者的韩时的生活显然比禾真的丰富多彩多了。

禾真哀叹了口气，刚到公司，就被林恬伊拉到一旁。

禾真急于解释："我去书店看了场地，整个流程也了解了……"

"我不是说这个……"林恬伊打断了她的话。

禾真疑惑道："那是什么？"

"林玥刚刚来公司了。"林恬伊小声道。

"你说什么？"禾真再次确认。

林恬伊回复道："我说，林玥来公司签合约了。"

禾真还没回过神，越过林恬伊就要进大厅，边走边道：“那你怎么还在这里？她不是找你签合同吗？”

“她没找我……”林恬伊欲言又止，顿了顿又道，“她找了陆主编。”

禾真忽然定住脚步，有点发愣。

林恬伊继续道：“刚刚主编让我把合同打印了两份送了进去，你说……主编会不会因为她是自己的前女友，而不打算达成这次的合作？”

“不会。”禾真忽然打断了林恬伊。

禾真这么笃定，林恬伊莫名道：“你……确信？”

“上次我跟主编说了这件事情，他让我们下回再跟公司外面的画师合作的时候，要提前跟他通报。”禾真解释道。

她走进大厅，目光却不自觉地望向主编办公室。百叶窗已经合得严严实实，根本看不清，也听不见，不知道里面到底发生了什么事情。

可禾真还是很好奇，她在原地站了许久，眼睛一眨不眨地只是望着那个方向。

“禾真……”林恬伊不解地拍了拍她的肩膀。

禾真微微回过神道：“怎么了？”

“你刚刚不是还安慰我说合同不会有问题吗？倒是现在的你怎么了，好像很紧张？”林恬伊问道。

“紧张？”禾真也有些莫名，解释道，“没事，我回办公室了。”

她一个人回到办公室，对着电脑里的文档依然魂不守舍。她忍不住望了望外面的大厅，许久也没有看到林玥出来。

她又抬起头看了看时钟，谈了这么久竟然还没谈完？

禾真咬了咬手指甲，实在没忍住，犹豫片刻后兀自去敲了主编办公室的门。

很快里头的男人就说了一句：“进。”

禾真推开门，本已想好了台词，首先向林玥问好，再以自己是作者的身份对封面合同是否敲定问上几句，最后再问问两个人需不需要喝什么饮料。

可真正进入办公室以后，禾真呆住了。

哪里有什么林玥啊？

办公室里只有陆昀之一个人端坐在办公桌前，他微微抬头看了禾真一眼，眸光淡淡地问道：“你找我有事？”

禾真咳了一声，说：“我……我正好要点奶茶，想问主编有没有需要。”

“奶茶？”陆昀之微微扬眉，有深深的疑惑。

禾真心虚不已，面色慌张：“对，公司旁边的商场开了一家网红奶茶店，需要排挺久的队，我想说……”

“除此之外呢？”陆昀之放下笔，双手交握，露出一截冷白瘦削的手腕。

看着陆昀之深深探究的目光，禾真语塞了半天，又道：“除此之外，我以为林小姐还在……”

陆昀之眼尾一敛，不言不笑，只是盯着禾真。

“我想说林小姐在的话，我也给她带一杯。”禾真哽着喉咙，却不自觉地红了耳朵。

她在心虚，心虚得连舌头都捋不平了。

“然后呢？”陆昀之勾了勾唇，饶有兴致地问道。

“我……我想林小姐是业内知名的画师，却特地为了我的封面而来，就想问问有没有进展，或者能提点意见以及给予一些帮助……”禾真吞吞吐吐。

“哦……”陆昀之扯了扯尾音，又波澜不惊道，“晚了。”

“晚了？”禾真问道。

“对啊，签完合同就走了。”陆昀之淡淡地回道。

“哦——”

“你看起来有点失望？”

陆昀之抬了抬下巴，眼角稍稍挑起，兴味越发浓厚。

禾真抓了抓后脖颈，摇着头好像拨浪鼓：“没有啊，我有什么好失望的，那……那我先回办公室了。”

禾真灰溜溜地要开门，逃回办公室，不想背后的人却忽然叫住了她：“禾真——”

这一唤，禾真脚步一滞，猛地转身道：“主编，你有什么吩咐？”

“你还去买奶茶吗？”陆昀之问道。

“买……吧？”

禾真还没吃得那么饱去排队，微微有点迟疑，又不好直接拒绝眼前的男人。

“那帮我带一杯吧。”陆昀之下了指令。

“哦，好的。”

禾真只觉得自己没事找事干，非得说那么一嘴，现在好像真是自找的！

“等等——”

陆昀之若有所思地单手托腮，半眯着眼，含笑补充道：“帮公司的同事都带一杯吧，我请客。”

那一瞬间，禾真觉得好不容易的表情管理彻底崩溃了。

目送禾真离开后，陆昀之起身站在了落地窗前。外面是浅蓝色的天空，平静无澜，时过境迁多年，他依稀记得他和林玥分开的那天也是这样晴朗的天气。

就在半个小时前，他见到了林玥。

五年未见，当她真正站在自己面前，他没想到自己会如此平静。

“昀之，好久不见。”林玥勾着唇，莞尔一笑。

陆昀之淡淡起身，亲自为林玥倒了一杯咖啡。

林玥接过瓷杯的瞬间，笑出声：“我那天去失恋博物馆，没有看到那张便利贴了。我以为是被你拿走了。”

陆昀之轻微抬眉，淡漠地回答：“的确有人把你的联系方式给了我，但我觉得没必要。”

林玥好看的眸光微微沉了沉，保持微笑道：“没必要？”

“该见面的时候总会见面，难道不是吗？”陆昀之反问道。

林玥点点头，说：“昀之，这么多年了，你是不是还在生我的气？我……”

“林小姐，我以为你今天来找我是为了何时了的封面创作的合同。”陆昀之硬生生地打断了林玥的话。

林玥眉头紧蹙，努力笑道：“对。其实简嘉伦找过我，他想签我。但……”

“其实你不必单独找我，法务会和你谈具体的细节。”陆昀之公事公办道。

这样的说辞明显就是在下逐客令，可林玥还是笑了：“很久之后，我会想起自己做的错事，我要以怎样的身份站在你的面前，请求你的原谅。”

“林玥，你没有错。”陆昀之一双深咖色的眸子死寂得如一口古井。

沉默了一会儿，陆昀之眸光清澈，却带着几丝清冷：“那已经过去了，至少在我心里已经过去了。”

林玥的眸光彻底暗淡了，这五年她想过无数次该怎么站在陆昀之的面前。

她宁愿他依然对自己愤恨和厌恶，而不是这样冷冰冰的，如一块冰。

在他心里已经过去了，可自己呢？

她不甘心地问道："如果已经过去，为什么你不重新拾起你的笔？为什么这么多年不当回 Sea ？"

时间回到现在，陆昀之缓缓呼了一口气。

而另一边，看到那家网红奶茶店漫长无边的队伍，禾真只觉得脑壳疼。

林恬伊更是郁闷不已道："明明是陆主编安排你买奶茶，可是……我为什么要陪你来啊？"

"谁让你是我闺密！"禾真双手拍了拍林恬伊的肩膀，又道，"林玥明明都走了，你怎么不跟我说，害我刚刚还……"

"你也没问我她走没走。"

"……"

"我好奇的是你干吗进陆主编的办公室，因为林玥？"林恬伊问道。

"要不然呢？难道我真是为了给陆主编带奶茶？"禾真真是后悔得肠子都青了。

外头的阳光发白，身处队伍末尾的两个人看着毫无动静的队伍，有种绝望的感觉。

"禾真——"

禾真猛地转身，叫她的人竟然是好久没见的蔚蓝。之前蔚蓝作为她的编辑，两个人关系不错。可如今蔚蓝成了米思薇的枪手，真是让人唏嘘不已。

看到她提着一个纸袋，里面装着一杯奶茶，禾真也笑着问好："你来买奶茶？"

"嗯，我给思薇买奶茶。"

JM 文化公司同 Coral Sea 文化公司在两个城区，蔚蓝竟然千里迢迢来这家网红店只为给米思薇买一杯奶茶？

"看来你还挺忙的，还得做助理？"

林恬伊同蔚蓝都是业内的知名编辑，可蔚蓝竟然做起了米思薇的枪手，真是让她感到不耻。

谁都听出了潜台词，是在说蔚蓝不仅要做枪手还得做助理。

蔚蓝的脸色很难看，她脚步一顿，抬头看了禾真一眼，说："很快我也不用为米思薇服务了。"

话落的瞬间，蔚蓝已经加快步伐离开了，徒留禾真和林恬伊面面相觑。

林恬伊沉默了一阵，又道："我是说错了什么吗？"

"你不应该这么酸她。"禾真回道，"虽然我也很想酸她。"

"你刚刚听到她说的话了吗？她说很快就不为米思薇服务……是什么意思？"林恬伊又问道，"该不会是她要放过这么好的职位，辞职？"

禾真摇摇头，林恬伊思忖片刻又道："又或者是……米思薇要辞退她？"

从《夜幽行.2》得到一片差评，米思薇或许已经有了换枪手的打算。

"何时了"的微博粉丝量在这一个月内火速成长了起来，但真正让禾真感觉到自己的存在是在文博图书城韩时的签售会上。

韩时巧妙地回答在场读者的问题，而坐在一旁的禾真已然做好了作为木偶的存在。

可没想到台下的一位读者拿起话筒忽然道："我有个问题想问一下何时了小姐。"

禾真被突然点名，显然有些紧张。她生怕读者旧事重提，提起当年的抄袭新闻。

她怎么解释也无法证明自己的清白，正当她内心纠结万分的时候，那位年轻的女读者问道："你可以剧透一下《雨后微光》的凶手到底是谁吗？"

禾真还在发愣，竟然有读者关心她的作品，突然而来的存在感让她有点泪目。

韩时见禾真久久没回答，笑着打圆场："你让作者现场剧透不太好吧，不过我可以稍微给大家剧透一下。"

因为《雨后微光》来现场的读者似乎并不少，他们议论纷纷——

"到底谁是凶手啊？"

"《雨后微光》的第二部什么时候开始连载啊？"

"《雨后微光》的实体书到底什么时候上市啊？"

禾真从没见过这种场面，她忽然成了一名受欢迎的作者，而不是曾经人人喊打的抄袭作者何时了……

这样巨大的改变，她还没做好准备，讷讷地开口道："谢谢大家的问题，但今天是韩时的签售会，我不能喧宾夺主……”

韩时笑道：“这样吧，大家支持一本《人生歧路》，我就给大家剧透《雨后微光》。”

“韩大神，当真？”

“说话算数吗？”

众人齐齐起哄，韩时食指贴唇“嘘”了一声：“今天的签售会，我还以为大部分的人是为了我而来，没想到是为了何时了而来……”

韩时故作“我柠檬了”的表情：“我今天有点像柠檬精了，但想一想，何时了是我的师妹，我不该酸她的。”

话落的瞬间，韩时的手已经搭在了禾真的肩膀上。

禾真微微移动了一下，有点局促地看着台下的人群。突然，她看到了陆昀之。

他的五官出色，禾真一眼就能捕捉到他。

她微微动了动薄唇，用口型说了“谢谢”二字。

台下的陆昀之，如最璀璨的那颗星，他盯了禾真很久，终于移开了视线。

按照行程安排，禾真还得跟随韩时跑七座城市。

除了养精蓄锐还得筹备《雨后微光.2》，禾真连续跑了三座城市后，终于有点熬不住，回到A市，下了飞机，当天就发起了高烧，请了个假在家里休息。

在家躺了一天，林恬伊打了几次电话慰问，说下了班过来看她。

挂断电话，禾真点了药品代购，买了各式各样的感冒药。她刚放下手机，准备眯一会儿，门铃忽然响了。

禾真暗自觉得奇怪，这药品代购也太快了吧。

她趿着拖鞋，跌跌撞撞地去开门。刚打开门，她就吓了一跳。

哪里是什么送药的人，而是陆昀之。

“陆主编……你怎么来了？”禾真哑着声音问道。

陆昀之神情疏离，兀自进了门：“你生病了？”

“嗯，有一点发烧，但没事的，明天我能去上班……”禾真随手合上门，回道。

陆昀之眯了眯眼，面无表情道：“禾真，你过来。”

禾真有点不明所以，仰头看着陆昀之，问道：“我？”

“这个屋子里还有别人吗？”陆昀之问道。

禾真迟疑一会儿，才慢慢朝着陆昀之靠近。等到跟前的时候，他伸出右手，贴在了她的额头上。

她烧得厉害，而男人的手掌却沁凉万分。

让她原本昏沉沉的脑袋仿佛有了片刻的放松。

她本想贪恋更多，而男人却突然松手，冷冷地道："禾真，你发烧了。去医院吧。"

"不用了吧……我叫了药品外送的服务，这就要送来了……"禾真是嫌麻烦。

"你买了什么药？"

禾真老老实实回道："就是各种感冒药，有满减服务，就多买了几种，凑了个单。"

"你以为点午饭啊？满减？"陆昀之冷冷地嗤了一声。

"……"

"禾真，你变成这样，是有原因的。"

"变成……哪样了？"禾真不解了。

"变得这么笨，大概是吃错了太多药吧。"陆昀之又补充道。

"……"

禾真怎么越听越觉得对方是在骂自己呢！

她最后还是被陆昀之拖去医院打了一针，又开了点药。

陆昀之独自去帮她拿药，而她坐在休息区等候。

转眼，禾真玩了几十盘消消乐，也不见陆昀之回来。

禾真打了几个电话，对方也没接，想了想，还是一个人去取药窗口看看。

人来人往的大厅里，都是病患和家属。

取药处的几个窗口更是人满为患，可禾真还是一眼就看见了身材挺拔的陆昀之。

在人群中，他总是能脱颖而出。

她喊道："陆主编——"

陆昀之回头也看到了她，禾真一路小跑到他面前，才开始后悔。

因为，她在看到陆昀之的同时，还看到了站在陆昀之对面的女人。

是林玥。

禾真微微笑了笑，她现在脸色苍白，素颜的她一定丑爆了。在那么完美的林玥面前，她竟然涌起了浓烈的自卑感。

“你们都认识了吧。”陆昀之平淡无奇地说道，并不想多介绍。

林玥笑了：“怎么会不认识？我现在创作的就是她的书的封面。”

可此时的禾真却有了退却的冲动。

她站在林玥身边，面对着陆昀之竟然无端地涌起一种浓浓的自卑感。

林玥笑了笑，道：“为了画好初稿，我一直在追你的《雨后微光》，刚刚还在问昀之凶手到底是谁，因为书里的每个人都有嫌疑。我用了排除法，也不敢确定凶手是谁。”

禾真讪讪地笑了笑，林玥又继续道：“可……昀之，他说他也不知道。现在遇到作者本尊了，能剧透吗？”

禾真勾了勾嘴角，笑道：“这本《雨后微光》总共有三部，我……只能剧透到这种地步了。”

林玥笑了笑，道：“那么我还得追好久了。你可得快些写。”

陆昀之全程沉默，禾真笑了笑。

林玥又道：“其实我已经画好初稿了，稍后我发给恬伊，其实还是希望你们有空来参观参观我的工作室。”

“有空的话，我会的。”禾真礼貌地微笑。

“我取好药了，禾真，我们先走吧……”陆昀之忽然道。

禾真点了点头，和林玥道了个别，陆昀之也轻声道了个别。

两个人各怀心事地坐上了车，禾真接过陆昀之手中的药，陆昀之忽然道：“后来……我没有联系她。”

禾真忽然侧过头看他，目光闪烁了一会儿，问道：“你说……什么？”

“禾真，那天她来公司签完合同后……”

“我没有联系她，今天是偶然碰上的。”陆昀之侧过头盯着禾真，目光灼灼，仿佛有道特别炙热的光芒在向她袭来。

禾真心一动，侧过头，目不转睛地看着前方。

陆昀之为什么突然向她解释这些，禾真有些心慌意乱。

直到车已经在她住的小区门口停下，她还在发呆。

她猛地回过神，瑟瑟开口道："陆主编……我到了，谢谢你……今天带我去看病。"

"为什么说话突然结巴了？"陆昀之忽然问道。

禾真摇头，她紧张还不行吗？

"没有……就……"禾真回道。

"下回签售会别让韩时跟你勾肩搭背了。"陆昀之忽然道。

"……"

"还有，下雨天也别让祁承送你回家了。"

禾真咳了一声，上回明明是陆昀之看到她，故意不停车的啊！

这还能赖她了？

"否则，我恐怕会生气。"陆昀之深咖色的眸子里是冷漠又温柔的光。

禾真愣怔了，忍不住问了一句："那……你怎样才不生气啊？"

话落的瞬间，她又觉得自己问的问题有点白痴……

她侧过头正想告别，那张冷峻的脸庞已然往她靠近。

是一个不深不浅的吻。

吻毕，陆昀之才郑重地道："这样的话，我就不会生气了。"

完了！

禾真好像觉得自己的烧愈演愈烈了……

她这病是不是加重了？

禾真瑟瑟地开口："那个陆主编……我……我回家了……"

"禾真。"

"嗯？"

"以后除了在公司，你叫我名字吧。"陆昀之面无表情道。

禾真迟疑了一会儿，重重地点头："好……"

"那你现在叫一遍。"

"叫一遍？"

"嗯……"

"昀之。"禾真说完，总觉得哪里不对头……

"嗯。我喜欢。"

陆昀之轻轻地勾了勾唇，笑容越发深了。

禾真看着身旁的男人，漫不经心的笑意和饶有兴致地扬眉都那么赏心悦目。

“禾真，我喜欢你。”

简简单单六个字，却像是一场猝不及防的烟火忽然绽放在禾真的心窝。

一丝惊喜，一丝甜蜜，一丝慌乱，几种复杂的情感交织在一块儿，让禾真的肩膀止不住地微微颤抖。

她不敢正眼看陆昀之，身体都开始变得僵硬了。

“我想起那天我喝醉了，我也说了‘我喜欢你’。”陆昀之又道。

“你终于想起来了……”禾真小声埋汰。

“你说什么？”

“没……没有啊……”禾真心虚地咬着手指头，弱弱地道。

陆昀之的声音低沉，磁性十足，继续道：“禾真，我喜欢你，我想和你交往。你喜欢我吗？”

禾真猛地偏过头，此刻的陆昀之动人的双眸里似乎噙着万千星辰，闪耀异常。

她的喉结滚了滚，最后用力地点点头。

陆昀之满意地勾了勾唇，又道：“除此之外呢？”

“除此之外？”禾真表示疑惑。

“除此之外，没有别的表示吗？”陆昀之问道。

“表示？”

禾真还没回过神，陆昀之忽然俯下身，再次吻住了禾真。

这次不是浅尝辄止，而是灼热又滚烫的吻。

等到两个人松开彼此，空气中还余下了此起彼伏的呼吸声。

禾真忽然道：“那个……你明天会不会生病啊？”

“为什么忽然这么说？”陆昀之问道。

“我这不是怕把我的感冒传给了你吗？”禾真咳了一声，认真地回道。

陆昀之动了动喉结，淡定地勾唇道：“我希望你经常传染给我。”

这是诅咒她的感冒好不了吗？

禾真回家吃了药，睡了个觉，感冒就好得差不多了。没想到她的话第二天就应验了，陆昀之病了。

陆昀之到达公司后，他的咳嗽一声高过一声。禾真倒是神采飞扬，这病好得让林恬伊感到惊奇。

两个人一起在食堂吃饭，林恬伊忍不住疑惑道：“你和陆主编之间怎么那么像神奇的玄学事件？”

禾真埋头吃饭，不敢说话。昨天她和陆昀之虽然互相表达了心意，但是二人约定在公司里还是保持上下级的关系，导致她也没敢跟自己最好的闺密说起她和陆昀之在交往了。

要是林恬伊知道了，肯定惊得下巴都要掉了吧。

“这话怎么说？”禾真持着汤勺问道。

“你看吧，之前你们的生物钟突然调换了，而昨天你还病着呢，忽然就好了。”顿了顿，林恬伊忽然压低声音道，“然后……陆主编今天就病了……”

“是吗？可能是巧合吧……”禾真觉得说谎真是太考验演技了。

那些能把谎言说得像真话的人真是了不起！

“对了，林玥发了初稿给我看，你看看啊。”

话落的瞬间，林恬伊已经掏出手机，调出了手机里的一张画稿。

禾真定睛一看，白色的背景，淡蓝色的雨滴好似一颗摇摇欲坠的泪珠，而远处似乎有隐隐约约的彩虹。

看似很抽象的画，却很符合她的书的主题。

《雨后微光》虽说是一本悬疑小说，但这个小说名也是她内心的真实想法。曾经那段过去正是一场阴霾的大雨，如今终于有了微光，虽然刚刚冒出的微光并不耀眼，但总有一天一定会有彩虹将至。

禾真看得入神，林恬伊推了推她的胳膊。她才猛然回过神道：“我喜欢这个构思。”

“我也喜欢，那我让她完善一下，我们就定了这张图了。”林恬伊又道。

禾真用力点了点头，林恬伊又道：“其实林玥邀请了我们晚上一起去她的工作室参观。”

“我就……不去了吧……还得写稿子呢！”禾真委婉地拒绝道。

“别啊，我都答应她了。而且咱们跟她还是合作关系，你是作者，你不去，我去算什么呢？”林恬伊又道。

禾真有点郁闷，但晚上吃完饭后还是和林恬伊一起驱车去了阅林工作室。

阅林工作室是林玥一手创办的画室，除了她这位首席画师，这个工作室还签约了许多大牌画师，可谓是人才济济，在业内享有盛名。

两个人下了车，在夜色下看到前面一幢仿哥特式建筑，红砖与白墙相间，两个尖拱门独特别致，大门前的两盏铁艺灯影影绰绰，发出晕黄的灯光。

两个人有些疑惑，还以为眼前是个教堂，直到看见了建筑的牌匾，白底黑字——“阅林工作室”。和这富丽堂皇的建筑相比，这牌匾也太简单随性了。

林玥有意在门口等候，今天的她绑了一个马尾辫，穿着简单的T恤和牛仔裤，T恤上还有一些颜料。

“我还以为你们俩不会来呢。”见到禾真和林恬伊，林玥笑着迎了上去。

“怎么会呢？林小姐邀请，我们必须赴约啊。”林恬伊礼貌地笑道。

“这个点，画师大多回家了，我们的画室可安静了。”林玥又道。

整幢建筑冷冷清清，林玥带着二人参观了一下画室。画室保留着老建筑的味道，有些年代感，但从外到里都是形式各异，色彩迥然不同的画作，让人有种从古建筑穿越回画廊的感觉。

“其实我们这个工作室本身是个废旧的教堂，被我租了下来，我一直喜欢有年代感的东西。”林玥解释道，“刚回国那段时间，也不确定能不能把这个画室办好，但很幸运，现在阅林工作室终于成长起来了。”

的确，林玥是个很了不起的人。传闻中，当时的画室只有她一个画师，她能吸引这么多优秀的画师加入阅林工作室，说明她本身的号召力不容小觑。

“林小姐确实很厉害，其实我们Coral Sea文化一直缺少优秀的画师，如果能跟阅林工作室的画师达成长期合作，我相信主编一定会很开心。”林恬伊又道。

林玥却若有所思，仿佛在自问自答：“他……会开心吗？”

林恬伊这才察觉自己似乎彩虹屁吹得过分了，眼前这位可是陆主编的前女友，两个人未来复合不复合都不得而知。可是接下来《雨后微光》的三本封面能和林玥顺利合作，她已经要阿弥陀佛了。

林恬伊故意找了个借口道：“我先去一下洗手间，你们先聊。”

禾真只好接下这个烫手的芋头，聊天她不擅长，和情敌聊天更难，而且还要对着情敌吹彩虹屁。

她只能说一句：臣妾，做不到。

这样沉默了很久，禾真发现画室最里面有个小隔间，林玥笑道："前面是我的工作室，去看看吧。"

禾真点点头，林玥的工作室虽小，但很整齐。本来禾真以为工作室一定要摆放很多画作，可走近一看才发现里面只放着一幅素描画。

禾真看着有点眼熟，纳闷道："总觉得这幅画……"

脱口而出的瞬间，她就后悔了。

这画的不就是陆昀之吗？相似的脸庞，只是发型有所改变，还戴着一副眼镜，让禾真愣了半晌才认出来。

"对，是昀之，上大学的时候我为他画的。"林玥道。

禾真微微动了动喉结，总觉得林玥是故意说给她听的。

为了掩饰慌张，禾真大笑几声道："哈哈哈——原来是陆主编。没想到啊，他还有这么青涩的时候。我不知道他近视……"

"禾真，"林玥偏头定定地看着她，慢慢道，"其实我是因为陆昀之才答应画《雨后微光》的封面的。"

禾真并不意外，她这种知名的画师，能邀请到她创作封面也必须是同她的名气旗鼓相当的作者。

而"何时了"这个名字还不足以让她动容。

只有陆昀之，也只有陆昀之了吧，才请得动林玥。

禾真点点头，故作迷糊道："我猜到，应该是陆主编的名声让林小姐……"

"我是他的初恋。"林玥打断了禾真的话。

禾真有点不知所措，只能点点头。

"所以我有私心，我想借此机会重新靠近他。"林玥坦白道。

林玥如此袒露心声，禾真觉得自己也没必要装糊涂，点了点头道："我猜到会是这样。"

"可是……"林玥的眼神有一丝动摇，她又道，"他说他已经喜欢上别人了。"

禾真仰头看着林玥，咬了咬唇，却忽然有点心慌意乱。

"他说……"林玥沉默了一会儿又道，"他说，他喜欢你，禾真。"

禾真倒吸一口气，陆昀之是什么时候和林玥说的这些话呢……

沉默了一会儿，林玥又道："可……可我觉得，我和他的过去还没过去。"

禾真从没经历过这样的场面，语塞了半天，也没说话。

"从前，我犯了个错误，这次回来我想弥补这一切。"林玥又道，"我知道你不知道的那个陆昀之，他青涩、胆怯、自卑，甚至很孤独。只有我了解他，可以和他分享他的世界。"

"既然如此，你为什么要离开他呢？"禾真突然仰头问道。

脱口而出的时候，她也有点惊奇，自己怎么会有勇气开口问林玥。

林玥鲜艳的红唇动了动，竟然有一点迟疑。

"禾真，你不了解我们的过去！"她蹙着眉头，情绪有点激动。

禾真却不急不慢道："我觉得现在的陆昀之很好，你说我不知道过去的那个陆昀之，但你知道现在的他吗？你了解时至今日成为Coral Sea文化掌舵人的陆昀之吗？"

林玥显然没有想到禾真会正面与她交锋，而眼前这个瘦弱且平凡的女孩身上似乎有她看不见的能量。

现在的陆昀之，她缺席了，缺席了很久。

"我想你也不了解。你参与了他的过去，不代表你可以参与他的现在和未来。"禾真又道。

话音落下的瞬间，林玥感觉全身在激烈地颤抖。

其实她早就明白时过境迁，却还在拼命强求。

"何况，我也在了解他的过去。"

禾真没有告诉林玥，她和陆昀之的生物钟互换了，她打破了他既定的生活轨道，而陆昀之也破坏了她作为"夜行动物"的秩序。

正因为那一对日月星辰钟，他们开始了解彼此的人生轨迹。

而她也以陆昀之的视觉，在梦里探究他的人生。

"抱歉，我说了这些话，但我想林小姐表达了你想说的，我也想表达一下我心里所想。我希望这次谈话只是朋友之间的谈话，不会影响我们的合作关系。"禾真思路清晰，继续道来。

林玥笑了，她忽然恨不起眼前的女孩，相反竟然有些佩服。

“当然，禾真。我一向公事和私事分得很开。”林玥又道。

禾真点点头，她其实很怕搞砸了《雨后微光》后续的安排。

“一个月后有一场校友会，我希望你能陪昀之一起参加。”林玥忽然道。

“为什么？”禾真有些疑惑。

“既然你在了解他的过去，你就会知道，有些过去，他害怕面对，却又必须走出来。”林玥意味深长地道。

禾真若有所思地点点头：“谢谢林小姐对我说这些，也谢谢你带我参观了你的画室，我相信我们之后的合作都会很愉快。我就先告辞了。”

“再见，禾小姐。”林玥勾着唇，保持着微笑。

禾真转身迈出脚步，看到林恬伊一脸目瞪口呆地站在门廊。她迅速拉过林恬伊的手，走得洒脱又果决。

直到走到画室的门口，她才缓缓吁了口气。

刚刚的自己好像也没有败下阵来吧……

阅林工作室所处的位置不好打车，等她们好不容易打上了车，林恬伊终于憋不住了，开门见山道：“禾真，你真的和陆主编……在交往？”

还没等禾真回答，她又补充了一句：“你们刚刚说的话，我都听见了。”

禾真咬着唇，心虚地看向林恬伊道：“他是向我表白了……但我也没表示接受……”

“什么？表白了？”

曾经，林恬伊觉得自己的闺密求史上最难搞的主编签下她的稿子比登天还难，后来陆昀之不仅签了何时了这个作者名，还把禾真整个人给签了？

“嗯。”

“那你们……亲了吗？”

禾真面红耳赤：“亲了……吧。”

“亲了吧？什么？！”

“奇怪吗？亲了也不止一两次了吧……”

禾真吞吞吐吐，总觉得坐在前方的司机应该对她们的谈话也十分有兴趣。

“禾真！你也太对不起我了！你们背着我偷偷交往，竟然也不给我透一丝风？”林恬伊愤恨不已。

“陆主编的意思是不希望影响公司的气氛，我也想找个机会……”

“算了！”林恬伊大手一挥，义愤填膺，“禾真，你也太渣了！”

禾真有点无辜。

“但你刚刚怼林玥的时候酷爆了，”顿了顿，林恬伊又揽过禾真的肩膀道，“所以，我原谅你了。”

禾真对林恬伊的大起大落起伏的表情感到惊愕，连坐在驾驶位的司机都忍不住轻轻咳了一声。

她们的友谊果然很难懂。

但禾真懂，就像陆昀之，外面的人很难懂他，而她觉得自己真的懂他。

第十四章 作者“Sea”

今晚发生的事情，让禾真回到家后还心事重重。她本来打开电脑想写一会儿小说，可打开文档的瞬间，也打开了百度。

她搜索了一下作者“Sea”的简历。虽然Sea这个名字已经离开文坛很久，可是搜索引擎还是能搜索到他不少的新闻。

她点开了Sea的采访，粗略地浏览了一遍，看到了一个采访问题：是什么契机促使你开始写作的呢？

Sea的回答是这样：我的契机很奇怪，我的女朋友正在看《生活大爆炸》，她在看别人的作品，而我想让她看我的作品，我不会拍戏，也不会唱歌，那我只能让她看我写的书了。就这样，我成了Sea。

这个回答天衣无缝，竟然还带着些幽默的情调。

禾真咬了咬手指，刚准备关掉网页，放在电脑旁边的手机就响了起来。

来电人是陆昀之。

她犹豫了一会儿，接起后问道：“你怎么还没睡？”

陆昀之冷冷笑出声：“你忘了吗？我晚上都睡不着……”

对哦，她怎么忘了。

“倒是你，怎么还没睡？”

此时的陆昀之正在阳台上，他整个人惬意地躺在沙滩椅上，仰头望着繁星点点，凉风习习，他换了个手拿手机。

“我……在看新闻。”禾真老实回道。

“谁的新闻？”陆昀之又问。

“你的新闻。”

“是在夸 Coral Sea 文化公司的主编陆昀之吗？”他勾了勾唇，漫不经心地问道。

“是在夸你，但不是因为你的主编身份……”禾真欲言又止。

陆昀之笑了一声，问道：“那是因为什么？”

“因为你的作者身份。”

听筒对面的陆昀之忽然沉默了，禾真仿佛可以听到他的呼吸声，沉重且有难言之隐。

“禾真，你想说什么？”陆昀之问道。

“我想问，你为什么不当作者了？”

对面太沉默，让禾真忽然觉得对方不存在。

顿了顿，她还是继续问道：“是因为林玥吗？”

这大概是禾真知道陆昀之是 Sea 以后就缠绕在心里的问题，她想得到当事人的回复。

听筒对面的人依然一片死寂，这样的寂静仿佛一池深潭水，毫无动静。

禾真咬了咬唇，终于放弃：“如果你不愿意回答就算了。”

“不是。”陆昀之的声音醇厚低沉，顿了顿，他又道，“不是因为林玥。”

“哦。”

“你还想知道什么？”陆昀之又问。

“没有了，那我睡了。”禾真又道。

挂断电话，禾真踱步到阳台。夏日的热浪未退，吹拂而过的烈风预示着要变天了。

禾真关上窗户，天边就划过了一道闪电。

雷声响起，大雨倾盆，禾真这一晚睡得很不踏实。

辗转反侧，林玥为陆昀之画的那幅素描画来来回回在眼前出现。

禾真的眼前是一个深不见底的画室，她见到了画架上的那幅素描画，伸手要触及时，偏偏一切又变得虚无。时空辗转变化，一个新的场景又出现在她的眼前。

她抬起头，白墙上是一款老式的挂钟，有些年代感，时针徐徐转过表盘。

“嘀嗒——嘀嗒——”

不急也不慢。

“陆昀之，你可以解释一下你的毕业论文为什么和简嘉伦的大部分内容雷同吗？”

禾真走近瞧了瞧，终于看清了身处的地方是一间办公室。一个四十多岁的女人坐在办公桌前，神情凝重。

而背对着她站着的人正是陆昀之。

此时他的身板还很纤薄，肩膀微微颤抖。

陆昀之大惊失色：“雷同？怎么可能？”

“你们是同一组的，但不意味着可以抄袭。”老师厉声道。

“我抄袭他？为什么不是他抄袭我的论文？”

“简嘉伦同学的论文提早两天交了，而你在他之后，从时间先后来说，你抄袭他的可能性会更大一些。”老师早已有了自己的判断。

陆昀之摘下眼镜，半天没有说话。他推开门跑出去，禾真追了他一路，不知追了多久，直到一间教室门前才停了下来。

陆昀之把简嘉伦从教室里拽出来，大声道：“简嘉伦，你为什么抄我的论文？”

简嘉伦冷冷地笑了一声：“陆昀之，你不要乱说。谁抄你的？我的论文比你早交上去。”

陆昀之憋了满肚子的怨气，全校的人都不知道眼前的男人是他的哥哥，因为简嘉伦每次的调查表永远空置母亲的姓名一栏。

最近，简嘉伦住在他们家，生活在同一个屋檐下。简嘉伦想找出他的论文，想要动手脚简单至极。

可陆昀之不愿意说，不愿意承认眼前的男人是他同母异父的哥哥。

“虽然我们是同一组的，做的是同一个项目的研究，但不意味着你就能借鉴我的论文。”简嘉伦面不改色，理直气壮。

陆昀之眉宇隐隐抖动，寒怒骤然冒起，他没有预料到简嘉伦可以同自己正面对峙。

身旁围观的学生越来越多，而陆昀之却半天没有开口。

他开不了口，他拥有这样一个同母异父的哥哥。

“简嘉伦，我再问你一遍，你到底有没有盗用我的论文？”陆昀之紧紧攥着拳头，深不见底的眼里全是愤怒。

“我简嘉伦对天发誓，我没有盗用你的论文。”简嘉伦冷静地回道。

陆昀之已经忍不住满腔的怒火，大声道：“你再说一遍。”

简嘉伦冷冷地笑出声道：“陆昀之，你不能因为我没有妈妈就这么欺负我。污蔑我抄袭你……”

没有妈妈？

陆昀之不能忍受简嘉伦这么说。

“你在胡说些什么？”陆昀之提高了音量。

一拳猝不及防地袭来，简嘉伦重重地倒在了地上。他瞪大眼睛看着陆昀之，从母亲改嫁，有了陆昀之后，他就无法忍受这个不过小他两岁的弟弟的存在。

陆昀之太聪明，掩盖了他本该有的光芒。

简嘉伦起身，嗤笑一声道：“怎么？你有什么想说的？你不过是个影子而已。”

影子？

像是击溃了陆昀之最后一道防线般，陆昀之再次一拳击打在了简嘉伦的身上，一拳又一拳，丝毫不手软。

而简嘉伦也不回手，围观的人群越来越多，直到一个女孩冲进了人群，扶起了简嘉伦，扯着嗓子哭道：“昀之，别打了，别打了，好吗？”

陆昀之终于停手，他定定地注视着那个女孩，他喜欢的女孩——林玥，泪水涟涟地求他。

她心疼地看着身旁的男生，却不知简嘉伦的虚伪。

陆昀之轻飘飘地吁了口气，不再解释。他转身离开，走得沉重又孤寂。

禾真从梦中惊醒，还是夜里，她起身去喝了一口开水。那一刻，她忽然能理解那个陆昀之。

那个自卑、冲动、孤独又无能为力的陆昀之。

而现在的陆昀之，他开着车穿梭在这座夜色撩人的城市，从生物钟发生变化后，他成了彻头彻尾的“夜行动物”。虽说如此，他也很少在夜晚开着车外出。

可今夜的他有太多心事无处诉说，他打开车窗，迎着夜风在马路上驰骋。

直到手机响起，他才回过神，接了起来。

“昀之，还没睡？”

是妈妈，陆昀之熟悉这个声音。

“我还想你睡了，因为你睡觉时手机都会关机，我打了电话也不会打扰你。”顿了顿，许慧才低声道，“妈想你了。你什么时候回家吃个饭吧。”

“最近比较忙，公司作者的签售会刚刚开启……”陆昀之自知这是个借口。

许慧沉思了片刻，也不强求：“那就等你有空的时候。”

“嗯。”

“今年妈妈的生日，你来吗？”许慧在恳求。

陆昀之的喉结滚了滚，半天才道：“嗯。好。”

他迅速挂断电话，这么多年，他到底还是没能原谅母亲。

第二天，禾真早早地起床开始收拾行李。她下午就要陪同韩时一起去 X 市参加签售会，作为嘉宾的她为服装烦恼了一个小时。

之前她都是宅女，宅在家里写作，这会儿突然有了签售会的活动，如果只是两三场，她还有衣服应对。可这么多场，怎么也得备几套正装吧。

她彻底发愁了，下午的飞机，现在哪有空再去逛商场挑衣服？她思忖片刻后打了个电话给林恬伊，让她先借自己两套正装。

林恬伊说待会儿送过去，等了一个小时，禾真终于听到了门铃声。

她开门的瞬间，还准备给林恬伊一个大大的拥抱。可看到眼前的祁承，她彻底傻眼了。

“祁学长，怎么是你？”禾真疑惑道。

祁承淡淡地笑了：“我代替恬伊给你送衣服啊。”

禾真满脸困惑，祁承代替林恬伊给她送衣服？

祁承笑起来：“你打电话给恬伊的时候，我正在你们编辑部。”

禾真还是不解，祁承又解释道：“之前你们的新刊到我们失恋博物馆做了实地采访，后来就邀请我去你们公司做一些个人采访补充。”

禾真想起来了，《Shiny》在做一个叫“我就是这样的人”的主题访问，采访的人都是一些奇奇怪怪的新颖行业上的人物。而祁承作为失恋博物馆的老板，也接受了邀请。

祁承递过一袋衣服道：“我送恬伊回去取了衣服，她还有点工作上的事就先回公司了，我就顺路给你送了过来。”

禾真真是太感谢了，笑道：“祁学长，你真的是‘及时雨’啊。”

话落的瞬间，她接过衣服看了一下，然后放进了行李箱。

倒是祁承提醒她道：“你要不去试试吧，要是不合适，就去X市买一套。”

禾真点点头，提着两套衣服去卧室试了一圈，觉得还是其中一套黑色的西装比较合身，重新打开卧室的门，开口问道：“我觉得还是这套黑色小西装比较适合我……你觉得呢？”

“我觉得不太合适。”

禾真还在对着落地镜仔细地端详，转身的瞬间吓了一跳。陆昀之正端坐在自家的沙发上，双脚交叠，脸上漾着若有似无的笑意。

而祁承站在一旁，无奈地耸耸肩道：“陆主编按了门铃，我就替你开了门。”

禾真有点无奈：“陆主编，你……你怎么来了？”

“来看看你不行吗？”陆昀之饶有兴致地反问。

怎么会不行，禾真慌忙点头：“当然行了。”

话落的瞬间，禾真抬手看了看时间道：“就是时间差不多了，我得赶去机场了，没法好好招待陆主编。”

“我送你吧。”

“我送你吧。”

两个男人异口同声，禾真有点尴尬，不知该拒绝谁，只好道：“没事的，我自己打车去吧。”

“还是我送你吧，我正好有事情要嘱咐韩时。”

陆昀之说得自然，但禾真知道，他哪有什么事要嘱咐韩时，这不过是他的借口。

禾真不好再拒绝陆昀之，只好向祁承道谢道：“那我还是坐陆主编的车吧，麻烦祁学长特地送一趟衣服了。”

祁承点点头，笑道：“没事，举手之劳。”

送走祁承，禾真随便收拾了一下，就跟着陆昀之下了楼。

陆昀之把行李箱抬上车后，上下打量了她好几眼，道：“我不太喜欢你穿别人的衣服，因为不合适。”

禾真坐上车，绑好安全带说：“时间那么紧，哪有时间买衣服啊。”

“去 X 市买啊。”陆昀之启动轿车，不以为意道。

“你该不会是让韩时陪我逛服装店吧？”

“哦，那我不允许。”陆昀之简短地回道。

禾真偏头看了他一眼，身旁的男人补充了一句：“不过没关系，有我在。”

禾真眨巴眨巴眼睛半天，有点不解地问道：“你的意思是……”

“我的意思是要陪你去 X 市买衣服。”陆昀之波澜不惊地回道。

“你……不是也要去 X 市吧？”禾真一脸愕然。

陆昀之漫不经心地挑了挑眉：“很奇怪吗？”

如果是在 A 市办签售会，陆昀之出席并不奇怪。但如果是去外地，据林恬伊的说法，陆昀之大多不会出席。因为陆昀之不习惯睡酒店的床，所以每次出差，陆昀之都要带一大箱子的床上用品。

“可是前面几个城市您都没有参加，这次怎么……”禾真欲言又止，有些奇怪。

陆昀之眼尾一敛，瞳仁里有别样的情绪：“就是你跟他去了太多城市，我有点不放心。”

“不放心我吗？”禾真思来想去，觉得自己每次都挺乖挺配合韩时的呀！

“与你无关。”

“你不放心韩时？”禾真十分困惑，“韩时是个挺专业的作家，签售会他自己也能调动气氛，你不放心……他？”

“嗯……”陆昀之拉长尾音。

他目视前方的路况，薄唇轻微勾起：“我是不放心，你和他。”

我和他？禾真更纳闷了。

主编的心思不好猜，不好猜啊。

到了机场，禾真还以为陆昀之没有带行李，后来发现她错了，紧跟着他们的车后还有一辆车。

直到陆昀之的私人司机拖了两箱行李下车，禾真顿时目瞪口呆。

她忍不住问了一句："陆主编，你都带了些什么？"

陆主编思忖片刻，认真地看着禾真说："其实也没带什么，余留了一个空行李箱……"

"干吗用？"禾真眨了眨一双圆眼，真是好奇。

见面前的女孩一双乌黑幽亮的眼睛闪烁着盈盈光芒，他忽然大手一挥，径直把禾真的小脑袋搂到了他的怀中。

禾真动弹不了，只能任凭他的气息在禾真的周遭慢慢蔓延。

他半眯眼睛，温和地开口道："把你装进行李箱。"

禾真吓了一跳，径直从陆昀之的怀中逃出来，惊恐地看着那两个大行李箱。

"开玩笑啦。"陆昀之轻飘飘地勾了勾唇。

眼见他迈着大步走在前面，司机帮忙拖着两个大行李箱紧跟其后。

禾真嘟囔了一声："什么时候也有人帮我拖行李呢。"

韩时看见陆昀之也有点惊讶，正想热络地聊几句，不想陆昀之戴起了深色太阳镜，端起了并不想跟他多沟通的态度。

韩时明明很生气，却只能微笑着对禾真道："禾真，没想到陆主编这么有空陪同我们一起出席签售会。"

禾真干巴巴地笑了一声，做出一副"我也不知道陆昀之要干吗"的样子。

"我们可得好好利用陆主编服务我们的这个机会。"韩时又补充了一句。

环抱双臂坐在候机室的陆昀之微微勾了勾唇，对韩时道："韩时，你帮我买杯咖啡吧。"

韩时愣了两秒，也懒懒地坐下来道："陆主编，为什么是我？我又不是你的助理，何况马上就登机了，飞机上有咖啡喝。"

陆昀之点点头，轻松地耸耸肩道："也对，韩时是我们公司的作者，不是助理。对不起了。"

"只是最近你的新作品我看了一下，稿费确实太高了，我想我需要时间再考虑考虑。"陆昀之补充道。

"陆昀之，"韩时深吸一口气，骤然起身，踱步到他跟前道，"我忍你。"

三个人上了飞机，整个航程不过一个多小时，但打个车到酒店时也已经是晚上了。

陆昀之是临时决定陪同韩时和禾真出席签售会的，并没有定客房，真正到了酒店才发现问题。

X市是一座旅游城市，此时又是暑假，旅游的高峰期。这家酒店依海而建，位置绝佳，客房一下就被定光了。

陆昀之有点惆怅。

韩时勾了勾唇，笑出声："陆主编，我那儿是个大床房，不介意和你共睡一间房。"

陆昀之冷冷地瞥了韩时一眼，韩时又笑了："难道陆主编有别的打算？"

别的打算？

"比如要跟禾真共睡一间房。"韩时微微扬眉，意味深长。

"开……开什么玩笑。"禾真窘得面红耳赤。

陆昀之淡淡地抬头，对着客房服务生道："帮我跟这位先生开同一间房，谢谢。"

舟车劳顿，禾真很早就睡着了。可睡得半梦半醒间，她听到有人在按门铃。半夜三更忽然有人在她客房的门口，确实够瘆人的。

她打开灯，透过门上的猫眼一看，门口站着的是陆昀之。他穿着一身灰色丝绸睡衣，袒露着两道精致好看的锁骨，可他眼尾低垂，脸色却有些憔悴。

禾真咳了一声，竟然觉得心跳得有点加快。

她偷偷把门打开一条缝，小心地问了一句："陆主编，这么晚了，你……有什么事吗？"

"我不想跟韩时共处一个房间。"

"可是……现在客房满了，也没空房啊……"

"那我就跟你一个房间。"

禾真大吃一惊，陆昀之毫不避讳地在门口这么说，要是惊醒了其他房间的客人，她要被人怎么想呢？

她连忙把陆昀之拉进房间，说："那个……你别乱说，会被人误会的。"

陆昀之扬了扬眉："我们不是在交往吗？"

禾真故作不懂的模样，咬唇道："我……好像也没答应吧。"

"禾真，你再说一遍。"陆昀之厉声道。

禾真咬着唇说："没有。可是……不是说不能让公司的人知道我们在交往吗？"

"韩时的呼噜声让我太烦恼了，我即使夜夜失眠，也不见得我还得承受他制造噪音的考验吧？"陆昀之揉了揉眉心道。

这么说好像也不是没道理，可就这么待在她的房里好像不太好吧……

"要不我去隔壁酒店看看有没有空的客房？"禾真小心地提议道。

此时的陆昀之交叠着双腿，半倚靠在沙发上。他徐徐抬头盯着穿了一身素白吊带睡裙的禾真，白皙的脖颈，锁骨线条完美，层层叠叠的荷叶袖下的肌肤若隐若现，裙摆堪堪过膝，修长白皙的长腿更是扰乱了他的心神。

陆昀之心一动，命令道："你过来一下。"

禾真摸了摸耳垂，慢慢靠近。她刚到陆昀之跟前，便被他大手一拉，整个人就躺在了沙发上。再抬头时，陆昀之已经处在了她的上方。

"你……你让我去外面住？"陆昀之勾着唇，饶有兴致地问道。

禾真的喉结滚了滚，脸烧得厉害，讷讷地开口道："其实……陆主编要是不满意，我也可以去外头开个房间的，这间套房就让给陆主编。"

"不是说好了叫我的名字？"陆昀之越靠越近。

禾真猛地闭眼道："不是……你这样，我紧张得说不出话来……"

"可是我今晚就想和你在一起。"陆昀之笃定道。

禾真看着眼前的男人，他有一张清隽的脸庞，冷峻分明，浅弯薄唇，一颦一笑都让人动心。

他真是个好看的男人啊！

禾真不自觉地着迷。

陆昀之微微启唇，声音低沉蛊惑："禾真，你喜欢我吗？"

心里有个声音在笃定地说着确定的答案。

她喜欢他啊！

禾真糯糯地开口："我喜欢你，昀之。"

话落的瞬间，仿佛有一簇小火苗在他的心窝里点燃，星星点点到燎原之势。

他已经无法按捺心里的想法，迫不及待，俯下身轻轻吻住了她的唇。

炙热的双唇交织的瞬间，忽然听到了敲门声。

禾真趁着缝隙钻出来，两个人好不容易缓过劲，禾真才道："这么晚了，怎么还有人敲门……"

禾真和陆昀之互看了一眼，总觉得有些奇怪。

她趿着拖鞋准备去看看情况，却又觉得这敲门声不是从客房的正门传来的。

这莫名其妙的敲门声真是太过瘆得慌。

"禾真，你睡了吗？"

这回敲门的人终于喊了一声，禾真找到了端倪，原来两间客房相邻的位置竟然还有一张隐蔽的门。

这张侧门伪装得太好了，禾真没仔细观察，没发现这中间竟然还有一道门。

禾真望了望陆昀之，心虚地对着这张侧门回了一句："韩老师，你有事吗？"

"你开一下门，发生大事了！"韩时在那头火急火燎。

禾真只好把侧门打开，她发现了一个问题，如果双方客房的客人都没上锁，这张门就可以自由打开。

这么一想还真是危险，禾真想想都有点后怕。

一打开门，韩时就迫不及待地问道："禾真，你看到陆主编了吗？这三更半夜的不知去哪儿了，连手机也没带出门，我实在是……"

顿了顿，韩时就看到了立在禾真背后的陆昀之，意味深长地道："陆主编……这是来禾作家的房间做客吗？"

韩时迈了一步，径直到了禾真的房间。

陆昀之面不改色地回道："明天的签售会，我有点事情要跟禾真沟通一下。"

禾真拼命点头，韩时微微耸肩，早就看出了端倪："哦？不过我才是明天的主角，陆主编怎么没有事跟我沟通？"

韩时的问题让陆昀之和禾真忽然静止。

最后还是韩时打了圆场道："我其实也是担心禾真，还好住在旁边的是我和陆主编，要是别人可怎么办？这张侧门真是太不合理了，简直是催生犯罪的产物。你觉得呢，禾真。"

禾真猛地回过神，僵着嘴角道："对对，韩时说得太有道理了。"

“明天离店的时候，我必须把这个意见写到酒店的意见簿上。你觉得呢，陆主编？”韩时故意又把问题抛给了陆昀之。

陆昀之轻飘飘地抬了眼皮，面无表情道：“我觉得？”

韩时哈哈笑了几声后，猛地问道：“陆主编，刚刚……”

“刚刚什么？”

“您是从这张侧门进到禾真的房间的吗？”

“当然不是！”

“当然不是！”

两个人异口同声，韩时更是来了兴致：“哦，原来陆主编是光明正大的呢。”

禾真只能面红耳赤地解释道：“其实陆主编真的是找我讨论明天韩老师签售会的事情，除此之外，我们还讨论了一下《雨后微光》第二部的构思。”

禾真哽着喉咙，继续瞎编。

韩时用力点头，一副了然的模样道：“其实禾真你不必解释，我都懂。”

你懂？禾真表示疑惑。

韩时继续道：“不就是夜光小说嘛。”

禾真僵嘴角着，这回算是解释不清了。

陆昀之微微动了动薄唇，朝着韩时走了一步道：“既然如此，韩时，我觉得有必要跟你讨论一下你的小说。”

韩时看了看墙上时钟的时间，已经是深夜十二点。

“哈哈哈——要不然你们继续？我去睡了？”韩时默默地往后退了几步。

“别睡啊，我看你也不困。”陆昀之态度坚决，不容置疑。

韩时显然没料到还有这么一出。

早知道他就好好睡觉不好吗？

“反正我晚上也睡不着，我们聊到天亮吧。”陆昀之补充道。

韩时瞪大眼，惊悚得不行，在被陆昀之拖回客房时，还在用夸张的表情向禾真求救。

禾真摊了摊手，一脸无奈。

直到那张侧门合上，禾真反锁上门，又检查了一遍。

她背靠在门上，眸光微动，那颗怦然的心还久久无法平静。

陆昀之拉着韩时聊到凌晨三点才彻底放过他。好不容易睡了几个小时，韩时又被陆昀之拉着起床。

韩时郁闷地看着镜头里有着浓浓黑眼圈的自己："陆昀之，我不过揭穿了你和禾真的那层关系，你至于这么对我吗？我可是靠脸吃饭的！"

陆昀之对着镜子理了理领带，漫不经心道："你不是靠脸吃饭，你是靠你的才华吃饭。"

"可今天是我的签售会啊。你看看我的黑眼圈！"韩时愤恨地指了指自己黑黑的眼圈。

陆昀之轻飘飘地看他一眼道："我昨晚还没睡呢！"

韩时仔细看了陆昀之一眼，一夜未眠的陆昀之竟然容光焕发，果然是爱情滋养人啊！

签售会如约举行，禾真和韩时到现场后还是微微吃了一惊。

原来X市的粉丝比A市的更加惊人，这样冗长的队伍比米思薇往常签售会的读者还要多上一倍。

"韩时，X市的读者真爱你。"禾真小声地对韩时道。

韩时笑道："你不知道吧，我是X市人，在这里还有一个家。"

这回换成禾真纳闷了："那你昨天为什么不回家住呢？"

韩时意味深长地说："我要是回家了，不就看不见你和陆主编的夜光小说事件了？"

禾真彻底不说话了。

全场秩序井井有条，采访也很顺利。可真正开始签售时，中场忽然有了奇怪的动静。

陆昀之让工作人员去看看发生了什么，这下有几个女生冲到了人群的前方，她们每个人都举了块白牌子，上面写了一行黑字——抄袭狗何时了！

禾真看着那几个触目惊心的字，神色骤变。

"叫保安把这几个女孩带走。"陆昀之吩咐身边的工作人员。

几个女孩很快被带走，但她们依然不放弃，越来越大声地喊着："何时了是抄袭狗！抄袭狗可耻！"

现场的读者们议论纷纷，禾真咬了咬唇，觉得自己再坐在这里恐怕会影响韩时的签售会，便偷偷地退出了签售台。

她进了洗手间，对着镜子，努力让自己冷静下来。她又补了妆，扯出几个笑容，让自己显得更加精神。

刚出洗手间，踩着高跟鞋走了几步，她正好看见陆昀之环抱双臂，波澜不惊地看她。

禾真深吸一口气道："我没事……我只是担心会影响韩时的签售会。"

"不会，他不会介意的。"陆昀之又皱眉担心地问，"你真的没事？"

"又不是第一次被骂抄袭狗了。"禾真不以为意道。

"应该是米思薇，你处在上升期，她看到了你对她的威胁，害怕了。"陆昀之冷静地回道。

禾真也猜到这些人大概是受到米思薇的指挥，故意来韩时的签售会现场捣乱。

可她怎么会突然开始害怕呢？

禾真若有所思，又问了一句："是发生了什么事吗？"

陆昀之点了点头道："蔚蓝从 JM 文化离职了。蔚蓝是米思薇的编辑，也是助理。"

禾真有点震惊，她早就知道蔚蓝是米思薇新找的枪手。米思薇应该很需要蔚蓝才对，怎么会放走她呢？

"今天你就不用回签售会现场了，我带你四处逛逛吧。"陆昀之忽然道。

禾真有点受宠若惊，问道："你不用回签售会现场，要带我去逛逛 X 市？"

"嗯——"陆昀之点了点头道，"去吗？"

禾真点点头，X 市是一座旅游城市，她早就想着签售会结束后到处去逛逛，几个必打卡的景点她都牢牢记在了心里，还有些网红美食小吃，她只是想想都要流口水。

可她怎么也没想到，她第一个打卡的景点竟然是陆昀之的外婆家。

原来不止韩时在 X 市有个家，陆昀之也有。

看着面前这幢独栋别墅，禾真还有点失神。因为别墅的主人真的是太爱植物了，掩藏不住的爬藤植物密密麻麻地装饰着小花园的外墙。

等真正走进小花园，禾真更是叹为观止。这个院子里密密麻麻都是各种颜色且不知名的植物，简直像是进了一个小型植物园。

而面前这位持着水管，穿着黑色工装服的健朗老人大概就是陆昀之的外婆了吧。

陆昀之的外婆虽说上了年纪，但背脊挺拔，眉眼同陆昀之有几分相似。

她笑起来，声音朗朗有力。

外婆放下水管，走近了些，毫不犹豫地拍了一下陆昀之的脑袋，说："臭小子，终于知道来看我了。"

陆昀之尴尬地笑了："外婆，轻点轻点，不能给我留点面子嘛！"

"面子，什么叫面子？"外婆明知故问，"臭小子，竟然跟外婆说要面子。"

外婆又准备抬手拍陆昀之，他好不容易灵巧地躲过外婆的手，正想得意地眨眼，下一秒却被外婆捏住了脸庞。

"还想躲。"

"外婆，松手……松手啦。"

禾真在一旁看得哈哈大笑，原来高冷的陆昀之也有这么一天。

不知为何，她心里有点爽。

陆昀之此时在外婆面前倒是很像一个要面子的小孩，撒娇的模样有点反差萌。

禾真向外婆礼貌地问好："您好，我是禾真，是……Coral Sea 文化……"

没等禾真介绍完毕，她径直被陆昀之揽住了肩膀，身旁的男人一脸认真地介绍道："外婆，禾真是我的女朋友。"

禾真紧张得狂眨眼睛，她怎么会想到陆昀之来 X 市的其中一个原因也是来探望外婆。早知如此，她就会好好选一份礼物送给外婆了。

外婆很开心，对着禾真道："我想听你也叫我外婆。"

"外婆——"禾真怯怯地开口。

外婆笑了："乖孩子。"

二人随外婆进了别墅，外婆说："我让李嫂多准备点午饭，你们去房间里歇歇。"

等外婆走远了，陆昀之拉着禾真的手迅速上了楼，拐了个弯，径直走到了最偏僻的一间房。打开门一看，黑漆漆的，没有一丝光亮，只听到屋里传来"嘀嗒嘀嗒”时钟的声音。

陆昀之拉开窗帘，大片的阳光倾泻而来。

禾真环顾四周，叹为观止，半天合不拢嘴。

因为这个房间里的老古董太多了，特别是有一整面墙都是不同年代、不同形态的古董钟。

禾真忍不住感慨道：“这真是一间有历史痕迹的房间。”

这里的每一样东西所带来的已经不单单是金钱上的价值，而是时间的沉淀和意义。

“这就是我外公的古董收藏室。”陆昀之解释道。

“那你小时候是在这里罚站的？”禾真问道。

陆昀之勾了勾唇，漫不经心地笑出声：“五岁开始我就是这间古董收藏室的常客了。”

五岁？

禾真看着面前男人挺拔的背脊，五岁，他就开始独自留在黑暗中，面对这些老古董，他会害怕吗？

“那你害怕吗？”禾真忽然问道。

陆昀之忽然转身看她，笑了一声：“有的时候会说话的人比静止的东西更加可怕。”

禾真多问了一句：“你……你是在说简嘉伦吗？”

陆昀之的神情微变，他忽然和这间屋子里不说话的古董一样寂静沉默。

她想起林玥说的话，陆昀之有些过去，他害怕面对，却又必须走出来。

她不想再在那些梦里窥探他不想面对的往事，她想当面问他，她想知道他的过去。

“你为什么不愿意提起你的哥哥？”禾真直面问道。

陆昀之微微拧着眉。

禾真又道：“为什么你们在外人面前就只是竞争对手？你们不是兄弟吗？为什么关系那么差？是因为他抢了你的论文，还是他抢了你的女朋友？”

话音落下的瞬间，陆昀之忽然喊道：“你别说了！”

“你又为什么放弃写作？为什么不愿意面对那些过去？陆昀之，你早就可以走出来了！”禾真并没有停下，而是继续道。

“我不想听！”

“难道你还和当初一样那么懦弱吗？”

“砰！咚！”

陆昀之随手把桌上的一个青花瓷花瓶推到地上，就那么一下，碎了一地。

禾真吓了一跳，陆昀之显然也有点措手不及。

他迅速俯下身来去捡花瓶的碎片，禾真还没缓过劲，目瞪口呆地伫立在原地。

“嗤——”

陆昀之吃痛了一声，禾真定睛一看，眼前男人的手掌被碎片划破了一个大口子，汩汩鲜血往外冒出来，刺目的鲜红，触目惊心。

她有些心疼地道：“你刚刚干吗那么凶，你看现在痛了吧？”

就在这时，楼下的外婆也听到了楼上的动静，问了一声：“你们怎么了？”

“没事没事……”陆昀之不顾右手的血，还想着收拾碎片。

“陆昀之，你小心一点……”

“那你还不快帮忙！”陆昀之蹙了蹙眉。

禾真以为陆昀之是让她找纱布包扎一下，正准备起身去找医药箱的瞬间，又被他拉回去。

陆昀之犹豫片刻，低声道：“你……你悄悄找个扫把，收拾一下这花瓶的碎片。”

“都这时候了还管这个，你的手更重要！”

陆昀之微微启唇，为难地道：“这花瓶有点贵……”

“呵，陆主编，你不是很有钱吗？”禾真冷冷地瞪他一眼，暗骂他活该。

眼前的男人咳了一声，一本正经道：“我是不在乎，但外婆在乎。”

“外婆？”

“我怕她发现老古董碎了，我又得……”

“又得干吗？”禾真追问道。

“罚站。”

禾真笑出声，不知为何觉得此时的陆昀之有点反差萌。

看着他的模样，她越发想笑。

禾真没忍住大笑了几声，陆昀之才道："笑够了吗？"

"好啦，那你自己把手包扎一下，这里我来收拾。"

禾真手脚麻利地找来扫把和垃圾桶，一下就把青花瓷的碎片扫好了。

陆昀之也给伤口做了简单的处理，她这才停下动作，说："碎都碎了，早晚会被发现。"

"所以还得淘个古董花瓶换上。"陆昀之哀叹一口气。

"看吧，谁让你生气，成本够大了吧。"

禾真坐在他旁边，看了看他的右手，血已经止住了，但还是触目惊心。

"我帮你包扎吧。"

禾真摊开陆昀之的右手掌，白色纱布一层又一层地覆盖上去，层层叠叠，终于看不到渗出的血迹后，禾真才扎了个漂亮的蝴蝶结。

"这位护士小姐，你确定不是包礼物吗？"陆昀之扬了扬眉，问道。

禾真埋汰道："你这种礼物我可不想要。"

此时，夕阳西下，两个人坐在飘窗上，正好可以看到窗外层层叠叠的云彩，好似一团盛大的火烧云。

陆昀之轻声道："对不起，禾真。"

禾真抬头看着陆昀之，而身旁的男人还在望着窗外的火烧云，再次启唇道："我刚刚不该对你发火。"

"那一定是你不想回首的过去吧。"禾真能够体谅陆昀之。

陆昀之点了点头，继续道："是梦魇。"顿了顿，他又道，"抱歉的是，我的梦魇，却因为我和你的生物钟的互换成了你的梦魇。"

"陆昀之，你说老天是不是故意让我以这种方式参与到你的人生？"禾真忽然问道。

陆昀之轻轻一笑。

禾真继续道："其实……那天我梦见简嘉伦霸占了你的论文成果，你们打了一架。后来发生了什么？"

"后来？"

陆昀之沉默了一会儿，终于打开了回忆的匣子，在脑海中把故事的前后整理了一遍。

本来他觉得此生不会和别人讲起这个故事，没想到找到了诉说的对象。

他的神色沉静，似乎在努力压制内心的情绪：“我和简嘉伦其实是同母异父的兄弟。他比我大两岁，但自从我出生后，他就把我当成了敌人。”

“为什么呀？”禾真不解道。

“因为他觉得我分走了他享有的母爱，夺走了他本该有的家庭。”

“可这本不该是你的错。”禾真蹙了蹙眉，道。

陆昀之无奈地笑出声：“因此，五岁那年我就跟着外公外婆一起生活了。”

“其实上小学、初中，我们的交集不多。但从考进大学的那一刻，我和他的故事才真正开启了序幕。”陆昀之沉吟片刻道。

“可他不是比你大两岁吗？你们怎么会同时上大学？”禾真好奇地问道。

陆昀之笑了一声：“这可能是我的错……”

“嗯？”

“谁让我太优秀，初中连续跳了两级。”

禾真嗤了声，陆昀之半嘲半笑道：“别不信，简嘉伦是这个世界上最嫉妒我的人。”

“他要从我的生命中拿走一切。”

黑色的潮水般的回忆突然袭来，陆昀之曾经认为这件事过去了很久很久，久到可以让人遗忘一切。可当他重新想起这件事，才发现自己根本没有遗忘。

陆昀之的眸子里弥漫着深深的萧索，那种沉重和无力是禾真从未见过的。

那是一间明亮的办公室，外头的烈日正盛，办公室还是开了两盏日光灯。

他抹了抹嘴角的血迹，若有所思地望着窗外的景色。湛蓝色的天空中有几只白鸽徐徐掠过窗台，而他身旁站着的人就是刚刚与他打架的简嘉伦。

漫长的沉默让人感觉所有的一切都是静止的，但墙上的时钟在提醒陆昀之时间在悄然流逝。

他终于打破这样的死寂：“老师，我什么时候可以走？”

教导主任是一个四十岁的女性，姓何，她时刻保持着笑容，却仿佛笑里藏刀。

“走？昀之，你是不是还没有意识到问题的严重性？”何老师提高音量，反问道。

“如果我有错，那简嘉伦是不是也有错？”陆昀之目视前方，根本没有看身旁的人。

“你打了他，还说他有错？”何老师难以置信。

现在的孩子真是越来越难管了……

他不卑不亢：“老师，我没有盗用任何人的论文，还有我打他，是因为简嘉伦可耻、卑鄙。”

他毫无愧疚之心，激起了教导主任的愤慨。

她叫道：“昀之妈妈，您看看昀之的态度，您叫我怎么处理？”

原来他们的背后，靠墙的椅子上还坐着一位坐姿优雅的女人。

许慧穿着一条豆沙色的长裙，又高又瘦，脸庞白皙，并不显老。在她这个年纪算是保养得极好的女人了。

“何老师，昀之知道错了，他只是嘴硬，回去我会好好教训他的。”许慧放低了姿态，恳求道。

“其实盗用论文是很严重的事，要受到处分。但昀之的成绩一直很好，这件事本来被我压了下来，但现在……”何老师欲言又止，她摇了摇头，真是痛心疾首。

面前的两个学生，说实话都是她喜欢的学生。特别是陆昀之，专业成绩特别好。现在发生这样的事情，真是让她感到很惋惜。

“还在校殴打同学，性质就更恶劣了。陆昀之的专业成绩特别好，本来校方已经决定把保送G校的硕士资格给陆昀之，唉……”

何老师又长叹一口气，很是遗憾。

陆昀之的薄唇隐隐抖动，喉结滚了滚才开口：“老师，G校是我的梦想。”

何老师拧着眉头，没有开口。

许慧连连恳求道：“老师，这孩子真的知道错了，G校真的是他的梦想……”

“可我也要对别的孩子、别的孩子的家长负责。如果陆昀之还能顺利保送G校，你觉得对简嘉伦同学公平吗？”何老师看向了简嘉伦。

何老师问简嘉伦：“简嘉伦，你的家长呢？怎么还没来？”

简嘉伦面无表情，冷冷地勾了勾唇道：“我爸爸出差了。”

“你妈妈呢？”何老师又问。

简嘉伦不说话，他的脸阴沉得像是一场暴风雨将至。

似乎停了两秒，何老师又继续问道：“简嘉伦同学，你的妈妈是……”

“老师！”简嘉伦打断何老师的话，继续道，“明明是我被打，我为什么还要请家长？”

何老师似乎没有预料简嘉伦会问这样的问题。

酝酿了几秒，她轻咳一声，解释道：“简同学，我也希望和你的家长谈谈。如果你妈妈……”

“何老师……”许慧打断了何老师的话，继续道，“何老师，我也是简嘉伦同学……的……”

她似乎费了很大的力气，才下定决心道：“妈妈。”

许慧的话让办公室再次恢复一片死寂。

简嘉伦脸色阴沉，深不见底的眸子里仿佛压着一团黑色的风暴。

“您……也是简嘉伦的妈妈？”何老师显然没有料到会是这个结果，“可是……他们一点也不像兄弟。”

许慧点点头，局促地解释道：“何老师，是这样的，简嘉伦是我和我前夫的孩子，后来我再婚了，又生了昀之。两个孩子在不同的环境长大，所以感情不是很融洽，容易闹矛盾。但我也没想到……”

许慧欲言又止，顿了顿又继续道：“矛盾闹到学校来了。”

何老师双手交握，若有所思：“原来如此。”

许慧继续恳求道：“何老师，这次的事情其实就是两兄弟之间的小矛盾，我也是他们双方的家长，你不需要顾虑有其他家长的问题。”

“其实……我希望大事化小，小事化了。”许慧笑着补充道。

何老师点点头，如果这件事情按照家事来处理的话……

“何老师，我不同意。”简嘉伦忽然开口。

“你不同意什么？”

“这件事情就这么算了？难道抄袭者和被抄袭者、打架者和被打架者是兄弟，所以错误就不用被追究吗？”简嘉伦有理有据，理直气壮，“我不接受学校对陆昀之有不公平的处理方法，那么对我来说太不公平了。”

“嘉伦，昀之是你的亲弟弟啊。你怎么能……”许慧看着自己的大儿子，恳求道。

她不能眼睁睁地看着小儿子的前途毁于一旦啊！

“我学校通讯录里留的家长姓名早就不是你，我的法定监护人也不是你，从你放弃我的抚养权开始，你就已经没法给我的人生提任何意见。”简嘉伦已经下定决心，他要让陆昀之失去一切。

这就是他的嫉妒，他的报复。

“我要看到陆昀之受到最公正的惩罚。”简嘉伦的眸光冰冷阴郁，一字一字道。

第十五章
晚安吻

潮水般的回忆终于退去，陆昀之发现眼眶微微有些潮湿。他轻轻叹了一口气："那时候的我太冲动，他盗用了我的论文，又夺走了林玥。我觉得世界坍塌了，才会动手打他。如果换成现在……"

"换成现在的话，你还会打他吗？"禾真忽然问道。

陆昀之冷笑一声道："换成现在？还有这种可能性吗？一切已经不能改变了。"

"那后来你被处分了吗？"禾真又问道。

陆昀之顿了顿，缓缓道："那次在我妈妈的恳求下，我只是接受了口头警告。"

禾真正想松口气，陆昀之接着说道："但简嘉伦不满意这个结果，他找到了校长，最后我受了处分，也失去了保送的机会。"

禾真义愤填膺，很是愤慨："没想到简嘉伦竟然是这么歹毒的人。"

"因此你就放弃了写作？"禾真又问。

陆昀之没有说话，楼梯间忽然响起轻微的拖鞋声。两个人停止说话，来人正是外婆。

外婆笑着喊二人去吃饭，禾江河的厨艺太差，一般都是禾真亲自下厨。但自己的雕虫小技跟陆昀之外婆的手艺一比，简直是天壤之别。

禾真连吃了几个外婆亲手包的鲜虾肉包，皮薄馅多，每个肉包里还有两只味道鲜美的大虾。

禾真赞不绝口，对陆昀之问道："我们需不需要给韩时带几个外婆亲自做的鲜虾肉包？”

陆昀之冷冷地勾了勾唇，问道：“你是给韩时带，还是给自己带？”

“我……”禾真好不容易吞下了玲珑的鲜虾肉包，道，“我也想带几个在路上吃……”

“自己想吃，还找什么借口。”陆昀之轻飘飘地喝了几口柠檬水。

“别听昀之的话，孩子，你想吃就吃，外婆多给你打包一点，你们在路上吃。”外婆笑着说。

陆昀之冷冷地扬了扬眉，说：“我先去把车开出来，在外头等你。”

话落的瞬间，陆昀之离开了饭桌。

外婆笑道：“昀之那个孩子是不想听我的唠叨，这会儿想着赶紧逃走。”

禾真笑了笑，开始收拾饭桌上的残羹，说：“外婆我帮你收拾。”

“你别动，我待会儿让赵嫂来。”外婆又道。

赵嫂是家里的保姆，平时都是赵嫂在照顾外婆。

“要是昀之的外公在就好啦，他的厨艺比我好很多，往常我做鲜虾肉包，都是他来剁肉。他说肉馅一定要亲自剁，比用机器绞的好吃多了……”

禾真犹豫了一会儿，问道：“我听昀之提过外公，他说经常在外公的古董收藏室里罚站。外公……是病逝的吗？”

“是，也不是……”外婆轻叹一口气道，“昀之，这孩子一直觉得外公的离世是他的责任。”

外婆神情沉重，禾真总觉得有些事情陆昀之并没有说清楚。她正欲开口，却听到陆昀之按响了车子的喇叭。

赵嫂已经打包好了鲜虾肉包，禾真小心地接过。

外婆抱了抱她说：“好孩子，多带昀之回来看看外婆。”

禾真用力点头，出了院子，夕阳向晚，外婆站在院门口还不断地朝着远驰的车子挥手。

禾真探头出车窗朝着外婆挥手，直到看到远处的人影越来越小，她才依依不舍地收回头。

“真羡慕你有这么慈爱的外婆。”禾真感慨道。

陆昀之轻轻勾唇问道：“你刚刚和我外婆说了什么？”

禾真迟疑了一会儿道："聊起了你的外公。"

陆昀之薄唇微动，没有说话。

禾真侧头看向他，问道："你外公是病逝的吗？"

面前的男人仿佛没有听见她的问话，一直保持着沉默。

禾真不甘心地又问了一句："是我问错话了吗？"

陆昀之还是把她当成透明人，禾真看了看前方的路况，好像不是按原路返回，便问道："我们现在去哪里？是回酒店接韩时吗？"

"我让韩时先回A市了。"陆昀之淡淡地回道。

"啊？"禾真一脸讶然地又道，"那……我还给他带了鲜虾肉包。"

"你要带回A市吗？"陆昀之漫不经心地反问道。

"那还是算了，我替韩老师吃了吧。"

禾真话落的瞬间，冷不防感受到陆昀之冷冷的眸光。

禾真趁热又吃了两个鲜虾肉包，然后背靠在座椅上，昏昏欲睡。差不多过了一个小时，陆昀之终于停下了车。

禾真被陆昀之叫醒，揉眼定睛一看，远处灯塔夺目。她深吸一口气，涌入口腔的是微咸的海风，仔细一听，海浪拍打海岸的声音近在咫尺。

禾真有点困惑地道："我们是来海边了？"

"来X市一定要来看这片海啊。"陆昀之微笑道。

禾真很兴奋，跳下车，径直朝着海滩跑去。她脱了鞋子，踩在银白色的沙子上，大叫道："啊啊啊——月光下的沙滩真的好美，陆昀之，你快来！"

陆昀之找了个地方泊好车，轻轻折了折黑色裤脚，不紧不慢地踏在了海滩上。

直到禾真的跟前，他才道："很美吧，这片海。"

这么白又细腻的沙滩禾真是第一次见，在月光下，仿佛一颗颗璀璨的珍珠镶着光辉，更是动人。

禾真用力点头，陆昀之勾了勾唇道："我就是在这片沙滩上想好的自己的笔名——Sea。"

"Sea，曾经我也是你的粉丝。"禾真笑着看月色下的陆昀之，郑重其事道。

她没有告诉陆昀之，他的毒鸡汤虽然有挫骨扬灰之感，却也可以让有些人吸取力量，重新站起来。

“你不知道你的消失让很多粉丝牵肠挂肚。”

陆昀之若有所思地笑了笑：“刚开始的Sea只是一个怪物，他也遭遇过退稿、差评，也很迷茫。而外公却是整个家里最支持我的人。”

禾真偏头看着陆昀之，他眼中光华璀璨，却隐隐有点忧伤。

“是外公告诉我，大海有涨潮退潮，人也会有起起伏伏。做自己喜欢的事情是人生最大的喜悦。”陆昀之缓缓道来。

她能感同身受，爷爷去世的时候，她也觉得自己的世界坍塌了。

曾经以为永远不会离开自己的人，却离开了。

不知走了多久，两个人终于在沙滩上坐了下来。夜已经很深了，禾真冷不防打了个呵欠，陆昀之脱下西装搭在她的身上：“你去车上睡一会儿吧，明天一大早我们就回A市。”

禾真犹豫了一阵，关心地问道：“那你呢？”

陆昀之勾了勾唇：“你忘了，我失眠。”

也对，禾真点点头，一步一步踩着白沙往回走。还没走两步，身后的人忽然喊了一句：“禾真！”

禾真猛地回头，有点困惑地看着陆昀之。

“你忘了带一样东西。”

“什么？”

“过来，我告诉你。”

禾真满脸困惑，又往回走。走到陆昀之跟前的时候，她又问道：“我忘带什么了？”

她仔细想了想落下的东西是眼罩还是水壶，嘴微张正欲问出声，迎面猝不及防的是一个柔柔如海风的吻，夹杂着海风咸咸又甜甜的滋味。

直到陆昀之松开她，禾真还面红耳赤着。

只见面前的男人道：“你忘了带我的晚安吻。”

禾真点了点头，又说：“那你需要我的……晚安吻吗？”

陆昀之挑了挑眉，眉眼里染着笑意，不失礼貌地点了点头。

禾真踮起脚，用力地在陆昀之的额头上留下了一个吻，不轻不重，偏偏让陆昀之心痒难耐。

“仅仅这样？”陆昀之显然意犹未尽。

禾真点点头说：“嗯，这是我的晚安吻。”

“可我……总觉得差了点什么……”陆昀之勾了勾唇，意味深长地道。

禾真已经徐徐往后退，朝陆昀之挥了挥手：“差了的……明天补齐。”

话落，她转身一阵小跑，踩着银白色的月色，红着脸，娇羞到不行。

睡在车里的感觉并不好受，这一夜禾真睡得很不踏实，觉得筋骨都要断了。她揉了揉肩膀，睁开眼一瞧，外头的天空刚刚露白。

禾真下了车，发现一个身影孤独地站在沙滩上。

清晨的沙滩格外宁静，陆昀之静静伫立在原地，仿佛和那刚刚升起的潮红日出融合在了一起。

她徐徐朝着陆昀之走过去，一步又一步，直到走到他的身后，轻轻喊了一句“昀之”。

陆昀之缓缓转过头，禾真正欲问些什么，他轻轻“嘘”了一声。

禾真不再吭声，和他并肩站在沙滩上，看着东方那抹红无声无息地蔓延开来。那抹淡粉色渐渐变成盛大的红色，再到绽放金色的光芒。

整个过程，禾真和陆昀之都没吭声。只不过陆昀之看着东面的天空，而禾真却忍不住地把眸光转向了陆昀之。

谁让他比日出还要好看呢？

直到陆昀之回过头，禾真才尴尬地转过头盯着东面的天空道：“海边日出……真的很壮观。”

久久得不到身旁男人的答复，禾真又侧头一看，只见陆昀之直勾勾地盯着自己看。

她轻轻咳了一声道：“那个……我们现在要出发回 A 市了吗？”

陆昀之点点头，禾真好不容易缓了口气，紧跟着陆昀之的步伐往车的方向走去。

走到一半，陆昀之猛然间转身，禾真差点就要撞到陆昀之的胸口，猛地后退两步。

陆昀之平静地道：“我们都忘了一件事……”

禾真有些疑惑：“什么……什么事？”

“你忘了？”陆昀之又问。

禾真摇摇头，陆昀之轻轻勾了勾唇，回道：“昨晚你说的，差了的……今天补齐。”

她好像是说过这话……

可是……

补什么呀？

她还没回神，陆昀之的薄唇已经贴下去。属于清晨的一个吻，让禾真猛地睁大了眼。

直到他满意地微笑，禾真又烧得一脸绯红。

“这是补昨天的晚安吻……”陆昀之清了清嗓子，又道，“可是还差了……”

“不会吧，还差？”

话落，陆昀之勾了勾唇，眸子里含着细碎的光芒。他再次俯下身来，更滚烫的吻点燃了禾真的心弦。

两个人分开的时候，陆昀之微微挑眉，一本正经道：“补齐了，这是属于今天的早安吻。”

禾真觉得自己的耳根烧得厉害，谁让眼前的男人这么会撩人呢？

明明是一本正经的禁欲系，现在怎么却变了模样？

真是男不可貌相了！

两个人终于启程，中午才到达A市。

禾真先回宿舍换了身衣服，然后才去上班。

禾真径直上了电梯，正好又碰见了陆昀之。

两个人遇见，心照不宣，却在极力维持表面的平静无澜。

到十八楼的时候，禾真紧紧跟在陆昀之的背后。正好要到达Coral Sea文化公司的大门口时，陆昀之猛地转过身来。

禾真目光闪烁地盯着陆昀之，只见他轻轻勾了勾嘴角，说：“晚上下班一起走吧。”

话落的瞬间，他径直迈开大步离开，徒留禾真一人用力地吁了一口气。

为什么现在她跟做贼没有一点差别呢？

她刚跨进Coral Sea文化，就被林恬伊拉到了一个角落里。

林恬伊看了看四周，八卦地问道：“你们这次出差是不是发生了什么……”

“发生……了什么？”禾真也语塞了。

林恬伊瞪她一眼道：“老实交代，韩老师一个人回到A市，说你和陆昀之抛下了他，他就只有当地的一个工作人员全程陪伴。”

“这样？”

“他回来以后可生气了，说到底是他的签售会还是你们的蜜月旅行？”林恬伊坦白道。

禾真吓了一跳：“公司的人都知道我和陆主编的关系了？”

“差不多吧，但我们也挺难的……”林恬伊拉长尾音道。

“你这话又是从何说起？”禾真困惑道。

林恬伊老实答道：“陆主编不想我们知道，我们不是得装不知道吗？演戏也很累的好吧！”

禾真轻轻咳了一声，脸不自觉地红了起来。

林恬伊又说：“我还有两件事要告诉你。”

禾真好奇地问道：“好事还是坏事？”

林恬伊卖了个关子道：“一件是好事，另一件也不知道是不是好事……”

禾真更加好奇，问道：“那你先说好事吧。”

“林玥交稿了，封面图定了下来，是好事吧？”林恬伊笑着看禾真。

禾真点点头，有点兴奋。

顿了顿，她又问道：“那你刚刚说的还有一件不知是好事还是坏事……的事情又是什么？”

林恬伊犹豫了一会儿，开口道：“蔚蓝被米思薇辞退了。”

禾真虽然已经知道了，但仍问道：“为什么？”

“《夜幽行.2》是米思薇人生中的滑铁卢，她可能把气全撒在了蔚蓝的身上。”林恬伊轻轻叹了一口气，有点感慨。

虽然蔚蓝的年纪不大，但也算是林恬伊的前辈。

林恬伊又感叹了几句：“说实话，那天我虽然骂了她，做米思薇的枪手，是多么可耻的行为。可我那是痛心疾首啊，她那么好的一个编辑。唉……”

禾真问道：“你在想什么？”

“我在想如果JM文化不要她，她还能去哪里。”林恬伊无不惋惜地道。

禾真又问道：“那我们要去问问陆主编吗？他会不会给蔚蓝一个机会？”

“算了吧，陆主编应该不会接受她的。”林恬伊长叹一口气。

没有想到的是，下午蔚蓝就联系了她。看到微信上的那个图标，禾真还有点惊讶。她原来还没有删除蔚蓝的微信号，她以为自己早就删除了和JM文化一切的联系，但蔚蓝是她的第一个编辑，也是带她出道的那个人，她还是留了下来。

蔚蓝的这条微信只有五个字：“晚上有空吗？”

禾真犹豫了一阵，回道：“有空。”

蔚蓝约了禾真在文博图书城对面的失恋博物馆见面，禾真有点稀奇，她约的地方竟然是失恋博物馆。

蔚蓝很早就在门口等候，禾真跟着她走到了博物馆后面的茶馆。

两个人坐定，要了一壶茉莉花茶，蔚蓝先开了口：“我知道你一定很恨我，禾真。”

禾真握着茶杯的手微微颤抖了一下，许久没有说话。

蔚蓝继续开口道：“当年网上对你的那些语言暴力和污蔑，如果我站出来，你就不会被冤枉了。作为你的编辑，我却抛弃了你，放弃了本该有的公正。现在想想，我真是大错特错。”

眼见面前的蔚蓝泪光涟涟，禾真沉默了一会儿，开口道：“不管怎样，我还是要感谢你当初带着我入行。即使后来发生了那么多事情，我也还是要感谢你作为我的第一个编辑，第一个欣赏我的编辑。”

往事历历在目，她刚刚开始写作的时候，根本就不懂怎样写出惊艳的小说。如果没有蔚蓝的指导，她不可能成为现在的何时了。

蔚蓝皱眉，终于没忍住落下了眼泪。她抽噎了一阵才道：“对不起，当初答应你一定实现你的愿望，让你在这个博物馆对面的文博图书城办一场属于自己的签售会。只是现在……”

时过境迁，蔚蓝深吸一口气道：“禾真，我可以帮你洗刷清白。”

禾真忽然一滞，蔚蓝又道：“禾真，我有可以洗清你抄袭米思薇的证据，这个证据会让米思薇坠入深渊。”

禾真猛地抬头，目瞪口呆。蔚蓝竟然有证据？

蔚蓝犹豫了一会儿，又道：“我手上的证据足以让简嘉伦封杀我，但只要禾真你说一声，我就会公开这个证据。”

禾真犹豫地看着蔚蓝，蔚蓝把选择权给了她，可这正是让她为难的地方。

蔚蓝走后，禾真兀自在茶馆坐了一会儿。她走出茶馆时，正好碰上了祁承。

祁承刚回失恋博物馆，显然很惊讶她的到来。

“禾真，你怎么来了？”祁承问道。

“一个朋友约我在这里聊天。”禾真回道。

“约在这里？”祁承有些奇怪。

禾真笑出声：“因为可以看见对面的图书城。要不是对面图书城里的咖啡馆的咖啡太难喝了，你这家茶馆可能就开不下去了。”

祁承扬了扬眉道：“你说得对。”

禾真不自觉地又走到了十二号失恋遗物前，那支属于 Sea 的钢笔还静静地躺在柜台里。

“会有人来取这支钢笔吗？”祁承意有所指。

禾真摇摇头：“不知道……”顿了顿，她又道，“但我想取走我留下的展品。”

祁承有点奇怪，但很快笑了笑：“你说的是那张白纸吗？”

禾真点点头，走到了那件特殊的展品前。那张白纸旁边的标签上留下了一行字：从现在开始，我是一张空无一物的白纸。等到有一天白纸变得绚烂，我会再回来。署名：何时了。

祁承取出那张白纸递给禾真，笑着问道：“现在你的那张白纸变得绚烂了吗？”

禾真小心翼翼地把白纸折成一只纸鹤：“祁学长，白纸在变得绚烂，虽然还不够充实，但我相信五彩斑斓的色彩会充满何时了的白纸。”

祁承侧头看着禾真，她的眸光变得光彩耀眼。

她早已不是当初站在文博图书城痛哭的禾真，她变得越来越好了。

来失恋博物馆的人拿走属于自己的那件失恋展品，就意味着和过去真正告别了。

那份伤心不用再放在这里让别人观看，那么就是告别失恋，告别伤心，迎接新生活的开始。

而他呢？祁承忽然想到了自己。

他什么时候才能跟过去告别呢？

禾真从失恋博物馆出来，径直回了公司。已经七点多了，大家都已经下了班。她兀自往自己的办公室走去，不想主编办公室的门却在此时打开。

陆昀之环抱双臂，目光灼灼地盯着她道：“你刚刚去了哪里？”

“我去了失恋博物馆。”

“见了祁承？”

“我是去见蔚蓝。”禾真坦白道。

陆昀之蹙眉，禾真继续道：“她被米思薇辞退了。”

“因为她不是个称职的枪手？”陆昀之反问道。

禾真犹疑了一会儿，开口道：“你能给我一个机会，那么……你会给蔚蓝一个机会吗？”

“不会。”陆昀之简短地回答。

禾真动了动薄唇，又问：“可是……你当初给了我一个机会，为什么不能……”

陆昀之轻轻勾了勾唇：“因为没有人像你那么死皮赖脸。”

禾真不说话了。

“也不会有人向我送‘钟’。”陆昀之微微挑眉，又道。

禾真被陆昀之的话逗笑，那个身材笔直的男人走到她的面前，把她搂入怀中，轻轻凑到她的耳边道：“还有一个最重要的原因。”

“什么？”

“因为，你是我的女孩。”

禾真抿唇一笑，忽然觉得全世界都如春天烂漫。

禾真终于陪同韩时走完了七座城市的签售会，好不容易有一个悠闲的周末，打算约林恬伊去哪里逛逛街。

她懒散地打了个呵欠，转身的瞬间，发现手机在响。

“禾真，你晚上有空吗？”陆昀之问道。

禾真以为陆昀之要约她吃饭，想也不想就说：“有。”

顿了顿，陆昀之又道："晚上我带你去见一个人……"

"谁啊？"

陆昀之沉默了一会儿，回道："我妈妈。"

前段时间刚见到陆昀之的外婆，这会儿又要见他的妈妈，说不紧张是假的。

禾真半天没吭声。

"今天是她的生日。"陆昀之又补了一句。

电话那头忽然一阵沉默，禾真在紧张，她可是什么也没准备啊。

陆昀之用极低的声音请求道："你能陪我一起去庆祝她的生日吗？"

"好。"禾真难以拒绝陆昀之的请求。

挂断电话，禾真就打了电话给林恬伊，让她陪自己逛街买套见家长的衣服。林恬伊给她挑了一袭红裙，可她觉得太喧宾夺主，犹豫了一会儿，最后还是选定了一条米白色的方领长裙，领口有精致的刺绣，腰线微微提升，浪漫又不失优雅。

刚选定了见家长的裙子，禾真又发愁了。

"恬伊，上回陆昀之带我去见他的外婆，我也没准备礼物，这会儿见的是他妈妈，肯定得带份礼物。"

话落的瞬间，禾真叹了口气问林恬伊："你对这方面有经验吗？"

林恬伊冷冷地瞥了禾真一眼道："你觉得单身狗会有这方面的经验吗？"

她和林恬伊挑了一路礼物，眼花缭乱，都想哭了。

最后敲定了一款胸针，那是一枚蝴蝶形状的胸针，以珍珠母贝衬底，神态轻盈，仿若翩翩起舞。单单蝴蝶身上镶着一颗墨绿的孔雀石。

胸针不算贵重，但禾真还是个小小的作者，这枚胸针就花了她两个月的薪水。

傍晚时分，禾真穿了那条方领米白色长裙，微微露出好看的锁骨，若隐若现。脚下是一双白色细跟高跟鞋，化了点淡妆。

她站在陆昀之跟前时，陆昀之还有些晃神，这还是他所认识的女孩吗？

"走吗？"禾真提着包包，小声问道。

他笑了笑："走吧，我的女孩。"

陆昀今天穿得十分复古绅士，一身浅色格纹双排扣西装，立体剪裁，内搭纯色衬衫，九分西裤，尽显挺拔的长腿线条。

上了车，禾真还是有点忐忑，忍不住打探："你给伯母买了什么生日礼物？"

陆昀之顿了顿，漫不经心地回道："韩时帮我买的，应该是些保健品。"

"这么随意吗？那你去年送了什么？"禾真又问道。

她生怕自己选的蝴蝶胸针不讨陆母的欢心，便不断小心地试探着。

身旁的男人迟疑了一会儿才回道："去年，不记得了。"

"那往年呢？你妈妈喜欢些什么？"禾真追问道。

沉默了几秒，陆昀之才开口道："这几年我都没回家陪她过生日。"

禾真盯着陆昀之的侧脸，若有所思。

"哦……"禾真有些意外。

"我也很少回家。"陆昀之又补充道。

"往常有爸陪她过生日，今年我爸去国外出差了。我难以拒绝她的请求。"陆昀之神色淡淡地说。

陆昀之和陆母的关系变得如此僵硬，应该是因为简嘉伦吧。禾真暗暗想着。

禾真不再说话，陆昀之又说："你不要紧张，我妈很好相处的。你就当是去见一个长辈吧。"

许慧家在郊外，也是独幢别墅，比起外婆的家更大一些。如果说外婆的家是个小花园，那么眼前这座橙红色基调的别墅更像是坐落在湖面的小城堡。

禾真有些叹为观止，忽然觉得自己的礼物是不是有点拿不出手。

许慧很早就在门口等候陆昀之，她穿着一身墨绿色的连衣长裙，气质出众。她看到陆昀之的瞬间，径直冲过来，抱了抱陆昀之。

"你能来我真的很开心。"

可能陆昀之真的太久没回到这个家，许慧有点喜极而泣，好一会儿才察觉到他身旁还站着禾真。

"这位是……"许慧这才注意到站在陆昀之旁边的女孩。

陆昀之郑重其事地介绍："妈，这是我的女朋友，禾真。"

禾真连忙礼貌地道："伯母，生日快乐，我给你准备了一份礼物，不知道你会不会喜欢。"

禾真显得有点局促。

许慧欣喜地接过礼物道："谢谢啊！"

"是枚胸针，也不知道伯母喜不喜欢。"

"我的裙子正好缺少一枚胸针装饰，现在就戴上。"许慧笑着说。

禾真打开盒子，巧的是许慧今天穿的正好是一袭墨绿色的裙子，搭配这枚镶着墨绿孔雀石的蝴蝶胸针倒是相得益彰。

"我觉得我和禾真很有缘，我们第一次见面，也没说好我今天会穿什么颜色的裙子，你看她送我的胸针正好就搭配上了。"许慧欣喜地道，"他外婆跟我提起了你，她很喜欢你。"

许慧挽起禾真的手，又转头看向陆昀之说："你啊，谈了女朋友也不带给我看看，还得你外婆给我打电话我才知道。"

从刚开始到进入客厅，陆昀之都保持着疏离的状态。直到看到餐厅里还有一个男人，他才顿住了脚步。

禾真也微微定住脚步，其实她早应该料到这场生日聚会不只有陆昀之和她，应该还会有别人的存在。

毕竟许慧不只有陆昀之一个孩子，她还有简嘉伦。

简嘉伦一身青暗的西装，低调又不失英伦风。他徐徐把茶杯放在白色雕花的矮几上，慢慢地从真皮沙发上起身，不咸不淡道："昀之，好久不见。"

两个人相见的时候已然剑拔弩张，这么僵持了几秒，陆昀之勾了勾嘴角，礼貌地问候了一句："好久不见。"

许慧忽然缓了口气，两个孩子能和睦相处是她多年的愿望，所以她趁着自己的生日叫来了两个孩子。现在看来情况还不算太糟糕，她终于可以稍微安心一些了。

"我让王嫂把菜端上来，差不多能吃饭了。"许慧笑着缓和气氛。

菜上桌，四个人坐定，许慧笑着让大家举杯。

简嘉伦却没有起身，道："妈，我还叫了一个人来。"

"谁呀？"许慧笑着问。

"你认识的，林玥。"简嘉伦扬眉回道。

许慧的神情变得有点复杂，她当然认识林玥，知道林玥曾经是陆昀之的女朋友，后来又成了简嘉伦的女朋友。

两个儿子都同林玥交往过，这种局面显得很尴尬。

“我认为这是个家庭聚会，为什么要叫林玥来？”陆昀之淡淡地问道。

“如果是家庭聚会，那么你为什么带禾真来呢？”简嘉伦反问道。

陆昀之笑出声道：“禾真是我的女朋友，我已经把她当成这个家的一员了。”

禾真猛地心跳加速，说实话，陆昀之的这句话让她十分受用。

简嘉伦有点惊诧，并没有想到禾真已经是陆昀之的女朋友了。

但他很快便回过神：“那我也……”

“我记得，你的女朋友不是米思薇吗？”陆昀之饶有兴致地反问道，“你应该带她来给妈看看。”

许慧有点惊喜，两个孩子都有女朋友了。

可简嘉伦的脸却冷下来：“你恐怕误会了，米思薇不过是我公司的一个合作作者。”

“哦？”陆昀之饶有兴致地勾了勾唇，“原来是这样……”

“你什么意思？”简嘉伦有些不满陆昀之的态度。

陆昀之笑出声道：“我只是好奇，原来你对作者已经好到为她千方百计地找枪手了？”

简嘉伦的脸色变得很难看，冷哼一声：“那弟弟呢？你的女朋友曾经可是……一位枪手？”

“枪手”二字如今落在禾真的耳朵里还是万分刺耳，她紧咬着唇，全身却止不住地在微微颤抖。

她显然没有料到自己的那些过往会成为简嘉伦放在桌上羞辱自己的资本。

陆昀之不咸不淡地笑了一声：“每个人都会犯错，最可怕的是选择忘记。”

简嘉伦的眼里席卷着浓浓怒火，他仰着头，嘴角微动，最后还是笑了：“昀之说的话，真是意味深长……”

“你不是心知肚明吗？”

陆昀之骤然起身，气场慑人，同简嘉伦眸光相交的瞬间，刀光剑影。

就这么沉默了几秒，终于被林玥的到来缓解了气氛。

“阿姨……我是不是来晚了？”

林玥被张嫂迎进了餐厅，见简嘉伦和陆昀之站在一起，气氛冷硬。

她笑道："是因为我来得太迟，大家都起身欢迎我吗？"

许慧连忙笑道："不迟不迟，菜才刚上。快坐下来吃饭吧，孩子。"

林玥递过礼物，几个人在饭桌上相顾无言，这顿饭吃得太沉默也太诡异。

明明是一家人，却貌合神离。

禾真心里有些难受，看着身旁的陆昀之脸色沉静，无波无澜，想说些什么缓和一下席间的气氛，但还是作罢。

其实整顿饭最难受的是许慧，她本想着昀之能来，可以缓和一下两个孩子的感情，可现在看来是她把事情想得太简单了。

饭后，禾真和林玥一起帮着收拾饭桌。许慧不让两个人帮忙，推着二人出了厨房。两个女孩忽然有了单独相处的机会，却又有些不自在。

她们绕着别墅的花园走了一圈，禾真才开口道："其实我一直有个问题想问你。"

林玥笑了笑，说："什么问题？"

"你当初是真的喜欢上了简嘉伦，所以才……"禾真欲言又止。

但林玥很快就猜到了禾真接下来要问的问题，她笑着接话道："所以才跟昀之分手？"

"嗯。"禾真点点头。

"其实当年我和昀之吵了一架，我们当时约好一起出国的，但他想留在国内，因为他很可能有保送G大的机会。你知道他的性格，当年的他比现在还闷，总是不肯退让，不会主动言好，而我也不肯认输。"林玥微微吸了一口气，继续道，"所以我们一直僵持着。"

"后来吧……"林玥继续道，"后来简嘉伦对我展开了猛烈的追求，我当时不知道他们是兄弟，只是想气气陆昀之，却没想到伤害了他。"

晚风袭来，撩起林玥的长发。禾真侧头看着林玥，林玥那么优秀又漂亮，若是现在还跟陆昀之在一起的话，她或许完全没有可乘之机。

"那天在画室听了你的话，我忽然觉得，其实你是对的。"林玥深吸一口气道。

"嗯？"

"我已经缺席了他现在的人生，"林玥的眸光有些忧愁，有些事实她不得不承认，“也许我参与了陆昀之的人生，他或许不会成为现在的他。”

现在的他很优秀，林玥不得不承认。

但她还有小小的殷切，她想让她所认识的 Sea 回来。

“禾真，你可以帮我一个忙吗？”林玥停下脚步，眸光真诚。

禾真洗了一盘水果，缓缓上了楼，却不见陆昀之的身影。她又往上走了一层，仿佛听到有人在说话。

她终于在楼顶的平台看到了躺在藤椅上的陆昀之的身影。

天慢慢暗了下来，夕阳西下，别墅的前面是一片人工湖，湖光山色，互相映照。

本想迈出脚步的她，在看到陆昀之的同时，也看到了站在他身后的简嘉伦。

简嘉伦环抱双臂，说：“我想和你谈谈。”

陆昀之不耐烦地看着简嘉伦，问：“谈什么？工作还是生活？”

“我知道蔚蓝找过禾真，她是不是说了什么不该说的？”简嘉伦问道。

陆昀之骤然起身，走到简嘉伦跟前，眸光锐利，冷冷地道：“你在害怕什么？”

简嘉伦沉着脸，冷森的双眸直直地盯着陆昀之说：“弟弟，你为什么从小到大总要和我作对？”

“不，”陆昀之轻巧地勾唇，冷冷地笑，“简嘉伦，你还没有资格。”

简嘉伦显然没有预料到陆昀之会这么回他。

没有资格？

他连和陆昀之作对的资格都没有，这就是陆昀之对他最大的羞辱。

“从小到大，我从来没有把你当成我的对手。”陆昀之坦白地说。

“是你总是要夺走属于我的东西，”陆昀之不甘示弱地瞪着他，“从小到大，不是你嫉妒我，故意和我作对的吗？”

陆昀之的话像一把利剑戳到了简嘉伦最薄弱的位置，简嘉伦咬紧牙关，压制着隐隐暴露的情绪。

“是，从小到大，是你夺走了我所有的爱。我故意和你作对，我想取走你的一切，我千方百计，后来你终于输了。”简嘉伦笑了，笑得却沉重。

“我没有输，简嘉伦。”陆昀之冷静自如地回道。

他一字一顿，眸色又深又凌厉。

“你不就想看到我输吗？抱歉让你失望了。”陆昀之又道。

“今天是妈妈的生日，我不想跟你吵。”简嘉伦压制住怒火道。

“这话应该是我对你说。如果你这么有空，应该让米思薇学会写稿，而不是在学习你的老路上越走越黑。”

“我的老路？你什么意思？”简嘉伦提高音量。

“你知道我在说什么，你不是最擅长窃取别人的成果吗？”陆昀之轻飘飘地勾了勾唇，讽刺意味不言而喻。

“陆昀之！你该不会忘了吧？”

陆昀之迈开长步，昂首挺胸，走得不疾不徐。

他从简嘉伦的身边走过时，忽然定住了脚步。

“是你，”简嘉伦红着眼，狰狞又残酷，“是你害死了外公！”

话落的那一刻，站在玄关处的禾真大为震惊。她的手一松，果盘重重地落在地板上，滚落的樱桃鲜艳地散落一地。

陆昀之发现了她，定定地看着她，眸光里的忧愁仿佛就要溢出来。

禾真有点心疼，想说些什么，却说不出口。

眼见陆昀之从她的身边经过，她还愣怔在原地。

过了几秒，她才急急地追了出去，大叫道：“昀之，陆昀之，你去哪里？”

她一路疾跑，终于在花园追到了陆昀之，深吸一口气后问道：“你要去哪里？”

路灯昏暗，晚风徐徐，钻入鼻中的还留有夏日的余温。

那个人影笔直地立在她面前，半天没有动静。禾真差点觉得时间是不是静止了。

就这么过了好一会儿，面前的男人才转过身。

这是她从未见过的陆昀之。

那样的眸光静如止水，满眼噙着又深又疼的悲哀。

“我今天想一个人静静，对不起，禾真。”他喉结滚了滚，声音暗哑。

这样难过的陆昀之让她有点手足无措。

她只能答应他的请求：“没事的，我待会儿打车回去。”

陆昀之面无表情地转过身，走得又孤独又寂寥。

目送着陆昀之转身离开，她沮丧地转过身，却看到了林玥。

她满脸愁绪，突然转身往别墅跑。禾真紧跟着她，看着她上了楼，直奔天台，站在了简嘉伦的跟前，不等他吭声，一巴掌用力地落在了简嘉伦的脸上。

这个猝不及防的巴掌让简嘉伦大惊失色，他隐忍了许久才问道：“林玥，你在干吗？”

“这是四年前就要给你的巴掌，现在我讨回来了。”林玥不疾不徐道，“你根本就不喜欢我，对吗？你不过是想气陆昀之，所以你才用尽心思追求我。”

“我爱过你，林玥。”简嘉伦深吸一口气道。

林玥惨淡地笑出声：“不，你没有。”

她看着面前的男人，凄惨地笑了一声：“简嘉伦，你最爱的人是你自己。”

简嘉伦沉默不语，林玥簌簌落泪：“从开始到现在，你根本就没有变。你最爱的人是自己，你硬生生要拿走陆昀之的一切。可是你忘了。”

“忘了？”简嘉伦反问。

“你忘了陆昀之是你的亲人，他是你的亲弟弟！”林玥大喊道，“你在折磨他的同时，也在伤害伯母的心。”

简嘉伦的眸光暗下来，他僵着嘴角笑出声：“为什么全世界都在帮他？为什么？”

“你想知道吗？”林玥反问道。

简嘉伦看着她，说：“想。”

“简嘉伦，因为从头到尾错的人都是你。你懂吗？”

他冷漠地笑了一声，走到林玥跟前，指着一旁的禾真道：“他已经有了禾真，他不爱你了，林玥。”

林玥紧咬着牙关，泪水汹涌。

简嘉伦大笑了几声，神情狰狞：“你还在为他说话？你是不是傻了？”

面前的男人仿佛疯了，轻轻勾了唇，大笑了几声，最后掷地有声道：“我没有错！”

禾真呆呆地目送简嘉伦走远，才去扶起蜷在角落里的林玥。

林玥抹去泪光，看着禾真说：“禾真，只有你能帮昀之了。”

禾真没有说话，她今天接受的信息量太大了。今年许慧的生日会，最后只剩下了林玥和禾真，她的两个儿子又吵了一架。

她有些落寞，最后还是笑着和两个女孩挥手再见。

禾真坐在的士上，看着这座繁华城市的街景。她握着手机，踌躇了半天还是没拨出陆昀之的电话，最后她只好放弃。

第二天，陆昀之没来，编辑室的工作照常进行，而禾真在写的《雨后微光》第二部也很顺利。她没想到的是，陆昀之一整个星期都没有来公司。

林恬伊握着手上厚厚的文件，有点发愁，对着禾真道："陆主编到底怎么了？电话不接，信息也不回，他去哪里了？"

禾真摇摇头，她确实不知道。

"他该不会生病了吧？"林恬伊又问。

禾真又摇摇头，长叹一口气："唉——"

林恬伊越发觉得奇怪，反问道："你不是他的女朋友吗？你们吵架了？"

禾真还是摇摇头。

林恬伊把手中厚厚的文件放到禾真的手上，说："我不管你们发生了什么，编辑部的工作不能停，这些文件的签名就靠你找到主编签了。"

"喂——"禾真对着只给她留了个背影的林恬伊喊道。

眼见人已经走了，她低头看着怀里的文件，十分忧愁。

下了班，她还是硬着头皮出现在了陆昀之的公寓前。连按了几次门铃，在她就要放弃的时候，门开了。

迎接她的竟然不是陆昀之，而是好久不见的亚历山大。

禾真摸了摸亚历山大的小脑袋，打了个招呼，才小心翼翼地进了门。合上门的瞬间，她的身后猛地传来一个声音："有事？"

禾真僵了僵脖颈，转身一看，一周没见的陆昀之好像真的病了。

眼前的陆昀之穿着简单的白色T恤和黑色长裤。他的脸色苍白，眼尾低垂，连嗓音都微微沙哑。

"你好久没去公司，堆积了一些文件需要你签名。"禾真如实汇报。

陆昀之点了点头，说："放在茶几上，签完我会让人送回去。"

陆昀之从冰箱里拿了一瓶矿泉水，拧开瓶盖，见禾真放下文件还伫立在原地，没有要走的意思，又道："禾真，你是还有话要对我说吗？"

禾真走上前，夺过陆昀之手中的矿泉水道："你生病了，还是喝点热水比较好，我帮你烧点开水。"

不一会儿，炉灶上的水壶嗡嗡作响，禾真从橱柜里拿出一个玻璃杯，给陆昀之倒了一杯热水。

陆昀之望着禾真，两个人久久没有说话。

直到陆昀之开口道："文件送了，水也烧了，你还有没有……"

"陆昀之，我想你。"

禾真打断陆昀之的话，一双黑色的眼睛定定地看着陆昀之，那样的眸光有些小心翼翼，却藏不住担忧。

她担心陆昀之，却不知该如何开口。

"无论过去发生了什么，我都会陪你一起面对。"禾真下定决心，毫无保留地说。

眼前女孩的笃定让陆昀之有些失神。

他半天才开口："那天，简嘉伦说的话是真的。"

"我不信。"禾真真的不信。

"是……是我害死外公的。"陆昀之的喉结微动，眸色越深。

第十六章
同学会

“陆昀之，我不信，我不相信。”

眼前的女孩执拗又固执，他的眸光微微闪了闪，声音低沉地道：“记得你问过我是不是因为林玥而不再写作，而我的答案是，我不是因为她放弃了写作……”陆昀之顿了顿道，“是因为我的外公。”

禾真不再说话，两个人一起踱步到阳台。今夜的天空如一张深蓝色的渔网，布满了闪烁的星星，一颗、两颗、三颗……统统被捕捉在渔网中。

“那次我受到学校严厉的处分后，妈妈竟然带回了简嘉伦。因为简父要去国外出差，妈妈觉得自己亏欠简嘉伦太多了，即使我坚决反对，她也还是在这个时候让他住了下来。”陆昀之缓缓道来。

“可是……是他害得你受处分的，伯母不知道吗？”禾真追问道。

“手心是肉，手背也是肉，这个时候，妈妈早就不在乎真相是什么。”顿了顿，陆昀之才开口，“可我在乎，我在乎这个真相。”

陆昀之侧头看着禾真，这些年万般愁绪压在心里，他终于找到了说出口的机会。

“我不想白白被冤枉，可妈妈却劝我接受处分。她说会送我出国，会有更好的前途。我在乎的真相连我最亲的人都不在乎，我很难过，禾真。”

禾真侧头看着夜色下的陆昀之，那双深沉的眸子里藏着太重的心事，那一刻她真想好好抱抱他。

沉默了许久，陆昀之又继续道：“后来我失去了保送的机会，一怒之下干脆就在外租了套房子，全身心投入了写作上。因为错失了论文的二次答辩，学校对我进行了劝退。之后我就退了学……”

禾真有些目瞪口呆，那应该是陆昀之最艰难的时候吧。禾真能够理解那种滋味，因为她曾经也深陷过这样相似的处境，万夫所指，却百口莫辩。

“简嘉伦知道了，把这件事情添油加醋地告诉了外公……”陆昀之重重地吸了一口气，“外公身体不好，有心脏病，他知道了我的事情很生气，找我谈了一次。”

陆昀之仰着头，望着深黑的夜幕，也许躲在黑暗里，就能不被察觉到忧伤。

“那天我记得很清楚，下了很大很大的雨，我和外公吵了一架，直接摔门而去，直到接到妈妈的电话……”陆昀之带着哭腔，声音越来越低，越来越无力。

渐渐地，那些情绪聚集在一块，终于崩溃。

“是我的任性和冲动，让他就那么走了。”

禾真微微抬头看着面前的男人，忽明忽暗中，他的眼里有晶莹的东西发亮。隐隐动了动薄唇，费尽力气，最后还是没有落下眼泪。

而禾真情不自禁地拥抱住他：“外公不会怪你的。”

“不，简嘉伦说得没错，是我害死了他，我连他的最后一面都没见到。我真是恨自己！”

近在咫尺的男人全身都在剧烈地颤抖，禾真从未见过这么脆弱的陆昀之，这么难过的陆昀之。他在外人面前冷漠到让人觉得苛刻，可谁又会想到他也会痛哭，也会有这样一段藏在记忆深处的往事？

禾真紧紧搂住他的腰，靠在他肩膀上。她知道他落泪了，却不愿意在她的面前哭。

陆昀之从没有在别人面前如此袒露自己的内心，但这一刻他前所未有地放松。

他曾经按部就班，像是一个准时的闹钟“嘀嗒、嘀嗒”过着每一天，无非是在掩藏那些无人的夜里，经常打扰他人生的梦魇。

第二天，禾真和陆昀之两个人牵着手走进公司。

魏西宁眼睛盯得都直了，嘴巴也合不拢了。可陆昀之依然熟视无睹，直到主编办公室前，他才松开手。

禾真低着头，默默地走回办公室，就听到身后的陆昀之漫不经心地说了一句话："魏西宁，请合上你的嘴。"

陆昀之关上办公室的门，编辑室的人笑成一团。

《雨后微光》的网络热度高涨，读者都在期待第二部的到来。而第一部实体书的书号已经下来，一切准备就绪，只差最后的印刷。

一切进行得很顺利，禾真跟林恬伊一起去印刷厂看打样，她摸了摸这本属于自己的实体书，内心百感交集。

这是她期待了太久的一本书。

曾经，她想也不敢想自己可以出一本书，而现在终于摸到了，她有些热泪盈眶。

禾真兴奋地道："恬恬，我真是太幸福了。我的闺密竟然是我的责编，我负责写稿，你负责把成品放在我的面前。"

林恬伊轻轻笑了，手叉着腰道："不仅如此……我还负责催稿。禾小姐，《雨后微光.2》什么时候完结？"

猝不及防的催稿让禾真傻了眼。

"还是要让你的男朋友陆主编亲自催稿呀？"林恬伊明显是在笑话她。

禾真面色绯红，窘了半天，还好包里的手机铃声拯救了她。

"不和你说了，我接电话。"

是一个陌生的号码，禾真接起来一听，神情骤变。电话那头的人竟然是蔚蓝。

"禾真，你考虑得如何了？"

禾真有点出神，半天才反应过来。那天蔚蓝告诉她，手上有可以证明她清白的证据。

而这段时间太多事情夹杂在一起，禾真根本没空仔细思考这件事。

她沉默了几秒后问道："你的证据是什么？"

蔚蓝笑道："禾真，你根本没有想。好吧，你不用考虑了。我有自己的主见，我会让米思薇身败名裂的。"

蔚蓝挂断电话，禾真望着林恬伊，忽然有点慌。

这样风平浪静地过了几天，直到周五，禾真有点感冒，请了半天假，昏昏欲睡，到下午被林恬伊的微信吓得跳起来。

“你看微博了吗？”

“蔚蓝发微博了！”

“她发了一个语音！”

“语音只有一半，她周末还会发后面的一半。”

“快！去听啊，米思薇间接承认了她从来就没有写过文！”

……

禾真赶紧打开微博，因为米思薇的影响力，蔚蓝这条微博已经上了热搜。

“米思薇会写作吗？”“米思薇是草包作者”“夜幽行”几个话题一起爬上了热搜榜单。

她紧张地点开“蔚蓝啊”这个微博，打开这个录音视频，还配上了字幕。录音并不长，是两个人的对话——

“这次你准备自己写吗？”这问话的声音明显是蔚蓝的。

紧接着米思薇回道：“开什么玩笑？”

“那现在怎么办？”

“你问我怎么办？那我请你做什么？请你问我怎么办吗？”

录音戛然而止，从最后一句话来看，米思薇的语调十分愤怒，已经显现出强烈的不耐烦。

禾真关了微博，换了身衣服立刻驱车往 Coral Sea 文化赶去。

此时正是下午一点多，大厅人烟稀少。她低头想看看时间，刚掏出手机，就径直被一个人拖到了角落里。

她吓了一跳，正想尖锐地大叫，简嘉伦喊了一声：“禾真，是我。”

禾真呼出一口气，望了望四周。两个人正好在楼道附近，摄像头不可见的位置。

她有些紧张，靠墙挪了挪，胆怯地问道：“简老板，你……你别吓我了……”

“蔚蓝在哪里？”简嘉伦开门见山。

“我不知道啊。”

“网上的录音是不是你指使她干的？”简嘉伦问道。

禾真有点无语，直到现在简嘉伦还不知悔改。

“第一，我没有指使她；第二，这个录音难道不是真相吗？”禾真理直气壮地反问道。

“我不知道你说的是什么？请不要抹黑 JM 文化。”简嘉伦义正词严道。

两个人面对面，气势不输对方。

“简嘉伦，你比起陆昀之真的弱爆了。”禾真毫不留情地说。

简嘉伦蹙眉，不想眼前的女孩又道：“你一直觉得陆昀之是你的影子，其实不对。”

他的眸光微微闪了闪，有深深的困惑。

禾真继续道：“是你，你把自己当成了卑微的影子、不见光的影子、邪恶又可怜的影子。”

话落的一瞬间，禾真挺直背脊，走得又急又快。

刚才说完，她还担心自己的话会刺激到简嘉伦，要是激怒了他，自己显然不是他的对手。

她想着想着就闯入了一个人的怀中。

她抬头一看，站在面前的男人是陆昀之。

他勾了勾唇，笑了一声：“你刚刚好像是夸了我……”

禾真有点惊讶，不知道陆昀之在暗处偷听了多久。她面红耳赤地走在前面，却看到陆昀之将右脚抬高，走起路来一摇一摆的。

“你怎么了？脚崴了？”禾真担忧地问道。

“爬楼梯，踩空了。”陆昀之不咸不淡地回道。

“你刚刚从十八楼走下来的？”禾真有点疑惑。

“嗯——”

“为什么呀？你为什么不坐电梯呀？”

“电梯太慢了。”

“呃——”

“刚刚魏西宁在楼下看到你和简嘉伦，我害怕你……”陆昀之欲言又止。

禾真定在原地：“害怕我被简嘉伦威胁，还是害怕我受欺负？”

“都害怕。”陆昀之坦白道。

“那现在脚疼吗？”禾真皱了皱眉问道。

“疼啊，你说怎么办？”

“你想怎么办？”

“想要你照顾我啊！”陆昀之的嘴唇微勾，笑得意味深长。

禾真咳了一声：“那……那得多久？”

“你不知道？”陆昀之撇着嘴，低声问道。

“我怎么会知道。”

陆昀之轻巧地勾唇，笑得如光闪耀：“恐怕……要一辈子了吧。”

“想得美！”禾真轻轻捶了捶陆昀之的胸。

两个人走出电梯，陆昀之暧昧地喊了一声：“疼——”

禾真松开手，面红耳赤地走在前面。

可陆昀之却驻留在原地，又低声喊了一句：“疼……禾真。”

见几个同事已经被这边的动静吸引，禾真只好说道：“你……你疼和我也没关系啊。”

“不是你我还能崴了？就是因为你我才疼的。”陆昀之义正词严道。

陆昀之面不改色，禾真微微吸了一口气，不知从什么时候开始，他竟然变得如此无赖了？

难道生物钟还会影响人身上的无赖细胞？

禾真无可奈何，只好扶着他在众人的目光下走进了主编的办公室。把陆昀之安坐在靠椅上后，她找来一瓶云南白药喷雾递给他，再轻轻瞥了一眼办公桌。

红木办公桌上不仅放着层层叠叠的合同和文件，还有一个墨绿色的信封，上面写了一行字：同学会邀请函。

禾真问道：“你的脚没什么事吧？”

陆昀之喷了药水，随口应道：“没什么事，现在不怎么疼了。”

“是大学的同学会吗？”禾真明知故问。

陆昀之轻飘飘地点了点头：“嗯。”

“那你会去……”禾真顿了顿道，“你会去参加同学会吗？”

禾真的话让陆昀之猛地抬起头，他愣怔地看着禾真，又看了看办公桌上的信封，淡淡地回道：“我一般不喜欢参加这种聚会。”

“为什么？”禾真忽然问道。

陆昀之没有说话，禾真也沉默了。

“陆昀之，你毕业有五年了吧？你回过学校吗？”禾真忽然问道。

陆昀之抬头看了禾真一眼，平淡地回道：“我说了，我一般不喜欢参加这种聚会，因为太吵了。”

明明就是个不露痕迹的借口，陆昀之还是无法面对过往。

可这次显然不是一个简单的同学聚会，或许也是一个解开陆昀之心结的机会。

正当两个人相顾无言的时候，主编室的门猛地被敲响。

陆昀之整了整衣服，喊了一句：“进！”

进来的人是魏西宁，也只有他会这么不识趣，明知道禾真在，也毫无顾忌地敲门。

陆昀之问道：“有事吗？”

“陆主编，您看新闻了吗？”魏西宁意味深长地问道。

陆昀之不解地看着魏西宁，狐疑地问道：“什么新闻？”

“陆主编，你让我时时刻刻关注 JM 文化那边的动静，我一刻也不敢懈怠，生怕错过米思薇的第一手的资料……”

魏西宁说得声情并茂，可陆昀之毫不留情地打断了他的话：“说重点！”

“就在刚才，米思薇召开了记者发布会。”魏西宁汇报道。

“什么？”陆昀之有些惊诧，又问，“她承认这些年都是找枪手替她写稿了？她道歉了？”

魏西宁摇了摇头说：“恰恰相反。”

“恰恰相反？”

禾真同陆昀之互望了一眼，还是不解。

陆昀之打开网页，魏西宁继续道：“米思薇说网上的录音是恶意剪辑，她很委屈，也对蔚蓝的行为感到痛心。”

禾真也凑到了电脑屏幕前，米思薇的新闻发布会冲到了热搜第一位。禾真并不惊奇，因为米思薇太有话题性，又长着一张明星脸，立的人设是一位有才华的悬疑作者。前几年她还在影视剧里客串了几个小角色，倒是起了些水花。重点是她曾经说过假如《夜幽行》能够影视化，她会争取其中的一个角色。可现在因为蔚蓝的事情，影视化的可能性也基本为零了。

陆昀之打开了记者会的视频，视频里的米思薇一身黑色套裙，长发绾起，一改之前侵略性的妆容，只是描了淡妆。她独自坐在中间，神情凝重，眼眉低垂，似乎马上就要哭出来。

她全程都在放低姿态，力证自己的清白。

禾真印象最深刻的是米思薇最后说的一段话："蔚蓝一直是我很喜欢和尊重的编辑，我们合作了这么多年，早已把彼此当成了比工作伙伴更重要的角色。没想到她会做出这样的事情，我真的真的很难过。"

"虽然我一直想要改变风格，一直在突破，一直在进步，依旧落人口舌，还是得到不公平的对待。"

顿了顿，米思薇彻底哭出声，哽咽道："真相是，录音是被人恶意剪辑的。我希望最后能证明自己的清白。"

陆昀之关了视频，冷冷地笑出声："米思薇之前客串的戏没有白拍。"

禾真捏紧拳头，她很生气，为什么米思薇可以这么厚颜无耻？

她的肩膀因为愤怒而变得僵硬。

她不想再听关于米思薇的一切，正转身要走，陆昀之忽然抓住了她的手臂。

她回神的瞬间，只见陆昀之的眼睛一眨不眨地盯着自己看，他用微凉的手掌轻轻地摊开了她攥紧的右手。

"禾真，相信我。"陆昀之深沉而温柔。

禾真微微有些失神，她知道眼前的男人是让自己相信他。

"咯咯——"魏西宁清了清嗓子，继续道，"现在网络上出现了两种声音，米思薇的死忠粉觉得自己喜欢的作者被冤枉，很憋屈，正在蔚蓝的微博底下恶意刷评。而还有一种声音，在等蔚蓝公布第二段录音。"

禾真气得咬牙，米思薇的演技出神入化，难道她真以为蔚蓝手上没有铁证吗？

"米思薇是 JM 文化的台柱子，假设她真的是从头到尾在利用枪手，那么 JM 文化的其他作者也会受到质疑，这是我们对抗的好机会啊。"魏西宁忽然有点兴奋。

"可……蔚蓝要是被简嘉伦找到呢？"禾真喃喃自语，有点担心。

陆昀之扬眉问道："你是担心她会被收买吗？"

禾真摇摇头："她既然答应了要公布录音，肯定已经想好了后果，绝对不仅仅是为了钱。"

"那是……"魏西宁追问道。

"我是担心简嘉伦会采取极端的手段控制蔚蓝，"顿了顿，禾真又道，"我很担心她的人身安全。"

陆昀之点点头，觉得禾真的话有道理："既然简嘉伦在找她，我们可以先找到她。"

他思忖片刻，忽然笃定地道："必须找到她。我们得为她做个采访。"

禾真和魏西宁面面相觑，显然不知道陆昀之壶子里又卖了什么药。

"这次，我觉得必须正名，Coral Sea 文化对抄袭零容忍，对霸占别人文稿的作者更是坚决抵制。"陆昀之仰着头，义正词严。

米思薇开完记者招待会的当天，蔚蓝就发了一条微博，只有几句话，言简意赅：看了米小姐的表演，果然是演技派，除了佩服，我想米小姐依然没有意识到问题的严重性。我现在唯一的要求是米思薇承认《夜幽行》不是出自她的手笔，并能在周末之前向广大的读者和何时了道歉，否则这个周日我会公布所有录音。

威胁之意再明显不过了。

米思薇看到这条微博，握着手机的手颤抖起来。

"叮！"

电梯门骤然打开，出来的女人穿着镂空套头衫，山茶花装饰的包臀裙，整个人窈窕高挑。简单的颜色在林玥的身上显得清纯脱俗，而米思薇身上穿着鲜艳的红色丹宁刺绣的长裙，两个人形成鲜明的对比，一个清纯，一个艳丽。

米思薇摘下太阳镜，却没有要打招呼的欲望。而林玥也熟视无睹地从她身边走过。

"林小姐——"米思薇最后还是叫住了她

林玥顿住脚步，微微笑了一声："原来是作者米思薇小姐，不好意思，刚刚没认出来。"

米思薇僵了僵嘴角，怎么可能没认出来，现在各大网站都在发她在记者发布会上哭肿的模样，虽然是做戏，但她也是真正地在挤着眼泪。

“林小姐，是找简嘉伦吗？”米思薇明知故问。

林玥点了点头，礼貌地笑了笑。

“可是，你们不是分手了吗？”米思薇昂起下巴，挑衅的味道不言而喻。

林玥淡笑出声：“我跟简嘉伦谈的是公事，其实，即使是私事，普通朋友的来往有问题吗？”

米思薇冷冷地问道：“林小姐和我们公司有合作了？”

“不会有。”林玥简短地回道。

“不会有？”这个答案让米思薇有点意外。

林玥淡淡地勾唇，道：“是，简嘉伦找过我，想让我做JM文化的独家画手，我拒绝了。”

米思薇瞥了林玥一眼，轻轻嗤了一声：“既然拒绝了，有必要亲自再跑一趟JM文化吗？”

林玥看着米思薇，不紧不慢地回道：“的确如此，可是简总并不准备就此罢休，继续向我的工作室的画手发了邀请函。我觉得必须当面告诉他一声……”

“告诉他什么？”米思薇有些好奇。

“告诉他不要再骚扰我们阅林工作室的画手，还要郑重地告诉他，我们不可能跟一个纵容投机取巧作者的公司合作。”

林玥一脸平静，波澜不惊。

可米思薇已然脸色大变，她隐隐咬牙，气得脸一阵紫一阵红的。

“你知道你在说什么吗？林玥！”米思薇尖锐地叫道。

“我当然清楚自己说了什么，我还想告诉你一件事。”

林玥走近了一步，凑在她的耳边，低声道：“米小姐，简嘉伦说你只是他的合作伙伴。”

米思薇轻轻动了动嘴，林玥又补充了一句道：“可以随时被抛弃的那种。”

话落的瞬间，林玥已经踏着高跟鞋，气势逼人，徒留米思薇一个窈窕的背影。

米思薇单独地站在原地，气得要爆炸。她气势汹汹地上了电梯，直接闯入了简嘉伦的办公室。

“砰”的一声，米思薇用力合上了办公室的门。

简嘉伦微微从文件中抬起头，米思薇已经踩着高跟鞋来到他跟前，冷笑了一声："简老板，可忙？"

简嘉伦背靠在转椅上，寒气逼人："你是不是有什么话要向我解释？"

米思薇双手撑着办公桌，俯下身来，瞪着怒眸道："这句话应该是我问你，你是不是有什么话要向我解释的。"

简嘉伦轻飘飘地勾了勾唇，双手交握放在办公桌上，冷笑出声："好啊，你先说我有什么事需要向你汇报的。"

"我问你，为什么要和林玥合作？为什么要和阅林工作室的画手合作？她对于你来说有那么重要吗？"米思薇提高音量，质问道。

简嘉伦轻轻掀了掀眼皮，哼了一声道："我跟谁合作和你有关吗？你只是JM文化的一个作者。"

米思薇的喉结微动，半天说不出一个字来。

简嘉伦骤然起身，声音冷硬："米思薇，现在换我问你了。谁允许你私自召开那个记者招待会的？你是不是想彻底激怒蔚蓝？你知不知道你现在的身份是什么？"

米思薇有些吃惊，她没想到简嘉伦会以这种生硬疏离的口气质问自己。

她轻轻吸了一口气，问道："那你告诉我，我在你心里到底是什么身份？"

简嘉伦愣了几秒，米思薇又继续问道："我是不是跟你仅仅是合作者的关系？"

米思薇瞪着简嘉伦，可简嘉伦的眼里只有一种死寂的凉薄感。

她很失望，这么多年，她自以为和简嘉伦是正当的男女朋友，可他说过一个"爱"字吗？

没有，他并没有。

眼前这个男人冷漠又凉薄，连一点爱也未给予自己。

是，他为她请枪手，为了让她感受当作者的感觉，让她有一种众星捧月的感觉。

可那也是为了JM文化。

他在立一个美女悬疑作家的人设，而她呢？早就成了简嘉伦对外的一把利器，赚钱的机器。

“你为什么不回答我的问题？”米思薇问道。

“你到底想要什么？”简嘉伦厉声道。

“我到底想要什么你不知道吗？”米思薇噙着眼泪，盯着眼前的男人，“是，本来我们在一起就没付出过真心，可是我们相处了那么久，就是顽石也该动摇了吧。”

顽石可以动摇吗？

米思薇发觉自己错了，简嘉伦这么精明又无情的人怎么会有真情实感？

她哽咽道：“我不奢望我们能结婚，可是你连一句‘爱我的话’都不肯给我，简嘉伦，这么多年，你就是这么对我的吗？”

简嘉伦笑出声道：“思薇，我以为你早就想清楚了我们之间的关系，没想到时至今日，你还是不够明白。”

米思薇看着简嘉伦，只见他叹了一口气，背靠在一旁的沙发上，说：“这么多年，我待你也不薄，如果不是禾真的问题，你完全可以继续当你的作家。但现在……晚了……”

简嘉伦的话让米思薇猛地紧张起来，她含泪问道：“你什么意思？简嘉伦。”

“思薇，你不应该开那个记者发布会，你哭得越伤心，后续打脸只会越严重。”简嘉伦冷静地回道。

“可是……可是我有什么办法？”米思薇的情绪有点激动，尖声道，“我总不能承认是真的在请枪手为我创作稿子吧，那样我会死的！我还怎么维护好我在大众面前的形象？”

“没用的，米思薇……”简嘉伦长叹一口气，继续道，“我们找不到蔚蓝，她还会有第二个录音片段、第三个录音片段……”

“所以我们要赶紧阻止那个疯子啊！”米思薇大叫道。

“放弃吧，思薇。”简嘉伦劝道。

米思薇害怕了，劝道：“嘉伦，我刚刚说的话你不要当真，我真的没有别的意思。你把我一手捧到这个位置，又摔回原地，我根本无法接受……”

简嘉伦拿起一支烟，轻描淡写道：“可是……你本来不是想做演员的吗？”

米思薇忽然一愣，她确实想当演员，但在屡次面试失败后，就在JM文化做了一名普通文员。是简嘉伦告诉她不是只有演员和歌手才能感受到众星捧月的感觉，明星作者也可以。

是简嘉伦一步一步把她送到云端，让她终于感受到了被捧着的感觉。可转眼之间，她又要坠落深渊。

“我现在还怎么当演员？”米思薇声音急促地说，“我知道你肯定有办法的。对不对，嘉伦。”

“你现在有两种选择，第一，在大众面前道歉，我会让米思薇这个名字销声匿迹一段时间，你可以继续待在JM文化，继续做你的文员工作；第二，你可以不用道歉，但是请你从JM文化离职。”简嘉伦波澜不惊地回道。

米思薇拼命摇头，大声叫道：“简嘉伦，你怎么可以这么快就认输？蔚蓝手上有没有证据还不一定，她发的那段录音不足以让我定罪……”

“她有完整的证据。”简嘉伦打断了米思薇的话。

“你联系上她了？”米思薇不敢相信。

“是她联系我的。”简嘉伦解释道，“她为了给你留足面子，把完整的录音发给我了。只要你现在在网络上道歉，她就不会把录音发出来。思薇，这是你最后的机会了。”

米思薇瘫坐在简嘉伦对面的沙发上，她感受到了绝望。

简嘉伦的身子向前倾，郑重其事道：“你还是道歉吧。我会让人帮你起草这份道歉声明，字里行间都会完美地打同情牌。”

米思薇笑了一下：“现在是一份道歉声明都得由别人起草了吗？”

简嘉伦也不勉强，微微起身，淡淡地道：“还有时间，你还能好好想一想。”

“我是不会道歉的，即使要道歉，我也会自己写声明。”

米思薇骤然起身，径直往门口走去。打开门的一瞬间，她又驻足了一会儿。

“简嘉伦，要是我真的坠落深渊……”

她猛地转头，恶狠狠地看着简嘉伦。

两个人眸光相交的一瞬间，米思薇突然勾了勾红唇，嘴角溢出一丝诡异的笑意，一字一字：“一定会拉上你的。”

那样带着怨气的眸光让简嘉伦不寒而栗。

禾真接到林玥画展的邀请函时也有点意外，什么时候两个人的关系这么好了？可想起自己恐怕还得和林玥展开长期的合作，犹豫了一会儿，还是持着邀请函去了画展。

画展在一个艺术中心举行，禾真过了层层安检才进到会场里。这并不是林玥单人的画展，而是他们画室的画师联合展览。

隔行如隔山，她虽然是个作者，但对画展显然没有什么兴趣。她走了一圈，竟然看到了一幅熟悉的画。

是那幅戴着眼镜的男人素描。

那张青涩的脸庞，冷峻分明，戴着黑框眼镜，眼神里有种灼灼发光的力量，微微勾着唇，似笑非笑。

禾真有点失神，画这幅画的人一定对这个男孩带有饱满的爱意。

林玥无声无息地出现在她身后，像是对着空气说话一般：“我每次开画展，都会放上这幅画。”

禾真转身看了看林玥，林玥勾唇笑出声道：“这是我的幸运画。”

“是因为画的人是陆昀之吗？”禾真又问。

林玥又道：“也不是，是有特别的纪念意义。”

见禾真好奇，林玥又继续道：“大学时，陆昀之说是因为我才开始创作，他成为Sea。而我也是，我发现我还是喜欢画画，陆昀之鼓励我做自己喜欢的事情。”

“这幅是我为陆昀之画的，也是我开始成为画家的第一步和最重要的一步。”林玥继续道。

禾真点了点头，又道：“我以为你有邀请陆昀之一起来。”

林玥笑了笑，说：“我只想邀请你。”

“嗯？”禾真不解。

林玥继续道：“其实明天就是同学会，你会跟陆昀之一块儿去吗？”

禾真迟疑了，她其实有点不明白为什么林玥一定要让她说服陆昀之出席明天的同学会。

“为什么你一定要让陆昀之参加呢？”

林玥犹豫了一会儿，坦白道：“陆昀之无法面对以前的事情，所以这个同学会可能可以解开他的心结。”

"不只如此吧……"禾真又道。

"确实，我有私心。"林玥坦白。

禾真看着她，在等她的解释。

只听她继续道："五年，是我跟陆昀之的五年之约。"

"五年前，我们约定过，即使彼此不在一起，我们也都会回校参加同学会，告诉彼此过得好不好。"顿了顿，林玥又道，"但没有想到的是，陆昀之后来退了学，发生了那么多事情……"

"可正因为如此，我才希望他回去，让同学们看看，他早就不是那个默默无闻的陆昀之了。"林玥诚恳地道。

禾真却不以为意："可是陆昀之并不需要在那些同学面前证明自己。"

"难道你不希望 Sea 回归吗？"林玥反问道。

禾真盯着林玥，有些动摇。

林玥笃定道："我有办法让 Sea 回来。"

中午，陆昀之是被亚历山大叫醒的。亚历山大舔了舔他的脸庞，他翻了个身，亚历山大"汪"了一声，又咬住他的裤子不放。这就算了！家里的新晋小奶狗亨利更是耍了心机，直接用长舌头舔了舔他的脚趾。

陆昀之终于投降地睁开眼道："好了，亨利你真的比你爸略胜一筹。"

亨利得意地站在亚历山大旁边摇了摇尾巴。

陆昀之从床上一跃而起，听到门口传来此起彼伏的门铃声。他趿着拖鞋去开门，门外的人竟是禾真。

禾真仰头的瞬间，目光从上往下巡视了陆昀之一遍。线条起伏的肌肉，壁垒分明的身体，以及延伸而下的人鱼线，戛然而止。

她微微抬起右手遮住眼睛："那个……你可以穿件衣服吗？"

"看了这么久才让我穿衣服？"陆昀之单手撑着门，口吻慵懒。

"咯……看了吗？"禾真面红耳赤，拼命用手掌遮住眼睛，装傻充愣道，"没有啊，我什么也没看到……"

陆昀之上前拉开禾真的双手，笃定道："那你现在看到了。"

"哪有……强迫人看的！"

“看都看了，有什么想说的吗？”陆昀之勾唇问道。

禾真结巴了一会儿道：“呃……好看，也……好吃吧。”

“好吃？”

禾真窘得无地自容，猛地拍了拍额头，觉得自己有点傻。

即使觉得某人“好吃”也不能和盘托出啊？

何况……“好吃”这个词实在有点歧义！

她尴尬地挥了挥手上的三明治和黑咖啡，说：“我说的是这个三明治特别好吃，不信你试试？”

陆昀之勾着嘴角似笑非笑，去里屋换了一件衣服，在餐厅坐定后问道：“你今天怎么这么早来这里？”

“还早啊，都已经十二点多了。”禾真晃了晃手腕上的表。

“你知道，我目前的生物钟是从现在开始，现在才是早上。”

禾真坐在他的对面，回道：“其实，今天我想带你去个地方。”

“去哪里？”陆昀之奇怪地问道。

禾真平静地回道：“参加我一个同学的婚礼呀。”

陆昀之微微挑眉，眼中有些困惑。

禾真站起来，走到他身边，拉起他推着往回走：“你赶快去刷牙洗脸，然后吃早餐。我去帮你挑衣服。”

禾真为陆昀之挑选了简单的深咖色双排扣西装，搭配浅蓝色的衬衣和深蓝色领带。再加上粉色袋巾，画龙点睛。

禾真显然很满意自己的搭配，打了个响指：“这样的陆昀之真好。”

陆昀之轻轻勾了勾唇，问道：“是谁的婚礼这么重要，要带上我？”

禾真含糊着转了转眼珠子：“陆先生，不要问这么多问题好吗？今天我开车，你就享受吧。”

陆昀之在车上睡了一觉，再抬起头，才发现禾真已经把车开到了一条笔直的椰林大道上。椰林婆娑，再往前开是巍峨雄壮的大门，浮雕装饰，刻着四个大字：洲立大学。

他有多久没来这里了？大概五年了吧。

“禾真，你是故意的？”他冷冷地问道。

禾真面无波澜道："我没有骗你，今天确实有一场婚礼，不过不是我的同学。"

"那是谁的婚礼？"

"是你的同学的婚礼。"

"我的同学？"陆昀之有些惊愕。

车子又开了差不多五分钟才到达目的地。

禾真停好车，引着陆昀之到了校园内的一个大礼堂。这个开放的大礼堂的确在进行一场有意义的婚礼。

陆昀之认识台上的两位新人，巧的是都是他的同学，名字他已经记不清了，但知道男生的外号叫"将军"。

蒋军在台上牵起女生的手，走在中央，洋洋洒洒说了一大段话。

陆昀之的神色微微有了起伏，转身就要离开。

禾真紧跟其后，喊道："陆昀之，你去哪里？"

"我不想踏进这里。"陆昀之坦诚地回道。

禾真抓住他的衣袖道："你等等啊……"

"等什么？"

陆昀之拧着眉，他五年没有踏入母校，曾经他是这所大学里的佼佼者，最后却以失败者的身份惨退。不过这些都不是最难过的，最难过的他没法证明自己的清白，这种憋屈感五年后还萦绕在他的心头。

"五分钟，就五分钟。"禾真立起手掌。

蒋军选择将结婚的现场设在校园内，是因为他跟新娘出自同一所大学。他同新娘说了一段感人肺腑的话后，突然道："其实我还要感谢一个人，那个人可以算是给我牵线搭桥的人，他就是作者 Sea。"

顿了顿，他笑道："其实我老婆当时特别喜欢 Sea 的书，我就在想能不能向他要个独家签名送给我现在的老婆。当时的 Sea 挺神秘的，没有签售会，也没有读者见过他，但我还是给他写了一封信，希望他能送一本签名书给我喜欢的女孩。"

台下一阵喧哗，很多是在校的学生。大家议论纷纷，因为 Sea 的影响力实在太大，他的旧书一次次地加印，却没有新作出来。大家欣赏却也可惜这么有才华的作者不再创作。

“很幸运的是，我收到了Sea的包裹。他寄了签名书给我，还写了一段话：很荣幸地参与了一段甜蜜的爱恋，祝幸福。署名：Sea。”

蒋军笑着说完，禾真含笑看着站在一旁的陆昀之。他的眸子里微微起了涟漪，盯着台上的那一幕，忽然勾了勾唇。

大学期间他跟蒋军不熟，一直对外留的都是出版社的地址，收到同学的信件也很意外，但他是发自真心地写下的那段话。

蒋军笑出声：“这本书可是绝版书，毕竟Sea不再创作了。”

禾真轻轻叹了口气，有些遗憾。

“当然，我今天还想说一个事实，Sea曾经是洲大的学生。”蒋军对着话筒继续道。

话落的一瞬间，全场有些沸腾。

蒋军又道：“他给我寄包裹的时候忘了换地址，留的是洲大的地址。”

“除此之外，我还想说，他很可能就在台下静静地观礼，”蒋军微笑道，“我想说谢谢你，其实我也是你的读者。好的作者，总是能留下有意义的作品，激励人继续前进。而我这种懒散的人是看了你的毒鸡汤，才产生了人生中的叛逆。”

“这种诡异的叛逆让我不想再继续平庸，跌跌撞撞却又不断前进……”

听到此处，禾真竟有些热泪盈眶。她突然理解了林玥一定要让她带陆昀之来这里的原因。

五年后，他的同学在婚礼上提起的人是Sea，这种巧合又有意义的情景确实应该让陆昀之看到。Sea从不曾被遗忘，他的书还在激励人，而他又有什么理由不站起来？

陆昀之的内心百转千回，他很意外，也很吃惊，当年的Sea还存在大家的心里。

骤然间，他迅速转身，往外面走去。

禾真急忙追了上去，说：“陆昀之，你去哪里？”

第十七章 几分沉静，几分骄傲

“你不是说只要五分钟吗？五分钟到了。”陆昀之平静如常地回道。

“你没听到蒋军的话吗？Sea 一直都在大家心里，大家都在等着他回归。”禾真急着解释。

陆昀之轻描淡写地点了点头，慢慢吐字：“禾真，这场作秀不是你一个人想出来的吧？”

“怎么会是作秀呢？你确实给他写过寄语……”禾真回道。

“不是禾真想的，是我。”

两个人齐齐向前看去，林玥不知何时已经出现在了他们面前。

夏天已过，秋日的酷暑却愈演愈烈，礼堂外两棵桂花树隐隐散发着悠长的香气。

三个人默默地站了一会儿。

“谢谢你，禾真，把陆昀之带来这里。”林玥又把眸光望向了禾真。

陆昀之冷淡地开口：“林玥，拜托你不要再搞那么多事情。”

“我只是想告诉你，你还能重新站在大众面前，我希望我心里的 Sea 还能回来。”林玥缓缓开口。

她眸光中带着希冀，直直地盯着陆昀之。她以为今天在礼堂里的那场婚礼可以打动陆昀之，却不想他的心根本就是铜墙铁壁，难以攻陷。

“天真。”

说话的人不紧不慢地来到三个人跟前。

简嘉伦摸了摸鼻尖，漫不经心地说了一句：“原来同学会这么无聊啊？要是早知道这样，我就不来了。”

“简嘉伦，你现在也可以走。”林玥冷淡地开口。

简嘉伦蹙了蹙眉说：“我本来也想走的，但还是很想看看大家对因为黑历史劝退的陆昀之有什么看法，毕竟他可是当年的风云人物。”

“简嘉伦，你不要太过分了！”禾真也被激怒了。

可简嘉伦无动于衷，微微勾了勾唇，看向陆昀之。

简嘉伦想激怒陆昀之，看着他生气，看着他不顺利，就觉得很舒适。

可眼前的陆昀之面无表情，看不出心情的起伏。

就这么过了几秒，陆昀之忽然迈出脚步，徐徐走到简嘉伦跟前，淡淡地勾唇，笑意冷冽：“简同学，本来我也没什么兴趣，既然你在的话……”

简嘉伦毫不回避地直视陆昀之，两个男人眸光交错，仿佛有两道闪电同时划过天际。

“我觉得还挺有趣的。”陆昀之轻巧地说。

“呵，有趣？”简嘉伦鄙夷地哼笑了一声。

陆昀之继续道：“下个节目是哪里，我全程配合。”

陆昀之突然改变了主意，让林玥显得有点开心：“差不多要吃饭了，饭店已经定好了。”

“好。”

陆昀之点了点头，拖起禾真走在林玥的后面。

林玥定了洲大旁边的一家饭店，这家饭店开了十年，这次刚刚翻新，就迎来了他们五年的聚会。

红色的字幕徐徐在饭店门口的大屏幕上滚动：欢迎XX级学生返校赴五年之约。

三个人跟着林玥走进饭店，里面有十桌人。

陆昀之不喜欢社交，此时和禾真默默坐在最后一桌。简嘉伦也在他们的对面坐下，刚坐下不久，他就热络地同其他桌的同学打招呼。

禾真忍不住感叹道：“我看他的人缘好像比你好很多啊……”

陆昀之翻了个白眼道：“知道彼此的名字就叫人缘好吗？”

“那你记得每个同学的名字吗？”禾真问道。

“不记得。”

“……”

“道不同有必要虚伪地相处吗？”陆昀之反问道。

说得好像也很有道理，禾真忍不住问了一句：“那你记得谁的名字？”

“林玥、简嘉伦……还有班长，”顿了顿，陆昀之又补充了一句，“因为……班长管考勤。”

“……”

今天的聚会是林玥发起的，现在她已经换了一袭晚礼服上了台。一袭金色的鱼尾裙闪闪发光，显得身材玲珑，曼妙多姿。

她拿起话筒，首先感谢大家抽空来参加这次的五年之约，并说：“除此之外，很荣幸地邀请到了几位老师，有教导主任何老师……”

席间，陆昀之的电话响起。他望了望禾真，示意自己去外面接电话。过了很久，他才回到席间，凑到禾真耳边说了一些话。

禾真的脸色微变，点了点头。

林玥已经下了台，菜也徐徐上桌。她找了个位子，坐在禾真的旁边，禾真忽然递过手中的手机给她。

林玥哼笑出声，突然打开了餐厅的电视机，投屏了一段视频。

陆昀之在几分钟前接到魏西宁的电话，蔚蓝已经在微博上传了完整的录音视频。

紧接着米思薇上回的问话：“你问我怎么办？那我请你做什么？请你问我怎么办吗？”

“思薇，我不是这个意思，只是我和禾真的风格不一样，我就算写出来恐怕和《夜幽行》的第一部也不太符合。”蔚蓝极力解释道。

“那你还有空在这里说话，还不去学习一下禾真是怎么写的？你当了她那么久的编辑，难道还模仿不了她的风格吗？”

“可是……”蔚蓝的口气听起来十分为难。

“没有可是，蔚蓝，从现在开始，你要学会做一个合格的枪手。”

录音戛然而止，坐在席间的简嘉伦的神色有点难看。

“米思薇的书一直是枪手替写的？”

“真是不可思议，那她到底是怎么红的？”

“她是 JM 文化的作者吧，嘉伦不是 JM 文化的老板吗？”

席间的百来号人议论纷纷，特别是简嘉伦的几位朋友，都把目光放在了他的身上。简嘉伦偏偏一副波澜不惊，置身事外的模样。

他慢慢夹了块荔枝肉，还没放入口中，林玥先开口道：“简老板，米思薇是你们家的作者吧？”

简嘉伦的筷子一顿，把荔枝肉放在碗里，看了看众人，笑了一声：“米思薇曾经确实是我们公司的头牌作者。”

“但是她现在已经不属于 JM 文化了。”简嘉伦扬着下巴，不紧不慢地又道，“当我知道她一直没有创作能力，都是靠枪手在创作的时候，痛心疾首，立刻与她解除了合约。”

禾真暗暗吸了一口冷气，实在没想到简嘉伦会如此绝情，竟然决绝地抛弃了米思薇。

既然米思薇已经不属于 JM 文化，大家的话题便又凉了下来。

其实米思薇的这则新闻已经立证了禾真的清白，但是看到简嘉伦丝毫不受影响，她仍有种恶气还未出尽的感觉。

简嘉伦举杯，笑意盎然道：“大家好不容易才聚齐了，我先举杯，敬大家一杯。”

众人举杯，徐徐起身，禾真即使再不快，也不好在别人的主场甩脸子，冷着脸举起酒杯。整桌人只剩下陆昀之端坐在原位，没有动静。

简嘉伦笑出声：“看来昀之不给我面子啊。”

陆昀之轻飘飘地呼了一口气，起身端起酒杯。不等众人碰杯，先走到简嘉伦的面前与他碰了一下，轻轻地靠在他的耳边道：“就在刚刚，你的作者米思薇召开了记者招待会。”

简嘉伦的脸色骤变，陆昀之满意地笑道：“哦……抱歉，她已经不是 JM 文化的作者了。”

简嘉伦感受到了危机。

“你不去想想怎么阻止她说些不该说的话吗？”

“陆昀之！”

简嘉伦盯着陆昀之，忽然觉得事情并非那么简单。

“你是不是和米思薇说了什么？”简嘉伦忽然问道。

陆昀之勾唇笑道：“你害怕了？简嘉伦？”

话落的瞬间，陆昀之起身为自己倒了一杯红酒，徐徐往台上走去。

他的背脊挺拔，走路不急不缓，却吸引了在场所有人的目光。

他走上台的瞬间，眸光灼灼，不卑不亢。

那一刻，禾真忽然觉得这才是真正的陆昀之，他是人群中最耀眼的佼佼者，他该骄傲，他该闪耀。

那些让他自卑无助的过往没有击败他，反而造就了如今闪闪发光的他。

他举起酒杯，说：“其实今天的同学会我本不想来的，当年我以退学收场，确实不够美好，甚至是很遗憾。可是我依然怀念在大学里的每一刻，我依然以在洲大读书为骄傲。”

对他来说，最大的遗憾大概是自己的论文被盗用，却无处立证自己的清白。在那些茫然的日子里，他伤了很多人的心，最后还送走了最疼爱他的外公。

“有些真相，我相信时间会告诉你们。”

话毕，陆昀之认真又严肃地用力鞠了一躬。

然后，他笔直地起身，转身朝门外走去。

禾真紧随其后。这个时候，她喜欢的男人，仿佛全身笼罩着一种璀璨的金色光芒，那种卓越的闪耀让人无法移开目光。

她紧跟着陆昀之走到外面，此时夕阳徐徐落下，染红了静静矗立的建筑，下课的铃声也响起了。

曾经给陆昀之留下遗憾的校园，他又回来了。

他百感交集，转身看向禾真，目光灼灼道：“禾真，谢谢你。”

禾真看着面前的男人，他脱了西装，只穿了件浅蓝色的衬衫，一张俊脸半明半暗，可勾起的嘴唇弧度却好看得要命。

“谢谢我……什么？”禾真表示疑惑。

“五年了，我不敢来这里，但因为你，我重新回到这里，发现事情好像也没有那么糟糕。”陆昀之笑道。

“根本就不糟糕，你很优秀，陆主编。”顿了顿，禾真又道，“不只是主编，你还是那位优秀又让人佩服的作者 Sea。”

返程的路上，禾真打开了米思薇开记者会的视频。

这次的证据已经没有狡辩的可能性，米思薇干脆承认了那则录音的真实性。记者会上，她痛哭流涕，最后又道：“我承认我的错误，以及向追随我的广大读者说句抱歉，另外我还给作者何时了带来了巨大的伤害……”

禾真没想到米思薇会在记者招待会上向她道歉，她等这个道歉等了太久，她的眸光微酸，百感交集。

紧接着，米思薇又道：“但是，这绝对不是我米思薇一个人可以做到的事情，如果不是有人支持，有一个团队的帮助，我怎么可能这么肆无忌惮？虽然 JM 文化抛弃了我，但不代表 JM 文化就能撇清关系。”

米思薇对着镜头毫不掩饰地向简嘉伦宣战。

禾真关了视频，忍不住叹了一口气。

“怎么？你不高兴吗？米思薇向你道歉了，你也得到了应有的清白。”陆昀之目视前方路况，问道。

禾真若有所思：“你是不是做了什么？”

陆昀之偏头看了禾真一眼，深深地笑了。

“真相就是真相，无论做了什么都无法改变真相。”陆昀之意味深长地笑了一声。

一天前，一家隐秘的咖啡馆内，陆昀之和米思薇面对面坐着。

米思薇不耐烦地道：“陆主编这么忙，怎么会有空约我？”

米思薇故意低头，看了看刚做的漂亮的修长的指甲。

“我觉得米小姐应该比我要忙吧。”陆昀之浅笑一声。

“JM 文化已经同我解约了，你觉得我还有什么好忙的？”米思薇嗤声道。

陆昀之又笑道：“开记者招待会啊……”

米思薇猛地抬头看陆昀之，眼前的男人挑了挑眉，又道：“蔚蓝明天就会公布完整的录音，你不应该准备召开第二场记者招待会吗？”

“你……陆昀之！”米思薇勃然大怒，骤然起身。

陆昀之仰头看她，眸光疏离道："这次还想死撑吗？死撑之前或许可以听听我的建议。"

米思薇又坐下，她突然想听听对面的男人还想说些什么，问道："难道陆主编还有更好的主意？"

"道歉，除了向蔚蓝道歉，还得向何时了道歉。"陆昀之目光定定地看着米思薇。

米思薇冷笑道："陆主编，你是疯了吗？"

陆昀之把手中的文件扔到米思薇的面前："你应该看看这些文件，也许你就会改变主意了。"

米思薇翻看着手中的文件，脸色越发阴沉。

"你想一个人承担责任，还是让 JM 文化帮你背这些责任，决定权在你手上！"陆昀之轻飘飘地啜了一口咖啡，有些漫不经心。

想到这里，陆昀之忽然勾唇笑了笑。

禾真察觉到了陆昀之情绪的变化，问道："你笑什么？"

"笑了吗？"陆昀之微微挑眉道，"那我应该是幸灾乐祸吧。"

"如果不是蔚蓝，也许不会有人发现米思薇一直在雇枪手替她写稿的真相。"

"不会的。"陆昀之笃定地道。

禾真疑惑地看着陆昀之，他解释道："假的永远无法替代真的，米思薇根本不会写作，她早晚会被人发现是个空壳。"

"也对，简嘉伦跟米思薇是同一种投机取巧的人。他喜欢她的时候，可以把她捧上云端；他不喜欢她的时候，弃如敝屣。"禾真顿了顿，又道，"你觉得简嘉伦会怎么收拾残局呢？"

陆昀之冷笑出声，意味深长道："没有更坏，只有最坏。"

而另一边，在一间黑白分明的办公室，简嘉伦把桌面的东西全部推搡到了地上。他深吸一口气，电视机里，米思薇还在说："我愿意承担我所犯下的错误，也希望有些人能承担起必要的责任。"

他气得咬牙，想起米思薇那天在他的办公室说的最后一句话："要是我真的坠入深渊，一定会拉上你的……"

"疯女人！"他拿起矮几上的一个烟灰缸用力地往电视机砸了过去。

“砰！”

一个巨大的声音，电视机终于安静下来，可办公室外却响起了敲门声。

简嘉伦大声喊了一句：“进来！”

进来的是一个畏畏缩缩的男秘书，看到满地的狼藉，有点惊讶，犹豫了一会儿才把门合上。

“简总，网上的新闻对 JM 文化很不利……”男秘书小心翼翼道。

“我知道，米思薇恶意抹黑我和 JM 文化，我要告她，快去找王律师来！”简嘉伦失去了理智，尖声大叫道，“我要告到米思薇倾家荡产！”

“不止这个……”男秘书欲言又止。

“还能有什么？”

“喀喀——”男秘书轻轻咳了咳，好久都不敢说话。

“你到底想说什么？”

“简总，您最近返校参加了一场同学会，当天有人在网上发了个帖子，聊起您的校园时光……”

“这有什么问题吗？”简嘉伦冷冷地问道。

“巧就巧在米思薇的新闻发布会后，有人发出了这个帖子，帖子上的回帖人物都是您的大学同学，他们说起您在校园的表现好像并不好……”

简嘉伦怒目瞪着眼前的男秘书，男秘书年纪不大，被简嘉伦的神情震慑到，全身剧烈地颤抖：“简总……”

“滚！滚出去！”

简嘉伦厉声大叫，男秘书急忙退出了办公室。

简嘉伦用力吸了一口气，打开网页，很快就找到了那个帖子。

帖子叫：“怎么评价 JM 文化的创始人？”

回帖的一楼叫蒋军：“我是简老板的大学同学，关系不算好，也不算差。但有一件事，他确实在一次高数考试的时候抄了我的考卷……”

二楼：“看来是怎样的老板带出怎样的团队和作者。”

三楼：“反正我知道他大学时期经常抄作业、抄考卷、抄论文。外号：简抄抄！”

……

二十一楼："听说毕业论文也是抄的，只不过没有证据。对方还被他逼得退学了……"

二十二楼："据说是真的，对象好像是另一家文化公司的老板？"

二十三楼："珊瑚海？"

二十四楼："没错，就是我们的老同学，Coral Sea 文化公司的大老板陆昀之啦！"

"砰！"

简嘉伦用力地扯下鼠标、键盘，一样又一样用力地往办公室的大门砸去，角落里的花瓶硬生生被击得粉碎。

哗啦啦的碎片刚落地，男秘书又急忙推开了办公室的门："简总，不好了！不好了！"

"说！"简嘉伦眸光阴翳，大声叫嚣道。

男秘书欲言又止道："简总，有人举报了 JM 文化有偷税漏税的行为，现在……我们……"

简嘉伦忽然笑了，狂笑不止，笑得刺骨，面容惊悚。

对面的男秘书吓得直冒冷汗："简总……您……您还好吗？"

"好，好得不得了。"

简嘉伦好不容易停止了笑声，望着男秘书道："现在，你可以滚出去了吗？"

男秘书被吓得瑟瑟发抖，慌慌张张地合上了办公室的门。

夜静谧无声，只剩下一盏晕黄的台灯和笔记本电脑散发出的微弱光亮。

禾真右手摸着鼠标，在网上浏览关于简嘉伦的新闻，终于理解了陆昀之的那句——没有更坏，只有最坏。

大概现在简嘉伦正在发愁如何收拾残局，无法入睡吧。

禾真关了电脑，正准备睡觉，放在桌边的手机响了。

她定睛看了一眼来电显示，是爸爸。这么算来，爸爸也在故宫待了两个月了，这回终于想起自己了。

"爸，你可终于想起我了。"禾真接起电话问道，"你是回来了吗？"

"嗯，晚上的航班，刚下飞机呢。"顿了顿，禾江河又问，"你明天有空吗？"

“明天啊，明天有一场小型的新书分享会。爸，我的新书上市了！要不要给你签个名啊？”禾真嘚瑟道。

“哈哈哈——”禾江河显然很开心，“明天晚上爸爸做饭，你记得带书来。一定得签上何时了的大名，爸爸好逢人就吹，这可是我女儿的书，了不起吧！”

禾真大笑几声：“爸，你不是教导我人不能太骄傲吗？你怎么就先骄傲了呢？”

“那行，那你骄傲吧，爸不骄傲！”

禾真被禾江河的脑回路逗乐，笑了几声又问：“这次修复古董钟，你有没有遇到什么好玩的事情？”

“确实有件事，但不算好玩。”顿了顿，禾江河若有所思，“你不是想知道日月星辰钟的传说吗？”

禾真有点激动，听筒对面的禾江河继续道：“爸爸的朋友借了一本关于古董钟的书，上面有关于日月星辰钟完整的传说。”

禾真紧张地问道：“爸，那个传说到底是什么？”

“看来你对这对古董钟很感兴趣啊。”禾江河在电话那头笑道，“不过……爸爸卖个关子，明天再告诉你。”

话落，禾江河就挂断电话。

禾真哪里耐得住性子，直接打车去了禾江河的公寓。

禾江河刚下车就看到家里灯光明亮，吓了一大跳，还以为是小偷进了门。

谁想推开一看，禾真正坐在客厅里等他，笑嘻嘻地道：“爸，Surprise！”

“真真？你这哪是什么惊喜啊，你是要吓死你爸爸吧。我们刚刚才通了电话，你怎么就来了？”

“爸，这也是我的家呢，要不是您对狗毛过敏，我还舍不得搬出去跟微笑女王相依为命呢！”禾真撒娇道。

“别，你就是为了一只狗放弃了你爸，还找这么多借口。”禾江河毫不领情。

禾江河放下行李箱，禾真让禾江河坐定，从厨房端出来一碗西红柿鸡蛋面，道：“飞机餐一定没吃饱，我给您煮了碗面。您尝尝。”

“爸，你这关了一两个月，做何感想啊？”

“唉，唯一的感想就是伙食太好了。”禾江河朗朗笑了几声，又道，“你爸胖了好几斤。”

禾江河确实饿了，禾真的西红柿鸡蛋面还是拿得出手的。鲜红的西红柿，搭配着金黄的鸡蛋，再撒上青色的葱花，酸酸甜甜很是暖胃。

禾江河大口吃了几口面后问道：“你是为了那对古董钟来的吧？”

“爸，上道啊！”

禾江河狐疑地看了禾真几眼，又问：“爸能问你一个问题吗？”

“有什么问题不能问吗？”禾真反问道。

“你为什么这么关心这对日月星辰钟？”禾江河问道。

禾真欲言又止，想了想又道：“爸，虽然知道你不相信，但我还是得说实话。我的生物钟跟别人的互换了……”

禾江河惊诧地盯着禾真，生物钟看不见也摸不着，每个人都有属于自己基本的生物钟习惯。像禾真从高中毕业后就是夜猫子，晚上可以通宵读书、写稿，白天却经常提不起劲。

长期形成的生物钟一朝一夕难以改变。

“就日全食那天中午过后，我的生活习惯和作息时间全变了，”顿了顿，禾真把那天发生的事情详细道来，“然后就再也回不去了。”

禾江河点了点头，说：“可是你现在也已经习惯这样的生物钟了啊。”

禾真挠了挠头，说实话，她这次请教禾江河是为了陆昀之。他夜夜失眠却无事可干，确实打破了他原本的生活作息。

他是 Coral Sea 文化公司的老板兼主编，很多事情必须亲力亲为。

白天是他办事效率最高的时候，而他却无法按照往常那样早睡早起，处理公务。

“我是在适应，那是因为我的职业适应性强。可有些人，他本该是正常的日行动物，他很需要早上的这段黄金时间。”禾真解释道。

禾江河听了禾真的解释，意味深长道：“真真，是你的男朋友吧？”

禾真点点头，害羞道：“爸——”

“爸可以告诉你办法，但你必须答应我一个条件。”禾江河神秘兮兮地道。

“什么？”

“带回家给爸爸检阅检阅啊。”禾江河又道。

禾真面色绯红地点点头，禾江河又道：“日月星辰钟确实可以影响作息变化，但要有个契机。”

“什么契机？”

“天象异常。”禾江河回答道。

禾真忽然陷入了思考，之前她和陆昀之互换生物钟的那天确实发生了一件大事。

对，是那场百年一遇的日全食。

白日如夜，持续六分钟的日全食后，悬挂在办公室的日月星辰钟正好敲响十二点的钟声。

“对对，一定是这样！”禾真恍然大悟。

看着女儿那么激动，禾江河又道：“可这只是传说，也不知道是不是真的……”

“爸，这一定是真的，真真切切存在的。一定是那次的日全食，加上日月星辰钟齐齐敲响十二点的钟声才会导致我和陆昀之的生物钟发生了调换！”

禾真在原地来回踱步，晃得禾江河眼花。

突然，她打了一个响指，坐在了禾江河的旁边，问道：“爸，假如说，我们再找一个时机，也是发生了天象异常，我和陆昀之的生物钟是不是就有可能回到原位？”

禾江河点了点头道：“原理上是这样。”

“我知道了，爸！太感谢你了！”禾真使劲抱了抱禾江河道，“我先走了，您慢慢吃面，厨房里还有一盘卤猪耳朵。”

“你怎么不早说啊！”禾江河抱怨道。

禾真合上门的瞬间，又从门缝里探出头道：“为了让您少喝点酒。”

“……”

“没了下酒菜，你不就得先吃面嘛。”禾真调皮地眨了眨眼。

禾真兴冲冲地下了楼，上了公交车还在想着禾江河的话。

公交车路过文博图书城，偌大的LED屏幕上循环放播着作者签售会的宣传海报，早已经没有了米思薇。

曾经她是这座城市最当红的作家，而现在她已然坠入深渊。

一念之间，天堂和地狱。

禾真下了公交车，本来准备去文博图书城逛逛，却看到对面的失恋博物馆还灯火通明。

她有些奇怪，这个点应该早就闭馆了，怎么还开着灯呢？

她走过人行道，直接进了博物馆。空荡荡的博物馆，小米不在，她看到一个熟悉的身影站在了博物馆的最中央，仿佛在凝神思索着什么。

她悄无声息地走上前，发现原来男人的面前正好也是个展台。

禾真从来没有仔细留意过这间博物馆的第一件展品，原来是一对水晶耳环，如水滴的形状，在灯光下闪闪发光。

“禾真？”祁承忽然侧头看向禾真，显然有点惊愕。

禾真笑了笑：“我刚刚路过文博图书城，看到失恋博物馆还开着，就进来看看。”

“以后你恐怕也没机会来这里了。”祁承意味深长道。

禾真表示困惑：“为什么啊？”

祁承深吸一口气道：“我决定暂时关闭这里。”

“要闭馆几天？”禾真疑惑地道。

祁承摇摇头道：“不是闭馆几天，可能是永远不开张了。”

“啊？”禾真有点惊讶，问道，“为什么呀，祁学长。你为什么要关闭失恋博物馆？”

“我觉得我在收纳这些失恋遗物的时候，也把自己困在了这里，”祁承轻轻地呼了口气，“我想，我应该有更重要的事情要做。”

禾真虽然有些懵懂，但祁承已经做了决定，她想自己只能支持他。

她点点头，又疑惑地道：“那这些展品怎么办？”

“过几天我会举办一场星空失恋之旅，这些展品会一一展出，展出后我会通知放置失恋遗物的一方取走。如果他们不愿取走，那我会销毁这些遗物。”顿了顿，祁承又道，“林玥希望陆昀之能取走属于 Sea 的钢笔。”

“我知道林玥的用意，”禾真陷入深思道，“这支笔不单单是他们的失恋遗物，也是见证Sea成长的钢笔。如果陆昀之取走了这支钢笔，就说明他答应重新回归了。”

祁承环抱双臂，若有所思地点了点头。

禾真迟疑了一会儿，看着祁承略微惆怅的侧脸问道：“祁学长，这间失恋博物馆的第一件展品，那对耳环是于学姐的吗？”

祁承点了点头：“对，是我送给于苗的。”

“有句话我不知该不该说……”

祁承望着她说：“你说吧。”

“我觉得祁学长不该一直沉浸在过去，不给自己片刻喘息的机会。”顿了顿，她又继续道，“你就像是一个生活在过去的人，时钟在‘嘀嗒嘀嗒’地前进，每个人都在步伐不停地往前走去，可你依然处在过去的时光里原地踏步。”

“这样对你，对你身边的朋友都很不公平。”禾真坦言。

祁承看着禾真，眸子里静静流淌着一些暗涌。

很多话，他已经来不及说了。

他迟疑了一会儿道：“对，你说得对，没有人要永远活在过去，所以关了这里对我来说是一种解脱。”

禾真用力点头，帮着祁承关了灯。

合上门后，祁承说：“我忽然想起还有些事，你自己可以回家吗？”

“我可以。”禾真笑着同祁承挥了挥手。

霓虹灯闪烁，笔直的马路上，齐齐排着淡黄色的路灯。

祁承见那个女孩越走越远，却忽然陷入了久远的回忆中。

他从来没有告诉禾真，他其实很早就认识她了，他们的第一次相遇并不是在失恋博物馆门前。

大二那年，他成为A大文学社的社长，社团举办了一场文学比赛。他第一次读到何时了的作品，文字隽永又不失大气，他喜欢上了这样的文字。

那次何时了获得比赛的大奖，后来他创办了校刊，又收到几次何时了的投稿。他被她的文字吸引，越发想亲眼见见这个人到底是女孩还是男孩。

在毕业前夕，他已经被一家杂志社录取，而他和于苗也渐行渐远。

他依稀记得那个日子，是他们穿学士服拍照的日子。早上的天气很好，下午却突然下起了大暴雨，使得毕业典礼推迟了。

他在女生宿舍门口等到了于苗，他决绝地提出了分手，而于苗大哭不止。

他还是无情地走了，准备去文学社跟昔日的社员告别。意外的是，他在文学社四年，终于见到了来拿稿费的何时了。那个绑着马尾辫的女孩小小的、瘦瘦的，皮肤白皙，就眼周有些黑眼圈，看起来很没精神。

她确实很没精神，就那么一小会儿，打了好几个呵欠。

祁承有些惊讶，这个女孩脑子里到底是什么结构，怎么可以装着这么奇怪的想法。

他急忙追了出去，抱着单纯对她才华的欣赏，想同她聊几句，却被于苗撞见了。

于苗以为他劈腿，和他愤恨地吵了一架，冒着雨跑出了学校。

后来，他就得知了于苗车祸的消息。

没想到的是，他还能遇见禾真。

回忆汹涌，祁承忽然觉得眼角微凉，他知道自己永远也不会把这个故事告诉禾真。

余生漫漫，他会永远守口如瓶。

禾真回到家，立即打开电脑。她搜了一圈，哪里会发生天象异常的现象，哪里会发生日全食现象。

这么搜索了一遍，还真有发现。

今年在南美洲还会有一场日全食，时间正好是下周四。

她有点激动，在备忘录上记下了具体时间，准备第二天告诉陆昀之。

第二天，禾真吃完午饭，心想往常这个点陆昀之应该来上班了，便对着办公室敲了敲门，却不见有人开门。

她转身走了几步，就见林恬伊忽然把文件塞到自己怀中："真真，帮我交给陆主编，我赶着去印刷厂。"

"他好像……不在办公室。"禾真回道。

"可是……陆主编嘱咐今天就得给他。我昨天忘了给他了，这不是趁着他现在不在偷偷放进去吗？"林恬伊尴尬地笑了笑。

“记得帮我把文件放在他的桌上，他回来后会直接签的，我赶时间。”话落的瞬间，林恬伊已经背着包出了编辑室的门。

禾真犹豫片刻，扭了一下门把手上，果然没有上锁。她把文件放在了陆昀之的桌上，不经意间瞥到了办公桌的一个四方形的包裹。她走近一看，发现包裹上面还放着一个信封。

她没忍住看了看信封，上面印刷着三个字：邀请函。

踌躇片刻，她正准备出门，就碰上了正好进门的陆昀之。

陆昀之坐到转椅上，疑惑地看了她几眼道：“今天你怎么回事？鬼鬼祟祟的？”

“我……鬼鬼祟祟吗？”禾真眸光闪烁，反问道。

“嗯，从头到脚都写着这四个字。”陆昀之点头道。

禾真尴尬地咳了一声，陆昀之正好瞥到了办公桌上的包裹和邀请函：“是因为这个吗？”

“对，好像有人给你寄了包裹。”

陆昀之轻轻笑出声，拿着开信刀划开包裹的纸盒。映入眼帘的是一个纯黑的笔盒，打开一看，是一支钢笔。

笔壳纯黑，笔帽镶了一颗宝蓝色钻石，如海洋一般湛蓝。

禾真认得，她在失恋博物馆见到过，是属于Sea的钢笔。

陆昀之有片刻失神，轻描淡写地放在桌面上道：“哦，原来是支钢笔。”

“不是一支一般的钢笔，是一支属于Sea的钢笔。”禾真补充道。

眼前女孩灼灼的目光里好像有些期待，他笑着问道：“你想说什么？”

“你知道我想说什么。林玥和我都希望Sea可以回归。”禾真又道。

陆昀之没有正面回答禾真的问题，把一旁的邀请函打开，递给禾真道：“林玥的新画廊要开张了。”

“那是好事啊。”禾真接过一看，定睛看了看上面的日期，竟然那么巧也是下周四。

下周四？！

“她请我当剪彩嘉宾。”陆昀之又道。

禾真有点犹疑，她要不要告诉陆昀之下周四在南美洲有一场日全食呢？他们试过几次都无法换回生物钟，也许这场日全食就是那个最重要的契机，可以将她和陆昀之的生物钟互换回原位。

她有些犹豫，问道：“那……那你会去吗？”

“你希望我去吗？”陆昀之问道。

“如果是一个简单的画展开张，为什么问我的意见？”禾真奇怪地道。

陆昀之微微扬了扬眉说：“因为，这家画廊叫昀玥。”

昀玥画廊？一个是陆昀之名字中的“昀”，一个是林玥名字中的“玥”。

林玥给新画廊取这个名字，又让陆昀之去剪彩，明显是抛出和好的信号。

禾真却有些发愣，似乎停滞很久才道：“我……我还有点事，先回去写稿了。”

她也不知道怎么了，本来应该直接跟他说“你不要去，因为下周四有场日全食，可能可以让我和你的生物钟互换回来”，可话到嘴边又说不出口了。

夜色朦胧，禾真盘起双脚，在电脑前搜索关于这场日全食的预告。这次日全食将从南太平洋开始，在即将结束前登陆南美洲南部，而巴西的观测条件最好。

趴在床上的林恬伊突然起身，问道：“禾真，你真的要带着朔月钟漂洋过海吗？”

禾真点了点头。

“万一陆主编不去的话？”林恬伊问道。

禾真叹了口气道：“我还没跟他说这件事。”

“你还没说？你不会真的让他去那个画廊剪彩吧？”林恬伊愤恨不平，“什么昀玥画廊，这个意思还不够明显吗？”

“可是，是林玥先约了陆昀之。”禾真轻轻叹了口气道，“难道我跟他说不要去画廊，跟我去里约热内卢吗？”

“对，没错，你就是要跟他说不要去。因为你才是正牌女朋友好吧！”林恬伊有些恨铁不成钢。

禾真胡乱抓了抓头发，有些烦恼。

林恬伊又道：“既然你要做宽宏大量的女朋友，那么我给你出个主意！”

“什么主意？”禾真来了兴致。

“你定好机票放在陆昀之的桌上，你看他怎么决定行程，是决定跟你走，还是真的要去那个所谓的剪彩？”

禾真有陆昀之的个人信息，给他定了机票，趁着他早上没来放进办公室。这几天大家都很忙，公司又签了几位新作家。

因为《雨后微光》卖得不错，而她也在赶第二部稿子。

她也经常见不到陆昀之的面，他一天来公司两趟，然后又匆匆走了。

禾真也不确定他看没看到自己放在桌上的信封和里面的机票。

JM文化因为米思薇的事情深受重创，加上税务机关的调查，公司面临停业的风险。而米思薇因为后期作品还涉及了抄袭几位大V作家的作品，几位大V作家联名起诉了米思薇，她很有可能会受到法律的惩罚。

这样的结果大快人心，而禾真也发了一条微博：还好我有重新启程的机会，我还有珍惜自己文字的机会。感恩！

她能重新启程实在是不容易。

想到这些年的迷茫和错误，她也恨过自己，迷茫过，踌躇过。这条通往梦想的路不是笔直的，甚至是荆棘满满。

但还好，她最后没有再误入歧途。

她关了电脑，开始收拾行李，最后把墙上的朔月钟塞进了行李箱。

自从发现日月星辰钟同时存在，可以导致生物钟发生调换的时候，陆昀之就把这座朔月钟物归原主，还给了她。

她躺在床上，心里犹豫不定。思忖片刻，她还是给陆昀之发了条微信：“明天你会去吗？”

她就这么盯着天花板，等了一分钟，五分钟，半个小时，却没等到回复。

她失望地钻回被子里，不知不觉就睡着了。

翌日早上，她匆匆赶到机场，看了看手机，微信上还留着她发给他的信息，原来陆昀之并没有回她的微信。

机场里是来来往往的旅客，个个行色匆匆。

禾真有点无端失望，她把行李托运后看了看时间，还早。于是她找了一家咖啡馆，点了杯咖啡，顺便给手机充电。

手机里她期待出现的头像还是没有跳动，她气得咬牙，忍不住自言自语：“陆昀之！讨厌的黑 top，为什么不回信息？为什么啊？这么目中无人的吗？不来早说啊！飞机票很贵的好吧！”

她气急败坏地扯了扯手机，发现手机线掉了，手机已停止充电。她正想找找原因，却发现充电头被拔了。再一瞥，身旁忽然坐了一个男人。

“陆昀之？”禾真受到了惊吓。

“嗯——”陆昀之轻飘飘地夺过禾真手中的充电器道，“你今天为什么不叫我起床？”

“我……不知道……”

“害我手机都来不及充电……”

禾真欲言又止。

“你知道以我现在的生物钟，让我早上十点起床赶飞机有多困难吗？”陆昀之又反问道。

禾真被问得有点心虚，又道：“我以为你不会来。”

“为什么不会？”陆昀之认真地看着禾真，反问道。

禾真迟疑了一会儿后道：“我以为……你有很多事。而且互换生物钟这种说法很玄乎，我担心你跟我白跑一趟。”

“的确可能白跑一趟。”陆昀之接下了禾真的话。

“可是……”

禾真还想解释一番，陆昀之笑道：“我也不是因为要互换生物钟才答应你一同去里约热内卢的。”

禾真纳闷地看着陆昀之，眼前的男人目光专注，神情认真地道：“我是因为你，禾真，我是单纯地想和你一起去看一场日全食。”

“那……林玥她……那个画廊……”

禾真还想说什么，就被陆昀之搂入怀中。他凑到禾真的耳边道：“你是不是世界上最讨厌的女人？”

“什……什么？”

这是什么鬼啊？

“你竟然想把我推到前女友那边，你是不是觉得我不会生气？”陆昀之问道。

禾真从陆昀之的怀中钻出来，看着面前的男人，忽然笑了：“相反，你还挺容易生气的。”

“啧，女人啊！”陆昀之无奈地摇了摇头，勾了勾唇，“看来是不会知道男人真正生气会做什么吧？”

禾真真心实意地问道：“会做什么？”

“比如……”

“比如？”

“这样——”

话落的瞬间，陆昀之已经俯下身来，一双桃花眼灼灼动人，含着细微的春光。他柔软的手指轻轻扶住禾真好看的下巴，用力吻住了她的红唇。

里约热内卢，拥有海滩就是这座城市的灵魂，禾真和陆昀之住的就是海边的一家家庭旅馆，拥有一个很大的露天花园，当地艺术家运用再生材料制成的精彩艺术品装饰了整个旅馆。

早上，陆昀之刚刚入睡，禾真独自早起去海边看日出。

夕阳西下，她和陆昀之一起站在天台上俯瞰整座城市。

就这么静静地过了两天，周四即将到来。

“在今天，将有一场日全食奇观在南美洲震撼上演。天文专家表示，我国的公众可借助网络直播等方式了解和关注本次‘天狗吞日’的盛况。”——各大网络平台在争相报道这样的新闻。

禾真翻看着国内新闻。

陆昀之悄无声息地走到她旁边。

目光所及之处，是一个异国城市的美景。

陆昀之递过来一杯鸡尾酒，笑着问道：“你害怕了吗？”

“害怕什么？”禾真问道。

“害怕我依然是‘夜行动物’，而你还是‘日行动物’，无法换回去的生物钟……”

“那你想继续当‘夜行动物’吗？”禾真看着陆昀之问道。

陆昀之轻轻啜了一口鸡尾酒，意味深长道：“你不是说这个世上很多人因为种种原因，不得不成为‘夜行动物’吗？”

“当、当、当……”

日月星辰钟默契地同时敲了十八下。

这场蔚为壮观、动人心魄的罕见天象不止吸引了全球的目光，还默默地改变了一个“日行动物”和“夜行动物”的命运。

两年后，文博图书城迎来了悬疑作家何时了的首场签售会。

这次签售会的新书叫《当猫头鹰遇上百灵鸟》。

禾真穿着一身焦糖色的长裙，卷发披肩，白皙的耳垂上戴着两只猫头鹰耳钉，在阳光下闪闪发光。

她接过主持人递来的话筒道：“这次我的新书讲的是日行动物遇上夜行动物的故事，有一些悬疑的元素。但要说它是一部悬疑小说，我觉得并不准确。”

主持人追问道：“那是怎样的小说？”

“悬疑言情小说吧。”禾真笑起来，目视台下，整个书城围得水泄不通，密密麻麻全是人，也都是她的读者。

顿了顿，她又继续道：“这部小说很幸运的是还请到了销声匿迹很多年的作家 Sea 为其作序。”

台下突然喧哗起来，读者议论纷纷，大家都在猜测这位神秘的作家 Sea 会不会回归。

“而就在现在，这位神秘的作家 Sea，他也在你们当中。”

她的目光穿过密密麻麻的人群，直达一个立在圆柱旁的男人。他又高又瘦，穿着白色衬衫，有几分沉静，几分骄傲。

他看着她在笑，而她也在笑。

很高兴和你重逢，作家 Sea。

（正文完）

番外 我的伯乐先生

“假如男友是自己的编辑是怎样一种体验呢？”

禾真把这个问题发到某乎时，意外地得到了很多人的回复。

“是不是天天抓着你改错别字和病句？”

“坚决拒绝，不想和男友成为工作伙伴！”

“我倒是有男友是健身教练的体验。”

禾真咬了咬手指，瑟瑟发抖，要是陆昀之是她的健身教练岂不是更可怕？

思及此，她抓起书桌旁的奶茶，猛喝了几口，又嚼了嚼芋圆，还好陆昀之只是催稿，不是催她减肥。

她舒舒服服地倒在床上，看着天花板发呆。

今天本是新书最后的截稿日，她还欠了一万来字的文稿。最后她硬生生地熬了一晚上，差点头悬梁锥刺股，可依然没有完成任务。眼见天光大亮，她抓了抓乱糟糟的头发，唯一想到的办法就是——装死。

她同林恬伊打了个电话，让她帮自己请个病假。

林恬伊对禾真的那点心思一清二楚，当下就毫不留情地揭穿道：“是不是还没写完？”

禾真清了清嗓子，义正词严道：“我是那种会拖稿的作者吗？我是病了。这说着说着头就有点疼，我要去躺一躺了……”

挂断电话，她还有些心虚，生怕陆昀之会打电话过来。没想到的是今天风平浪静，看来陆昀之正忙着韩时的新书，还没空找她算账。

她随手打开一部刚上线的网剧，正追得起劲，忽然门铃大作。她紧张地从床上腾空坐起，打开智能猫眼，发现站在门口的人不是别人，正是陆昀之。

陆昀之穿着一件简单的棕色毛衣，整个人笔挺，面庞皎皎，目光灼灼地盯着前方。

明明他看不到自己，禾真却不知为何感到一阵心虚和不安。

她正准备装死不回应，不想对方轻飘飘地笑出声："禾真，我知道你就在门后面，开门吧。"

禾真扶了扶额，有点烦恼，没想到陆昀之会直接杀来她家。

她最后鼓起勇气打开了门。

她大声地咳嗽了好几声，故作柔弱道："陆主编，你怎么来了？我感冒了，这整个屋子都带着病毒，不能传染给你啊……"

"咯咯——"

禾真又艰难地咳嗽了好几声，还没晃过神，就见陆昀之已经快她一步到了里屋。他双手背在身后，饶有兴致地看了几圈，睫羽微垂，问道："真的病了？"

"嗯，可能最近温差比较大……"禾真眨了眨眼，委屈巴巴道，"陆主编，你知道我每天都写稿子写到很晚，晚上真的太冷了。你要不要考虑为我装一下地暖？"

"可以。"陆昀之淡淡地道。

这么好说话？

禾真又眯着眼笑了笑："谢谢陆主编……"

"还喝奶茶呢？"陆昀之随手抓起办公桌上的奶茶轻轻啜了一口，哼笑了一声，"味道不错。"

"哦，昨天买的。"

"昨天买的？"陆昀之拖腔带调，看了看纸杯上的日期。

禾真紧张得立马夺回去，往垃圾桶里一扔："别喝了，我就是……喝了奶茶才病的。"

"是吗？"陆昀之半信半疑地打量她，又在电脑前伫立了一会儿，含笑道，"哦，那你是还……带病提问了？"

禾真百口莫辩，急急忙忙想用身子挡住显示屏，可已然来不及了。

陆昀之已经大声念出来："假如男友是自己的编辑是怎样的体验呢？"

"不是我问的……这个不是我的号……"禾真忙解释道，"我是替别人提问的。"

"谁？"

陆昀之已经转过身，正好立在了禾真面前。

禾真张了张嘴，有些语塞："是……"

"哈哈哈——就是一个作者朋友嘛。不重要……"

"那应该问我啊。"

"嗯？"

"作为一个作者的男朋友，每天不仅要关心她的生活，包括吃喝玩乐，还得管她的住宿，照看她的狗。最最重要的是，在她拖稿的时候，追到她家催她交稿。"

陆昀之面无表情，声音冰冷。

禾真莫名感到背脊一凉，她眨巴眨巴眼睛，哀怨地叹了一口气："我真的不是故意拖稿的，我只是头忽然很疼……"

"哪里疼？"

"好像是太阳穴……"禾真指了指自己的太阳穴。

"太阳穴？"

"嗯……"顿了一下，禾真又道，"眉间也有些疼。"

她委屈巴巴地嘟囔着，谁想面前的男人毫不留情地伸手弹了弹她的额头，声音淡淡地道："这里疼？"

"疼，真的疼。"

禾真伸手揉了揉眉头，无辜地道："我都说疼了，你还那么用力。"

下一秒，暗影倾投，陆昀之越发靠近，轮廓分明的五官已近在咫尺。

禾真忽然一滞，睁圆了双眼，不自觉地往后靠。倏然间，她被陆昀之搂住了腰。

陆昀之不轻不浅地在她的额头上印下一个吻，滚烫的印记让她的耳根子忽然热起来。

"怎么感觉你发烧了？"陆昀之饶有兴致地勾了勾唇。

"怎么可能？"禾真说话磕磕绊绊，又道，"我没有发烧……"

"那你的头还疼吗？"

"疼。"

男人又俯下身，在她的额头上印下一个吻。

禾真的身子不自觉地有些发软，含糊道："其实……也不怎么疼了？"

"是吗？不疼了？"陆昀之单手搭在墙上，以桎梏的方式把她困在了墙和自己的中间。

时间静静流淌，而陆昀之一双深邃的眸子直勾勾地盯着禾真："我其实很乐意为你效劳的。"

效劳？就是吻她吗？

禾真忽然有点局促，弯着腰从陆昀之的手臂下钻出来，笑眯眯地道："不疼了。忽然之间就好了……"

"好了就好。"

陆昀之环抱双臂，眉梢微扬，眼中徐徐浮现笑意："好了，就码字吧？"

"……"

闻言，禾真心一惊，想收回刚刚的话却已经来不及了。

她懊恼地叹了一口气："陆昀之，你别对我那么狠好吗？你是不是我男朋友啊？"

"哦，是啊。"陆昀之轻抬下巴，有些许得意，"即使是女朋友，也休想拖稿。"

禾真一副视死如归的模样坐在办公桌前，打开Word文档，小声埋怨个不停。

"嘀咕什么？"

"后悔！"禾真气鼓鼓地道。

"后悔什么？后悔当我的女友，还是后悔当我的作者？"

"都后悔了！"

她心里有怨气，把键盘敲得噼里啪啦。待她还想埋怨几句，身后的男人以迅雷不及掩耳之势迅速捏住了她的下巴。他的眸光发亮，带着炫目的笑意，让禾真有些失神。

她的眼睫微微颤抖，却让他看得越发心动。

他不由分说地吻住了她的嘴唇，细细品味，缱绻缠绵。

好一会儿他才放过她，用义正词严的口吻道："生气也不能拿键盘出气。"

"那我拿什么出气？"

"拿我呀。"陆昀之微微耸肩，笑得灿烂耀眼。

"我不敢。"

"为什么不敢？"

生杀大权全在她身旁男人的手上，她哪敢拿他出气啊？

"你是我的主编又是我的伯乐，我怎么敢拿你出气啊？"禾真噘着嘴嘟囔着。

"那……"陆昀之顿了一下，明目张胆地问道，"如果是老公呢？"

"什……什么？"

禾真吓了一跳，忽然从椅子上起身，仰望着面前的男人。

他黑亮的瞳孔熠熠生辉，身上有一种自然而然的骄傲和矜贵。

"我们现在去领证吧……"

"今天是什么日子啊，莫名其妙去领证，而且我还没准备好……"禾真开始有些语无伦次了。

陆昀之倒是笑意越深："你现在有两种选择。"

"什么？"

"一种是和我去领证，另外一种是在这里码字。"陆昀之的眼睛微微眯起，兴致满满地等待禾真的答案。

时间一分一秒地流逝，禾真长长地吸了一口气，最后回道："我可以都不选吗？"

"不可以。"陆昀之忽然有点生气。

他竟然被拒绝了！

"那……"

下一秒，禾真的手就已经被陆昀之紧紧握住，一枚微凉的戒指已经紧实地套在了她的左手无名指上。她惊讶地看着手上那枚闪耀如星辰的钻戒，尺寸刚好，恰如其分地包裹着她的左手无名指。

原来不是一时起意，而是处心积虑。

"有些事可以拖，有些事不能拖。"

"比如说……"禾真疑惑道。

陆昀之神色坦荡，一字一字道："稿子可以拖，合法化不能拖。"

话落，她就被陆昀之牵着手走出门。

她还有些不甘心地问道："不用选个日子吗？"

"我和你在一起的每一天都是好日子。"

"虽说如此……但大日子也得挑一挑吧……"

禾真不放弃地回头看了看日历，原来今天是五月二十日。

陆昀之，大骗子！

明明早就选好了日子！